LA MON TA GNE

MARCHIALY

IN
VER
SÉE

LA MON TA GNE

Éditions Marchialy,
une maison créée et dirigée par
Clémence Billault et Cyril Gay
8, rue Léon-Jouhaux – 75010 Paris
www.editions-marchialy.fr

MARCHIALY

ROMAIN LESCURIEUX
ET ANTONIN VABRE

IN VER SÉE

UNE EXPÉDITION DANS LES MÉANDRES DU FANTASME

« La porte de l'invisible doit être visible. »
Le Mont Analogue, René Daumal, 1952

LA MONTAGNE INVERSÉE

RÉGION DE BUGARACH

3000 m

1 Bugarach
2 Rennes-les-Bains
3 Rennes-le-Château
4 Ancien domaine de Jean de Rignies
5 Musée des dinosaures
6 Anciens lieux d'installations de yourtes et de rave party
7 Ancienne maison d'Elizabeth Van Buren
8 Quartier général des forces de l'ordre durant le 21 décembre 2012

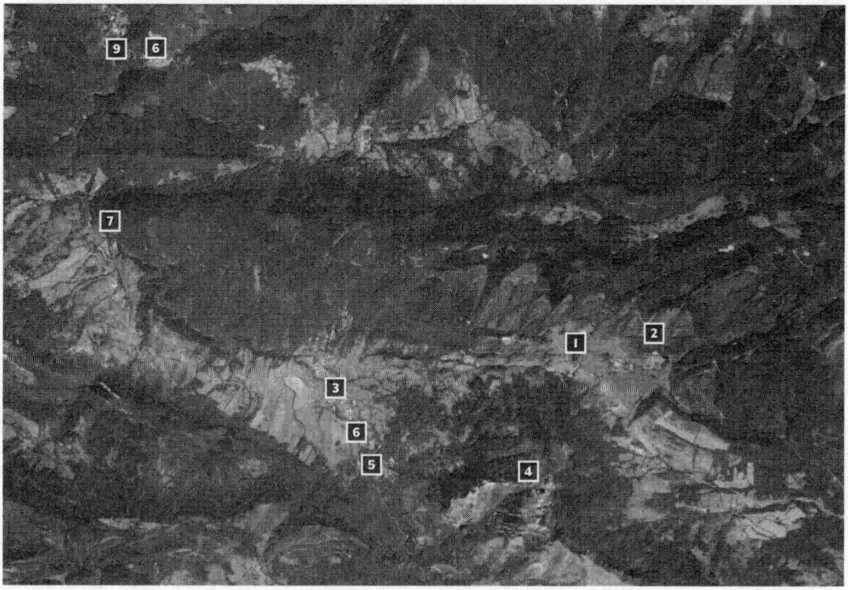

BUGARACH ET ENVIRONS

1000 m

1 Col du Linas
2 Les Capitaines
3 Centre de Bugarach
4 Pic de Bugarach
5 Lac artificiel
6 Camping et Maison de la naturre
7 La Vialasse
8 La Sals
9 Confluence de la Sals et de la Blanque

PROLOGUE

Le bruit s'était évanoui. Les aboiements et les cris avaient cessé. Ainsi que les pales d'hélicoptère qui avaient résonné au-dessus de nos têtes dans un ciel gris.

Sans savoir si nous étions l'un ou l'autre dans le viseur, nous avions couru comme des bêtes sauvages à travers des buissons en évitant des racines apparentes pour nous jeter au pied d'une roche froide et humide. À bout de souffle, nous prenions conscience du silence après le vacarme qui nous avait mis en fuite. Cette montagne ne nous laissait aucun répit.

« On ne peut pas rester là !

— Passons par ici, il y a un accès. »

Sacs à dos Eastpak, doudounes, jeans et sneakers, nos tenues inadaptées juraient avec le décor. Notre expédition était d'une improvisation totale. Sans carte ni plan établi, nous nous enfoncions dans l'inconnu en ce jour de solstice d'hiver.

La lumière avait comme disjoncté.

Sous nos yeux, les paysages changeaient à une vitesse déconcertante, les quatre saisons en une matinée : nous pouvions slalomer plusieurs minutes dans une cathédrale de hêtres et de chênes blancs fatigués par le temps, puis traverser de grandes étendues dégagées, rocailleuses, tour à tour givrées ou verdoyantes. Nous arpentions aussi des fourrés touffus et colorés qui s'aplatissaient au loin dans une terre visqueuse. En repassant pour la seconde fois près d'un arbre lugubre, nous nous rendions compte que nous tournions en rond.

Tous les chemins que nous empruntions se refermaient contre une paroi abrupte et infranchissable ressemblant à une gigantesque canine.

Plus tard, en voyant au loin des chèvres égarées, nous parvenions finalement à retrouver le sentier battu. Nous l'avions évité dès le départ. Il était interdit d'accès, tout comme le reste de la montagne surveillée et barricadée. L'euphorie qui nous prit en récupérant la voie tracée nous donna un second souffle. Notre ascension effrénée vers la crête était facilitée par des marches taillées dans la pierre par les innombrables allées et venues sur ce massif. En nous agrippant à des prises naturelles, nous gagnions même quelques mètres plus rapidement.

Une fois sur la crête, le décor changea radicalement.

Nous nous tenions debout au milieu d'un espace privé des rayons du soleil. Des nuages passaient par vagues en laissant du brouillard derrière eux, chassés par le vent qui découvrait le chemin avant qu'il ne retombe dans l'invisibilité. Le ciel menaçait d'exploser à tout moment. La nature aussi semblait nous interdire la progression. Au sol, un poteau en bois gisait, peut-être avait-il été arraché par les bourrasques. Il indiquait : « Sommet du Pech ».

« On va être obligés de s'arrêter ici ! »

L'air glacial s'engouffrait dans nos narines et rafraichissait nos bonnets détrempés par la transpiration. Après plusieurs heures d'ascension, nous avions réussi à nous hisser près du but. Presque au bon endroit, presque au bon moment. Il restait sans doute quelques minutes à parcourir pour atteindre les 1 230 mètres d'altitude, mais l'absence de cap fiable, les rafales et l'apparition d'un brouillard qui grossissait mirent un terme à l'épopée. D'autant que la pluie et la nuit ne tarderaient plus à faire leur entrée dans ce bal sinistre.

Les éléments nous impressionnaient, la méconnaissance du terrain nous faisait reculer et la fatigue nous achevait. Le contexte jouait aussi un rôle majeur dans la peur qui nous saisissait.

Assis sur une avancée rocheuse, les pieds congelés dans nos chaussures poisseuses, nous nous tenions comme des sentinelles, tentant de nous réchauffer le bout des phalanges avec vigueur. Nous guettions le monde sans être vus. Le calme tranchait avec l'agitation dans le village que nous observions en contrebas.

Ce 21 décembre 2012, Bugarach baignait dans le bleu des gyrophares au rythme des deux-tons et des accélérations nerveuses des motos cross. Depuis notre belvédère surplombant et privilégié, nous distinguions les fourgons des forces de l'ordre serpenter sur la route départementale. Les gendarmes tenaient leurs positions tactiques pour écarter le danger présumé et des cavaliers de la Garde républicaine avaient été déployés en soutien. Des centaines de journalistes étaient venus du monde entier pour braquer leurs caméras sur cette montagne. Les duplex pour faire vivre la situation en live s'enchaînaient à une cadence infernale. Les habitants, eux, attendaient avec impatience de retomber dans l'oubli.

Durant l'ascension, un grondement était parvenu jusqu'à nos oreilles, puis à nouveau des cris. Mais impossible de savoir ce qui pouvait bien se tramer dans les ruelles, les champs et les maisons dont certaines laissaient échapper des feux de cheminée. Soudain, un concert de klaxons couplé d'applaudissements retentit. Nos montres indiquaient 16 heures passées de quelques minutes. Le sablier expulsait peut-être ses derniers grains avant l'éventuel cataclysme dont nous devions être totalement épargnés sur ce trône, selon une prophétie vaguement issue d'une civilisation disparue.

On disait qu'une soucoupe volante stationnée dans les sous-sols de ce pic mettrait les voiles dans la galaxie avec une poignée d'êtres humains à son bord. Ou que la montagne elle-même décollerait telle une arche de Noé, échappant ainsi au crash de l'humanité. Seules les personnes se trouvant sur cette montagne ce 21 décembre 2012 devaient être sauvées de la fin du monde. Nous avions lu tout cela avant de partir. Tout le monde l'avait lu, écrit, partagé et commenté.

Perchés et immobiles, nous étions simplement allés au bout de l'expérience : celle de suivre une rumeur jusqu'à sa désintégration. Nous ne faisions plus qu'un avec ce pic. Ensemble, nous étions bloqués dans un bug, attachés à la faille dans laquelle le monde entier s'était engouffré. Un instant flou et suspendu, une machine folle qui avait déraillé. Nous n'avions ni revendications, ni motifs, ni excuses, ni croyances, ni convictions. Nous étions les symptômes d'un vide, des fantômes venus errer sur les ruines d'un emballement médiatique, au seuil de la légende, ou le fait divers du jour résumé en une simple ligne :

« Fin du monde : deux illuminés disparaissent sur le pic de Bugarach. »

Seuls et silencieux, nous regardions autour de nous. Dans cette affaire, trois questions continuaient à nous tarauder. Nous les avions même listées dans un agenda d'étudiant à la date du jour.

Projet 21.12.12

Comment des histoires de fin du monde, d'ovnis et de calendrier maya se sont-elles télescopées dans cette petite commune du sud de la France ?

D'où vient la prophétie annonçant que les gens présents sur ce pic, ce 21 décembre 2012, seraient épargnés par l'apocalypse ?

Comment cette rumeur a-t-elle fait le tour de la planète ?

Sur la route pour venir jusqu'ici, un auto-stoppeur affalé sur la banquette arrière de notre voiture nous avait simplement dit: «Allez-y! La fin du monde, ça n'arrive qu'une seule fois dans la vie.» Lors d'une halte, un commerçant avait tenu à nous donner un autre conseil sur le ton du secret: «Posez vos questions directement à la montagne.»

Tandis que les nuages s'épaississaient dans notre dos en direction du sommet, des lambeaux de brouillard dansaient face à nous au rythme d'un vent de plus en plus puissant. Captivé par ces mouvements, notre regard fut détourné du village. Tel le voile d'une mariée, la brume flottait sur le sol et sautillait au-dessus des flaques. Chaque souffle formait une nouvelle chorégraphie, déclenchait une nouvelle passe, pure et gracieuse. Nos yeux suivaient cette valse folle qui partit doucement caresser les cicatrices de la roche, puis un cercle noir, une tache d'obscurité au pied d'une petite falaise.

«C'est quoi ce truc?»

Excités à l'idée de trouver un indice, nous dévalions la paroi et la piste en nous rattrapant à des branches, pour nous précipiter une dizaine de mètres plus bas, à l'endroit de la vision.

«C'est quoi?

— Un trou!»

Cette entrée dans la montagne nous laissait sans voix. Un corps semblait pouvoir s'y faufiler, mais de justesse. Penchés à la hauteur de la brèche, armés d'une lampe frontale, nous étions hypnotisés. Cette petite arche ornée de fougères avec un tapis de feuilles mortes au sol supposait une autre vie, une existence cachée et souterraine, des viscères torturés, une face sombre et discrète.

Mais la pluie tant redoutée claqua sur le sol.

Elle ne nous laissait aucune seconde pour réfléchir. Les rafales de vent projetaient de lourdes gouttes froides sur nos visages rougis et l'eau commençait à dévaler les pentes, rendant le terrain encore plus glissant qu'il ne l'était.

« Partons ! »

La nuit pointait déjà à l'horizon. En nous accrochant aux manches de l'un et de l'autre, nous reprenions la descente dans une boue grasse qui collait à nos chaussures.

Sur le chemin, nous repensions à notre arrivée le matin même. À l'auto-stoppeur qui avait sombré dans un sommeil profond, à la découverte des cimes au loin dans le pare-brise, aux chansons que nous avions écoutées en cherchant la meilleure pour vivre l'apocalypse. Nous avions rigolé. Nous repensions aussi à l'atmosphère étrange qui se dégageait de cette commune d'à peine 200 habitants devenue refuge international, dernier espoir, et à sa montagne isolée qui avait réuni autour d'elle des journalistes, des curieux et des gendarmes.

Nous marchions silencieusement en songeant à la routine du quotidien qui nous attendait, à nos questions dans notre agenda qui resteraient sans réponses, à la découverte furtive d'une porte d'entrée dans ce pic rencontré à un moment étrange de son histoire.

Nous étions jeunes.

Trop inexpérimentés pour nous confronter seuls à cette montagne mystérieuse.

MISÉRABLES RAMPANTS

1

Au volant de notre voiture, les portières grandes ouvertes aux auto-stoppeurs, nous tournons dans les virages caniculaires de la haute vallée de l'Aude, en plein pays cathare. Presque dix ans se sont écoulés depuis notre dernier passage dans la région. Si le décor est resté intact, l'été redore certaines façades ou souvenirs d'un hiver lointain au goût d'inachevé.

Les corps fatigués, nous arrivons tard dans la soirée sur le lieu de notre halte.

Nous dormons dans un gîte, sur les hauteurs du village de Bugarach, au hameau du Linas, à 4 kilomètres de notre point de rendez-vous. Demain, nous retrouverons notre guide de spéléologie au lever du soleil, devant la mairie.

Il s'appelle Henri. Enfant du pays, il file un coup de main dans les jardins du coin et connaît le monde souterrain comme sa poche. Nous ne savons rien de plus. Ni lui de nous. C'est sans doute cela l'avantage du téléphone fixe qu'il utilise encore. Quelques mots, sans photos ni émojis. Pas d'émotion superficielle, seules les informations essentielles : une date, un lieu, un horaire.

« Le plus tôt sera le mieux », a-t-il indiqué quelques jours plus tôt. Sa voix était assurée, calibrée, légèrement nasale, avec l'accent caractéristique du Sud, version occitane. Ses seules consignes consistaient à acheter huit piles alcalines

LR6 et à arriver en forme. Pour lui, la motivation semblait primer sur l'expérience.

Depuis ce coup de fil, son téléphone sonne dans le vide.

La propriétaire du gîte, Corine, petites lunettes rondes sur le nez, la soixantaine, n'a pas vu Henri depuis plusieurs semaines. C'est elle qui nous a mis en relation avec notre homme, mais elle ne s'inquiète pas tant pour lui que pour nous : « J'espère que vous allez revenir. Une fois, un homme est resté coincé là-dessous, dans un boyau. Il a gratté la terre durant des heures », n'hésite-t-elle pas à balancer dans un rire nerveux à l'heure du coucher.

Nous sommes entrés en contact avec elle en retrouvant sa carte de visite dans un vieil agenda d'étudiant qui s'apprêtait à prendre la direction de la poubelle. Mais l'odeur de l'encre, les accumulations de mots et de notes, de numéros de téléphone et de gribouillis sauvèrent ce calepin qui ravivait au fil de ses pages les instants d'une époque, des pensées et des questions. Devenus journalistes, nous cogitions encore sur cette histoire de temps en temps. Pourquoi ne pas achever ce que nous avions commencé à une autre époque de notre vie et décortiquer une bonne fois pour toutes ce monde perdu retombé dans l'oubli ? En un coup de fil, Corine nous en ouvrait volontiers les portes.

En réservant une nuit chez elle, nous espérions une douce entrée en matière avec notre guide. C'est l'inverse. Alors que nous nous glissons sous les draps et que la lune éclatante sert de veilleuse à travers les carreaux de la fenêtre de la chambre, elle s'arme d'un détecteur d'ondes électromagnétiques et passe les lits au peigne fin, après avoir coupé toute l'électricité dans la maison. Ses pupilles oscillent entre absence fugace et malice. Luminothérapeuthe et sophrologue, elle s'est installée dans le village au cours des années 2000, le New Age en étendard. Elle a eu son quart d'heure de gloire à l'époque des « événements ». Ce jour où les yeux du monde entier se sont braqués sur cette commune de 200 habitants.

Bientôt dix ans déjà qu'il ne s'est rien passé.

Le temps file, le mystère reste intact.

Impossible de trouver le sommeil. Sur le chemin pour arriver jusque chez elle, nous avons entendu tant de récits énigmatiques. Puis nous avons avalé des monologues, parfois difficiles à digérer, avant d'aller nous coucher. Corine nous parlait d'accidents souterrains et ils tournent maintenant en boucle dans notre tête. Elle a aussi proposé de nous brancher à un appareil qu'utiliserait selon elle la NASA, tout en étayant une théorie du dédoublement de l'espace et du temps. Heureusement, sa carrière écourtée dans la chanson française a un brin détendu l'atmosphère, mais notre esprit ressasse le danger : lorsque le soleil inondera les champs de ses premiers rayons, nous serons sur le point de nous immiscer dans une longue et étroite faille rocheuse avec pour guide un inconnu qui ne donne plus signe de vie.

Direction le cœur du pic.

L'idée d'abandonner notre projet rebondit au rythme de ce sentiment souvent difficile à avouer : la peur.

« Ne vous inquiétez pas. Tout n'est qu'une illusion, a martelé Corine avant de s'éclipser de la chambre.

— Moi aussi, je ne suis qu'une illusion, maman ? a crié son fils dans la pièce à côté.

— Bien sûr, mon chéri, mais je t'aime quand même. »

La nuit a été rythmée par les cauchemars et les soubresauts.

2

« Au revoir ! Passez le bonjour à Henri et envoyez-moi un message dès que vous reverrez la lumière. »

Elle claque la porte et s'enferme chez elle à double tour. Dans la douceur matinale, nous prenons place dans notre Renault Super 5 équipée de sièges en tissu, aux effluves de poussière et à la marche arrière chantante. Elle rappelle les grandes heures des virées estivales, l'oreille parentale scotchée sur la cibi, le chat pétrifié dans sa caisse grillagée, les routes nationales se dessinant dans le pare-brise. L'insouciance de l'enfance.

Quelques maisons en pierre avec des toitures en tuiles sur lesquelles pendouillent des paraboles satellites s'alignent sous nos yeux. Parfois, au fond d'un jardin, de grandes bâches bleues protègent des réserves de bois. Ici, une caravane désossée ; là, les roues d'une remorque s'enfoncent dans la terre. Certaines demeures paraissent vides, pourtant elles affichent sur un portail brinquebalant un encart « Propriété privée. Défense d'entrer ». Un molosse ne semble jamais bien loin.

Après quelques coups de volant et un passage poussif en seconde, une route vierge et solitaire s'ouvre devant nous. Cap vers l'ouest et le centre du village. Les virages serrés bordés de champs et d'herbes hautes ressemblent à beaucoup d'autres de la campagne française, à un détail près :

le pic de Bugarach. Une protubérance rocheuse, étoffée d'une forêt à sa base, qui déploie majestueusement ses courbes dans un ciel dégagé. Un appareil en vol stationnaire a été aperçu sur ses crêtes quelques jours auparavant. Un Dragon 66.

Il est 6 heures du matin.

Dans l'autoradio K7, le journaliste de la matinale de Nostalgie, de corvée de flash info, égrène les nouvelles avant de laisser place à Jermaine Jackson et à Pia Zadora pour leur tube *When the Rain Begins to Fall.* Cette radio a toujours eu un certain sens du tempo, mais difficile de siffler le refrain. Le stress s'insinue dans les veines au point de faire peser un étranglement dans le gosier.

Nous attendons sur le parking de la mairie. Sa porte close est attenante à l'arrêt de l'autocar qui restera vide en raison des vacances scolaires. Les enfants de l'unique classe de l'école maternelle retrouveront les bancs à la rentrée de septembre. À côté, la cabine téléphonique désossée n'est plus qu'un lointain souvenir. Seuls des chants d'oiseaux brisent le silence.

Moteur coupé, nous passons la route au crible. La départementale D14 qui traverse le village se poursuit jusqu'à la première commune voisine, Rennes-les-Bains. Au milieu de ce tronçon de 9 kilomètres, un transformateur électrique a été décoré d'un graffiti représentant le système solaire. Une flèche désignant la Terre dirige l'œil vers ces quelques mots : « Vous êtes ici et vous ne le méritez pas. » Sans doute.

Il est là. Pile à l'heure.

« C'est vous ? » demande-t-il derrière sa vitre baissée, la mécanique ronronnante.

Nous ne voyons que le haut de son corps, ses yeux bleus perçants, son nez aquilin et ses lèvres quasi absentes. Il appuie sur l'accélérateur. Son estafette scie l'asphalte. Nous le suivons avec la sensation d'être dans un roman noir. Un indic, une piste et un début d'enquête. À tout moment, il peut nous échapper sur la route qui tournicote autour de cette montagne esseulée. D14 au nord. D45 au sud.

Au bout de quelques lacets, nous nous garons derrière lui, nos roues écrasant la rosée du matin. Il sort à toute berzingue de sa camionnette et ouvre le coffre comme pour respirer un grand bol d'air frais. Sa chienne, un cabot à poil ras, parvient à se frayer un chemin à travers les sacs étanches, les cagettes en plastique et les paires de bottes maculées de terre séchée. Elle saute de la chignole, puis s'enfonce en un claquement de doigts dans les buissons. Il la hèle, sans succès. Elle ne lui laisse aucune chance. Elle est déjà trop loin.

L'homme se présente: «Henri.»

Il effectue les dernières vérifications de ses portières. Nos véhicules sont seuls sur le bord de la route dans ce virage de la D45 où un bloc de béton est griffé d'un tag des Gilets jaunes: «Que crève la Startup Nation.»

Paquetages sur le dos, nous partons sur un sentier battu. Le temps altère les paysages, décolore les balises, pas les souvenirs ni les repères. Les années passent, les premières amours restent.

Laissant le tracé officiel dans notre dos, nous bifurquons sur un chemin tortueux, slalomant en hors-piste, à travers un épais fourré aux subtiles odeurs de maquis. Des bouts de bois craquent sous nos pas. Henri mène la danse d'une file indienne, nos ombres toujours dans le viseur de son radar, sa chienne revenue dans son giron. Après plusieurs minutes de marche, deux échelles d'acier se dessinent sur une paroi. Elles sont fixées à même la roche. C'est la bonne route. L'altitude nous embarque un par un, jusqu'à ce que nous devenions de simples petits points dans les recoins du roc. Le village de Bugarach, en contrebas, s'éloigne.

Soudain, face à nous, le Bufo Fret montre ses dents. C'est la porte d'entrée dans les entrailles du pic, un vaste réseau souterrain au cœur de la montagne. «Une des montagnes les plus célèbres de la planète depuis 2012 », annonce Henri sourire aux lèvres une poignée de secondes. Jusqu'ici, il a très peu parlé.

Ce trou n'est pas celui que nous avions effleuré du regard des années auparavant. C'est au Bufo Fret que tout commence. Henri lâche son barda à terre, prêt à en découdre, déjà en sueur. La chaleur du mois de juillet n'est pas encore écrasante, elle le sera dans peu de temps. L'homme dit détester l'été.

Quand la chaleur étouffante se mêle à l'ennui dans un silence de plomb, il a le visage de celui qui se répète inlassablement : « Ça ira mieux demain », tout en sachant que demain sera pire. Trois secondes suffisent généralement pour s'en rendre compte, lors de ces réveils suspendus entre rêve et réalité, quand s'ouvrent des yeux embrumés, hagards.

Le jour d'une descente souterraine, c'est une autre histoire.

« En bas, nous serons au frais. Nous serons même les seuls à avoir froid dans le département... Avec ceux qui sont dans une chambre froide, bien sûr ! » piaffe Henri, bob beige vissé sur la tête et mousquetons pendouillant au bermuda. En se déshabillant pour enfiler sa combinaison soigneusement pliée, il scrute la brèche d'un regard incandescent.

Tout le monde creuse sa tombe. Peu le font avec allure.

Torse nu, silhouette sèche, il détourne son regard du trou et le porte droit sur nous deux. Si l'alpinisme a ses stars et ses lettres de noblesse, la spéléologie est pour lui une pratique moins glorieuse, mais plus authentique. Sans paillettes ni fioritures. Une expérience pure en symbiose avec la nature. À l'opposé des cimes et du ciel. Loin des flashs et des lumières. « Une activité de taupe qui gratte la terre et rentre toute crotteuse le soir manger sa purée », lâche-t-il en fermant sa combinaison bouffante. La même, écorchée aux genoux, qu'il traîne depuis des années et nettoie minutieusement après chaque sortie. C'est une habitude depuis ses premières explorations, il y a presque cinquante ans, explique-t-il. L'obscurité comme unique horizon.

Il se penche et ramasse son sac étanche. Nous le regardons s'agiter. C'est un petit bonhomme, agile et affûté. Au milieu d'un paysage luxuriant envoûté par l'aube et teinté de différentes nuances de vert, il sort un bric-à-brac de son fourbi. Un Tupperware, une paire de gants Mapa rouge, une bougie de survie. Timorés, nous observons la scène sans prononcer un mot et tentons de reprendre notre souffle après notre ascension à travers les sous-bois. Il nous avait prévenus, ce n'était qu'une mise en bouche.

Derrière ses jambes, dans l'ombre d'une roche abrupte, la faille se dévoile un peu plus. L'accès à ce terrier n'est pas plus gros que celui qu'emprunte le lapin blanc d'*Alice au pays des merveilles*. Un mètre de hauteur, autant dans la largeur. À l'intérieur s'étire un vaste dédale souterrain. Notre éclaireur nous apprend que dans cette artère sinueuse l'aller s'opère en montée, le retour en descente. Un fait rare dans la discipline, dû à la particularité géologique de cette « montagne inversée » haute de 1 230 mètres, point culminant des Corbières.

Cette grotte est le refuge de notre homme, son cocon déconnecté du quotidien, son espace de liberté, son diamant brut qui n'aurait pas encore révélé tous ses secrets. Henri n'est pas le découvreur de cette cavité discrète, planquée dans la broussaille, mais rêve d'en poursuivre la conquête. « Il y a 5 kilomètres de galeries souterraines connues et il en reste le triple à découvrir. Il y a quelque chose à trouver derrière, vers le sud-est du réseau », débite-t-il de façon saccadée, avec l'excitation absolue de celui qui va se faufiler dans l'inconnu.

« Pour ouvrir des galeries, il faut une massette, une piquette et de l'huile de coude. Quand tu ne peux plus creuser, que tu ne peux plus avancer : boom ! » dit-il en mimant une explosion de ses mains.

Alors qu'il aligne à même le sol les longes, les bloqueurs ventraux et les casques, un roi de la pétarade se dresse devant nous. « La dynamite, c'est différent de la poudre, expose-t-il à pleines dents, entouré de troncs d'arbres éraflés par des impacts de déflagrations, les stigmates d'une autre époque. Pour cela, il y a la méthode des explosifs officiels avec autorisation préfectorale et permis de tir. »

Et l'officieuse. Dans la haute vallée de l'Aude, la poudre noire hante certaines caves et armoires. Lorsqu'à la mort d'un ancien ses petits-enfants en découvrent des kilos au sous-sol, c'est souvent la stupéfaction, précédant l'intervention des équipes de déminage. Pour éviter ce désagrément, certains vieux agriculteurs, carriers ou viticulteurs se débarrassent de leur poudre avant qu'elle ne suinte en nitroglycérine et la donnent à des explorateurs fanas de barouf. Avec, ils confectionnent des cartouches artisanales glissées dans des tubes en plastique ornés d'un filament. À l'allumage de la mèche, les secondes défilent, les doigts au plus près des tympans, jusqu'à l'effondrement du bloc rocheux. De l'adrénaline sous perfusion. « On peut aussi percer avec un gros perforateur. Et là on met de la vraie dynamite avec cordeau et détonateur. Il faut deux heures pour préparer un tir, c'est un boulot de dingue », ajoute-t-il. À l'arrivée, moins de bruit, mais plus de dégâts en profondeur.

Pour autant l'explosif ne règle pas toutes les équations et les bras manquent. Dans cette région ravagée par le chômage, la jeunesse décampe et les vieux copains de descente lâchent la rampe. L'éclaireur est seul ou presque. Et seul, il le sait, c'est impossible. Face au sous-effectif humain, la nature l'emporte. La montagne conserve ses mystères, ses rêves et ses crevasses dans lesquelles prospèrent l'imaginaire et le fantasme.

Tout en apprenant qu'un détonateur se dégote au prix de 20 euros, nous enfilons nos harnais avec minutie. Lui poursuit son monologue, nous l'écoutons religieusement.

Nous ne le connaissons pourtant que depuis une petite heure. Nous mettons enfin un visage sur une voix distante, un regard sur des envies brûlantes. Il existe. Il n'en reste pas moins l'inconnu de la montagne en qui nous plaçons une confiance aveugle. Il est notre seul passeport pour ce voyage. « L'exploration est loin d'être terminée, mais je suis quasiment le dernier ici à vouloir continuer les recherches. Plus personne ne s'y aventure, il y a une désaffection. Cela fait dix ans que rien n'est fait là-dessous. »

Lui n'a pas parcouru ce réseau depuis cinq ans. Occupé par d'autres expéditions, d'autres galeries et les galères du monde extérieur, il a été emporté par la lassitude et le manque de perspectives au cœur de cette montagne. Mais aujourd'hui, le spéléologue est comme un gosse. Il vérifie une à une les piles des lampes frontales des casques, puis les cordes et en attache deux aux branches des arbres. Ici, il ne fait pas d'initiations, de stages ou de sorties découverte. Le bouche-à-oreille est l'unique règle en vigueur pour arriver jusqu'à ce guide un peu sauvage aussi.

Soudain, il jette un œil en l'air : « Nous serons aussi à l'abri de la pluie. Ici, le ciel peut vite changer. Vous savez, il y a eu une crue il y a plusieurs années qui a laissé des marques dans la région. »

3

L'eau est à l'origine de nombreuses histoires, d'élans d'espoirs, de batailles et de jalousies et parfois de drames. Dans le sud de la France, Bugarach et ses sous-sols ne dérogeaient pas à la règle. La découverte du Bufo Fret découlait d'une série d'événements inattendus et de rencontres fortuites avec comme point de départ une crue majeure qui effraya la haute vallée, vingt ans avant la « fin du monde ».

À travers les larges baies vitrées, Monique avait vu le ciel changer de couleur. Il était passé du bleu au gris pendant la nuit, puis au jaune quand elle s'était réveillée ce 26 septembre 1992, dernier jour de l'été avant le passage à l'heure d'hiver. La France venait de voter « oui » au traité de Maastricht, désormais Météo France faisait l'actualité. La préfecture de l'Aude annonçait de fortes pluies pour la fin de journée. En début de semaine, à des centaines de kilomètres, Vaison-la-Romaine, dans le Vaucluse, avait subi des pluies extrêmes faisant 47 victimes dans quatre communes. Les villages de la haute vallée étaient à leur tour en alerte.

Monique regardait son fils jouer avec un copain dans le salon de sa belle demeure, isolée sur la D45 qui monte vers le pic de Bugarach, encerclé ce jour-là d'épais nuages. Sa maisons était l'une des plus proches de la montagne solitaire. Son compagnon, Jean-Claude, et elle avaient vendu la précédente, sans terrain et en plein centre du village, pour construire leur propre nid sur les hauteurs. Elle comptait profiter de ce week-end pour se reposer un peu, ses semaines étaient chargées.

Après avoir travaillé à Rennes-les-Bains pour un commercial qui revendait des boîtes de conserve dont certaines finissaient chez William Saurin, Monique avait bifurqué vers une entreprise de production et de négoce d'huiles essentielles. Le dos de Jean-Claude, doté pourtant d'un style athlétique, montrait des signes d'affaiblissement. Il avait lâché son activité de bûcheron pour reprendre la typographie et la photocomposition, son métier initial. L'homme à la barbichette créait des dépliants et des panneaux de randonnée pour des parcs naturels régionaux et venait d'être le premier du département à être équipé de l'ADSL. Une révolution. Leur arrivée à Bugarach dans les années 1970 avec d'autres néoruraux et l'élevage de chèvres qu'ils avaient monté étaient loin derrière eux. Il datait d'une période que des habitants avaient baptisée la « grande époque ».

Ce 26 septembre 1992, Monique était soucieuse. De fines gouttes de pluie commençaient à tomber sur la terrasse. Jean-Claude était parti à la Maison de la nature au bas du village pour une réunion. Il y était question de l'avenir de cette structure qui n'accueillait plus guère que quelques sorties scolaires. Les habitants devaient aussi évoquer l'aménagement du lac alors en construction au pied du pic. Sur le parking, les voitures s'alignaient en rang d'oignons : une Fiat Uno, le minibus du ramassage scolaire.

La pluie redoublait à présent de puissance, le vent s'était levé, faisant vaciller les arbres dans les champs. Une de ces averses sans interruption. Le jour était noir. L'orage explosa. Monique sortit dans le jardin pour guetter l'arrivée de Jean-Claude. Elle balayait du regard le paysage quand son œil s'arrêta en contrebas sur le lac. D'un trou de terre, il devenait une excavation pleine. Elle regarda furtivement le pic et ses falaises. L'eau dévalait de la montagne, des résurgences, des sources, elle la voyait sortir comme des geysers.

« C'est apocalyptique », s'alarma-t-elle.

Dans le garage, la chienne gémissait. Quand Monique ouvrit la porte pour la libérer, de l'eau entra dans le salon, derrière l'animal. Elle décrocha le téléphone fixe pour prévenir la Maison de la nature, puis débrancha les appareils. Elle rassura son fils et son ami. L'eau descendait à toute vitesse vers le village.

« C'était Monique au téléphone, il faut évacuer d'urgence », s'inquiéta Jean-Claude.

Quelques-uns rentrèrent précipitamment chez eux à pied. Certains collègues termineraient la rencontre debout sur les tables. D'autres regagnèrent leurs voitures. La conductrice du minibus, Anne-Marie, monta dedans. L'eau envahissait l'habitacle, elle dut sortir précipitamment du véhicule et l'abandonner. Elle avertit le reste de la troupe de l'impossibilité de franchir le petit pont qui menait au bourg. En voyant le piège se refermer, ils gagnèrent les collines aux alentours en courant à vive allure.

Dans le centre du village, depuis sa maison à côté de l'église, Renée, une sexagénaire née à Bugarach, n'était pas allée à la réunion. Elle avait préféré rester à l'abri et craignait maintenant la catastrophe.

« Les champs dégoulinent, c'est une mer », s'écria-t-elle à sa fenêtre.

Derrière ses carreaux, elle regardait les énormes gouttes d'eau exploser sur le sol de son enfance comme une puissante douche. Du jamais-vu. Le cours d'eau de la Blanque, rivière du massif des Corbières dont la source est à quelques kilomètres au sud de Bugarach, grossissait par ses affluents, notamment de l'intérieur même du pic. La Blanque devenait un torrent. La Dame blanche – *Na Blanca*, son nom en occitan médiéval – emportait tout sur son passage. Les véhicules étaient bringuebalés dans le tourbillon et les foudres de ces pluies torrentielles. Le minibus partit s'encastrer dans une benne à ordures au fond du village.

Le sol, gorgé, ne pouvait plus faire office de tampon. En quelques heures, l'eau dévala sur les routes, les champs, le centre de la commune, jusqu'au hameau de la Vialasse, situé 4 kilomètres plus bas. Les résidents de ce lieu encaissé durent monter sur les toits. Ils regardaient les arbres tomber comme des brins de paille en plein fauchage. La Blanque, qui au début de l'été coulait paisiblement à quelques centimètres de profondeur, ne fit qu'une bouchée de l'ancestral pont romain, haut d'environ 5 mètres. L'eau démolit en quelques instants ce qui avait résisté aux siècles.

Le canyon de 3 kilomètres fonctionna comme un tuyau. Le ruissellement était sans filtre, accentué par des goulets d'étranglement qui provoquaient des phénomènes de chasses d'eau avec des embâcles chargés de débris végétaux. Être un point de confluence dans la vallée est un avantage économique qui se transforma en un sévère handicap ce jour-là. Il tomba sur la haute vallée plus de 100 millimètres en trois heures. Le débit atteignit 600 à 800 mètres cubes par seconde.

À la station thermale de Rennes-les-Bains, l'eau formait des vagues de boue. Dans l'église, les fidèles aperçurent d'abord une flaque. Puis le déluge. Ils se mirent debout sur les instables bancs en bois, avant de prendre la fuite. Le ciel était déchaîné. Le niveau grimpa de 3 ou 4 mètres en un rien de temps et flirta avec les plus grands épisodes de crue remontant à 1891 et 1940. Le pont puis la passerelle reliant les deux côtés du village furent détruits. Les thermes et la piscine volèrent en éclats. Cinquante millions de francs avaient été investis les dix années précédentes pour moderniser ces pièces maîtresses de son attraction touristique. Tout était à refaire.

L'eau ne s'arrêta pas à Rennes-les-Bains et continua sa course folle. La Salz, alourdie de végétations arrachées dans les hauteurs, monta de près de 8 mètres en début de soirée. Elle emporta sur son passage la scierie située à quelques encablures de la ville suivante, Couiza, au confluent de l'Aude et de la Salz, où les dégâts furent également considérables.

« Les trois quarts de la commune sont sinistrés. Dans le contexte économique de la haute vallée, on n'avait vraiment pas besoin de ça », se désolait son maire.

Le lendemain, les habitants découvrirent un paysage ravagé et des fins de vendanges ruinées. À Rennes-les-Bains, des sépultures avaient été éventrées, leurs dépouilles emportées. Dans la petite église, la statue de la Vierge Marie était à terre, son visage blême maculé de boue. L'électricité était tombée en rade, des câbles étaient collés contre les façades par un début de rouille, les routes étaient coupées, et les habitations délabrées. Rue de la Poste, un tronc d'arbre avait défoncé l'entrée d'une maison et trônait dans l'escalier. L'eau avait forcé tous les barrages, y compris un mur, troué. Un sentiment de vulnérabilité avait traversé la vallée. Impuissante face aux eaux diluviennes. Trois personnes avaient trouvé la mort. Une hécatombe pour une bourgade de 220 âmes. Les habitants de Rennes-les-Bains étaient dévastés.

« Cela me rappelle 1940, j'avais assisté au bombardement d'un cimetière. C'est la même chose aujourd'hui », répétait un homme dont la tombe de son fils venait de disparaître.

Les médias couvrirent la catastrophe pendant plusieurs jours. « Plongée dans le cauchemar », titrait le journal local *L'Indépendant* le 28 septembre 1992. « C'est toujours un paysage d'apocalypse qu'offre la vallée de la Salz, entre Couiza et Rennes-les-Bains, quelques jours après la crue dévastatrice », poursuivait le quotidien le 30 septembre.

Il restait à panser les plaies ouvertes et à se reconstruire face à la désolation. En quête de responsables, des rumeurs désignèrent le lac artificiel de Bugarach. La suspicion se propagea. Sur les hauteurs, alors que les serpillières et les serviettes étaient détrempées, Monique reçut la visite d'un journaliste. Elle avait du mal à contenir son énervement.

« Il m'a demandé si je pouvais donner des indications, si c'était bien le lac qui... Je lui ai dit d'arrêter ses bêtises, c'étaient les embâcles. Les rivières pas nettoyées, au bout d'un moment, ça bloque », rapporta-t-elle immédiatement à Jean-Claude, occupé à nettoyer.

Le plan Orsec déclenché le soir même du désastre resta en place quinze jours, avec des renforts venus de toute la moitié sud du pays. Sept cents pompiers participèrent aux secours, distribuant 2 200 repas et 5 000 litres d'eau potable.

En contrebas de Bugarach, le hameau de la Vialasse pataugeait dans la boue. Des toitures avaient été déchirées, des murs étaient tombés. Jeannot, homme du cru né en 1933, avait vu sa ferme, sa bergerie et son hangar engloutis. Tout comme ses engins dernier cri et une poignée de vaches. À l'instar de Renée, qu'il avait connue sur les bancs de la petite école, il n'avait jamais connu un tel événement dans son village natal.

Massif gaillard à la barbe fournie, Jeannot était écouté, respecté, malgré sa défaite à la mairie en 1977 contre un jeune venu de la ville, Jean-Pierre Delord. Il l'avait encore un peu en travers de la gorge.

« La population du village est animée par des rancunes anciennes. Il n'y a pas de questions politiques, mais seulement des questions de personnes », mentionnait déjà le sous-préfet de Limoux dans un rapport sur Bugarach, des dizaines d'années plus tôt. Un jour de drame, les rancœurs s'estompaient.

Alerté, le maire était rentré d'un déplacement à Paris pour assumer son rôle. Jean-Pierre, longue crinière grisonnante, tricot et ample blue-jean, jonglait entre les coups de fil au préfet et des réponses aux sollicitations des sinistrés, le portrait de François Mitterrand accroché au mur de son bureau. Il estimait la catastrophe à 5 millions de francs dans une commune dotée d'un budget de 600 000 francs.

« Je ne vois pas comment on pourrait réparer tous ces dégâts. Il nous faudra plusieurs années pour y arriver », constatait-il face à la caméra régionale de France 3.

Vingt ans avant la crue, en 1972, Jean-Pierre Delord était descendu de Seine-Saint-Denis en combi Volkswagen, fleur au fusil, pour élever une cinquantaine de chèvres et faire du fromage. Son exploitation et sa maison lui avaient coûté 140 000 francs. Il avait mis un panneau à l'entrée du village : « Bugarach Chèvres ». Il était l'un des premiers néoruraux à venir repeupler cette terre. À l'époque, c'était un patelin de 120 habitants, majoritairement des familles d'agriculteurs dont les enfants étaient partis à la ville.

En ce début d'automne 1992, tout le monde se sentait touché, des anciens aux nouveaux arrivants en passant par les plus hippies d'entre eux, il en restait quelques-uns. Dépourvus de piscines, de thermes ou d'équipements touristiques, ils n'avaient que leur dignité à sauver et la Vialasse à relever. Excentrés, isolés, ils ne devaient compter comme souvent que sur eux-mêmes.

Jeannot dut faire appel aux pompiers de Couiza. Quelques jours plus tard, Monique et Jean-Claude se rendirent au hameau pour aider à éliminer la boue et ses odeurs stagnantes dans les habitations touchées. L'installation du tout-à-l'égout n'était pas achevée.

Derrière le comptoir de son bistrot, l'Oustal d'Al Pech, Anne-Marie faisait ses comptes. Les dégâts étaient minimes dans son établissement situé derrière la place du village de Bugarach. Elle devait néanmoins racheter un minibus pour le ramassage scolaire, son second travail. En allant prendre des nouvelles de voisins et d'amis, Renée aperçut des carcasses de bêtes mortes et des betteraves en haut des pommiers. Un monde à l'envers. La crue avait bouleversé les paysages, remodelé les routes et les chemins, l'eau s'était échappée, laissant derrière elle un décor aqueux à l'odeur âcre. Dans les villages fantômes, les yeux continuaient de scruter le ciel. La vie ne serait plus tout à fait pareille. La Dame blanche avait montré son effroyable visage et perverti la Salz dans sa fuite.

4

« En spéléologie, les accidents restent rares, mais... »

Avec la chienne à ses pieds, Henri supervise les échauffements préliminaires. Nous sommes suspendus à un tronc d'arbre décharné et il nous regarde, planté dans ce panorama calcaire aux touches de végétation émeraude. Nous tentons d'assimiler les techniques de montée sur corde, pédale au pied, bloqueur en main. Au milieu de son flot de paroles, les ordres fusent.

« Gardez le torse bien droit. Il faut avaler le mou et être toujours en tension. »

Nous nous exécutons tandis qu'il reprend le fil de son histoire.

« Pas loin, il y en a un qui est resté coincé la tête en avant, après un éboulement. Il a succombé. »

C'était en 2007, dans le département voisin des Pyrénées-Orientales, à une profondeur de 150 mètres. L'opération pour sortir le corps mobilisa 80 sapeurs-pompiers et 39 civils. Henri réfléchit, ses fines lèvres contractées vers le nez. Il se souvient d'une autre affaire, la « pire des histoires ».

« C'était il y a une quarantaine d'années. Dans les Alpes suisses, je crois. Un type est mort et une détente musculaire a provoqué le glissement de son corps au fond du méandre. Il était bien conservé dans les cavités froides. L'endroit était tellement étroit que ça ne passait pas et il a fallu découper le corps à la scie. Les secouristes ont dû mettre les différentes parties dans des sacs. Il paraît qu'on a pas dit aux mecs qui les ont portés ce qu'il y avait dedans. Quand ils les ont ouverts, ils ont gerbé. »

Le petit bonhomme au regard espiègle n'est pas mécontent de l'effet que produit sur nous son histoire gore d'humain démembré en kit IKEA. Une bombe à fragmentation dans le cerveau.

« C'est un fait exceptionnel. Aujourd'hui, on aurait des moyens pour élargir et sortir le mec en entier », précise-t-il, devant nos yeux écarquillés.

Il a beau tenter de nous rassurer, dire que c'était une autre époque, cette histoire aux forts accents de légende urbaine et façonnant le mythe d'une pratique sportive extrême reste gravée en nous. Sans doute un moyen pour lui de tester notre mental d'aventuriers amateurs pris à leur propre piège. « Passez la corde à gauche, sinon il y a un frottement », ordonne-t-il d'un ton vif.

Notre esprit est obnubilé par les accidents et la descente que nous nous apprêtons à accomplir. Les paroles d'Henri, faisant écho aux mots de Corine, collent à d'autres sombres histoires de spéléologues qui ne sont jamais revenus, coincés, perdus, ensevelis. Pour l'éternité et avec la nature comme pierre tombale.

Souvent, la presse donne un coup de projecteur sur la spéléologie à l'occasion des accidents, la définissant comme dangereuse, coûteuse financièrement et humainement en cas de secours. Comme si l'on ne parlait de la voile que pour les disparus en mer. À force, les spéléologues comme Henri préfèrent se tenir loin des caméras et des micros. En France, une histoire avait particulièrement agité les médias, les journalistes l'avaient baptisée la « Pulp Fiction » des Alpes.

En août 1998, dans le massif de la Croix des Têtes, en Maurienne, trois spéléologues chevronnés s'étaient lancés à l'assaut d'un réseau souterrain. Ils avaient fixé des cordes deux mois auparavant, notamment à la sortie du conduit, le long d'une falaise extérieure qui menait au sentier. Après sept heures sous terre, ils retrouvèrent l'air libre, mais l'ultime descente, de nuit, vira au drame. Le premier à s'élancer en rappel le long de la dernière paroi fit une lourde chute de plus de 50 mètres et se fracassa sur les rochers. Derrière, l'un de ses compagnons examina à la hâte le cordage utilisé. Il avait été tranché à quelques mètres du point d'arrimage. Ils envoyèrent des signaux de détresse et l'hélicoptère vint secourir la victime, placée dans un coma artificiel. Si la chute ne fut pas fatale, les fractures et les traumatismes étaient nombreux pour ce jeune homme de 30 ans.

La presse se saisit immédiatement de cette histoire qui prit un tournant mystérieux. Le lendemain du drame, les enquêteurs de la gendarmerie de Bourg-Saint-Maurice constatèrent que la corde avait bien été sectionnée intentionnellement. Ils trouvèrent aussi dans le registre des passages d'un refuge tout proche un message anonyme et cryptique, daté de seulement quelques semaines : « J'exercerai contre eux de terribles vengeances, des châtiments furieux et ils sauront que je suis le Seigneur. » Il s'agissait d'un extrait du chapitre 25, verset 17, du livre du prophète Ézéchiel dans l'Ancien Testament. Ce même passage avait été rendu célèbre par une scène de *Pulp Fiction* dans laquelle Jules Winnfield (Samuel L. Jackson) récite ce monologue avec force avant de liquider Brett (Frank Whaley) au pistolet Smith & Wesson 1911.

Dans les Alpes, le message fut suivi d'un déferlement de haine à l'encontre des spéléologues, ces êtres qui rampaient dans les entrailles de la Terre à l'instar du Malin, tandis que les alpinistes seraient, eux, d'une grande pureté. Les enquêteurs firent le lien entre les deux indices, continuèrent leurs investigations et lancèrent un appel à témoins.

Une semaine après le drame, trois jeunes alpinistes confirmés se présentèrent à la gendarmerie. Le plus jeune de la bande, 18 ans, reconnut être l'auteur des faits et avoir coupé au couteau le cordage des spéléologues. Une expertise graphologique confirma qu'il était aussi l'auteur du texte « prophétique ». Mis en examen pour « violences et dégradations volontaires », il fut condamné par le tribunal correctionnel d'Albertville à une peine de trois ans de prison, dont un an ferme, assortie de l'interdiction d'exercer une activité liée à la montagne pendant cinq ans. Le survivant miraculé, lui, se bat toujours contre la douleur et les cauchemars. Chaque nuit est hantée par le bruit sourd de la montagne qui s'éloigne dans sa chute. Il gardera des séquelles à vie.

Poussée à l'extrême, cette violence exacerbée mit à nu une certaine rivalité entre spéléologues et alpinistes, comme les deux faces d'une même pièce parfois inconciliables.

Henri nous tire de nos pensées. Toujours suspendus à notre tronc, les mains agrippées à nos bloqueurs ventraux, les harnais fermés par les MAVC, mousquetons à vis de ceinture, il est temps pour nous d'étudier la descente en rappel. À la difficulté pratique s'ajoute celle, théorique, d'apprivoiser le vocabulaire en un temps record. Avec sa dégaine de chef scout, Henri distille les consignes sur un rythme toujours aussi martial.

« Position de la corde dans le descendeur. On fait un S. Les droitiers commencent par la gauche. Vous serrez. Vous pigez ?

— C'est un peu comme en escalade, non ?

— Non, tu te descends et tu es tout seul. Aucun mec ne vous retiendra. Vous êtes autonomes. Ça, faut l'intégrer ! Vous gardez toujours une main sur la corde et vous pensez au renvoi, c'est un frein supplémentaire. »

Nous nous lançons, la mine faussement décontractée. Avant, nous lui posons avec une légèreté feinte une question qui nous taraude depuis le lever du soleil. En réalité, elle nous gangrène l'esprit.

« On nous a dit qu'un homme était resté coincé là-dessous. Qu'il avait gratté durant des heures ?

— Ici ? Au Bufo Fret ? Non, il n'y a pas eu de carton, sinon j'aurais été appelé pour porter secours comme je suis à côté et que je connais très bien. »

Henri fait le compte sur ses doigts. Il a à son actif plus de 80 sessions d'entraînement aux secours. Cet Audois de naissance est rompu aux techniques en cas de problèmes, il sait comment réagir face à une urgence. Et fustige ceux qui prennent à la légère les risques dans les activités de montagne.

« Les gens savent que le secours est gratuit et que les professionnels viendront les chercher sans que cela leur coûte quoi que ce soit. Cette attitude remet en cause la gratuité, pointe-t-il. Nous, les spéléos, sommes responsables et faisons attention à ne pas nous mettre en danger. C'est moins individualiste. »

Car une opération souterraine peut vite s'avérer délicate, longue et difficile. Six à huit heures sont parfois nécessaires pour arriver jusqu'à une victime, ce qui implique des dizaines d'intervenants, voire près d'une centaine, et de nombreux spécialistes issus du Spéléo secours français, comme Henri. Lui a participé à deux interventions de secours en « conditions réelles » pour des personnes blessées ou en mauvaise posture sous terre. Une fois pour une rupture des ligaments, une autre fois pour une personne en hypothermie qui n'arrivait plus à remonter à la surface.

Sous la roche que nous comptons défier, les rumeurs ont la dent dure et pourtant, le bilan s'élève uniquement à quelques chevilles maltraitées, une malléole en souffrance, un calcanéum douloureux. On dénombre plus d'accidents sur la montagne qu'en son sein.

Quelques jours avant notre arrivée, l'hélicoptère rouge et jaune de la sécurité civile de Perpignan, le Dragon 66, a volé de sa base jusqu'au pic pour un hélitreuillage coordonné par les pompiers. À la balise 8, à 15 h 30, une randonneuse avait fait une mauvaise chute. Deux heures trente plus tard, elle était à l'hôpital de Carcassonne. Quelques semaines auparavant, même topo. Le Dragon 66 et l'hélicoptère du Samu ont récupéré deux randonneurs blessés à quelques minutes d'intervalle. Les pompiers du GRIMP – groupe de reconnaissance et d'intervention en milieu périlleux – comptabilisent en moyenne quatre à cinq interventions par an. Certaines personnes se blessent, d'autres s'égarent.

« Le Pech* de Bugarach est une vraie randonnée. Ce n'est pas une balade. C'est un massif qui présente les conditions météorologiques et de relief d'une montagne avec une météo qui peut changer rapidement et des endroits assez exposés », rappelle le commandant et conseiller technique départemental de l'unité. Avec l'humidité et la chaleur, les hauteurs se transforment vite en une patinoire géante. En poste depuis quinze ans, le commandant a écumé l'Aude dans les airs, sur la terre, sans oublier les sorties souterraines. Ces dernières sont le domaine d'un petit noyau d'une dizaine de spécialistes dans ce département qui compte près de 2000 grottes et cavités. Le Bufo Fret en est une emblématique, aussi connue que mystérieuse.

*Autre nom du pic qui vient de l'occitan *puèg*. *(Toutes les notes sont des auteurs.)*

Notre éclaireur commence à frétiller. Il est prêt à en découdre. De notre côté, nous avons encore besoin de réponses.

« Qu'est-ce que cela t'apporte d'aller dans cette grotte?

— C'est une expérience différente chaque fois. Je ne ressens pas le milieu de la même façon selon les personnes avec qui j'y vais. J'ai eu diverses réactions dans ce trou, beaucoup de refus d'obstacles, des gens débordés par leurs émotions.

— Comment ça ? Quel genre d'émotions ?

— Ils avaient entendu tant de trucs sur Bugarach, ils sont montés en pression. Ils croyaient que quelqu'un ou quelque chose les tirait par la manche ou les pieds.

— Et toi, comment le vis-tu ?

— Il n'y a rien d'anormal là-dessous, je n'ai jamais rien vu. Par contre, il y a des choses à chercher et à comprendre scientifiquement. Comme je vous l'ai dit, seule une petite partie est accessible. L'exploration est loin d'être terminée.

— Pourquoi personne ne continue ?

— Les plus de 50 ans ont des douleurs et les jeunes, enfin ceux qui restent, ne sont pas motivés. En même temps, on est à une époque où on trouve tout prémâché sur Internet, plus besoin d'aller sur le terrain. Bon, vous êtes prêts ? On se lance ? »

Nous scrutons l'entrée. À côté, un panneau a été installé par la Fédération française de spéléologie. Il nous rappelle ce que nous allons vivre. Comme si nos combinaisons, lampes frontales et exercices sur l'arbre n'étaient pas assez explicites.

« Découverte en 1998, la cavité est libre d'accès, mais sa visite relève réellement d'une pratique de la spéléologie sportive et nécessite donc une formation préalable aux techniques de progression en milieu souterrain.

— Qui a trouvé ce trou ?

— Un type du coin, un érudit. Je n'ai jamais compris ce qu'il cherchait sur cette montagne.

— Toi, tu as participé aux explorations ? »

Nous n'entendons pas sa réponse furtive. Il est déjà ailleurs.

Nous ne lâchons plus l'orifice du regard, son entrée est tapissée de feuilles de buis. La chienne assurera un minimum de surveillance. Si à la nuit tombée nous ne sommes pas revenus, elle donnera peut-être l'alerte. L'idée rassure. Malheureusement, on dit aussi que les chiens n'ont pas la même notion du temps que les humains. Un endroit totalement déconnecté existe encore, un monde où nos smartphones seront inutiles. Ensemble, nous nous approchons de cette ouverture microscopique comparée à la montagne. Henri s'assoit et s'y glisse. Une échelle d'une dizaine de marches le sépare du gouffre.

« On va y aller un par un parce que c'est ébouleux. Vous rentrez les pieds devant. Habituellement, ça veut dire qu'on est mort. C'est tout un symbole ! »

Notre guide s'éclipse. À notre tour. Une chose est sûre, le Bufo Fret n'a pas volé sa réputation. Le souffle venu de ses gorges fouette le visage, coupe la respiration, déforme les voix. La lumière du soleil s'amenuise et le temps entame sa distorsion. Il est 9 heures du matin, une nuit noire s'abat sur nous, misérables rampants. Le vide est infini.

5

Quand Christian tomba sur ce décor métamorphosé par la crue de 1992, il ne reconnut pas tous les détails de son fief de cœur. Il venait à Bugarach depuis qu'il était gamin. D'abord avec ses parents pour la traditionnelle fête du 15 août, puis seul à l'adolescence avec son cyclomoteur pour assouvir sa passion : la recherche de fossiles. Adulte, rien n'avait changé. Ni son abnégation ni ses obsessions. Il connaissait chaque recoin du village et de ses hameaux, de la Vialasse au Linas. Il ne marchait pas le nez en l'air, le regard tourné vers le ciel. Ses pupilles, surmontées de larges cils en bataille, transperçaient toujours le sol. Et ce jour-là, après quelques observations menées sur différents spots prometteurs, il eut de la chance.

La reconstruction du pont romain avait débuté grâce aux renforts de tailleurs de pierre des Compagnons du devoir. La Maison de la nature avait été fermée après les eaux diluviennes. À l'intérieur, la moisissure commençait à faire son apparition. Sur un chemin surplombant la structure, Christian examinait le paysage. À ses pieds, une bande rocheuse de couleur rouille se dessinait sur les terres ravinées. Elle attira immédiatement son attention au milieu des marnes grises. Machinalement, il s'agenouilla et grattouilla. D'abord doucement, puis avec davantage d'ardeur et de conviction. Ce n'étaient pas de simples pointes de cailloux empalées dans la boue. C'était plus intéressant.

Ces proéminences pouvaient correspondre aux indications enfermées dans son livre de chevet qui l'accompagnait depuis l'adolescence et lui avait tout appris. Il se pencha jusqu'à être quasiment allongé. Des vertèbres parfaitement alignées commençaient à se dessiner sous ses doigts enrobés d'argile. Il se redressa pour tenter d'avoir une vision globale. La certitude l'emporta sur le doute, la preuve sur le fantasme. Il s'assura qu'il était seul. Sous ses bottes, là où des habitants avaient maintes fois marché et où roulaient désormais des tracteurs, un reptile marin se tenait tout en longueur et en splendeur.

« Enfin ! En voici un entier », s'exclama-t-il intérieurement.

Jusqu'ici, il avait dû se contenter de quelques pièces détachées, des dents, rien de plus. Il était ému. Christian était le premier témoin de ce voyage dans le temps. Il appela quelques amis et des gens de confiance. Il fallait sortir la bestiole sans qu'elle se disloque et voir ce qu'elle pourrait témoigner du passé. Cette pièce rare pourrait éventuellement avoir sa place dans le musée des Dinosaures. Christian venait de l'ouvrir avec d'autres passionnés à quelques kilomètres, à Espéraza, afin de redonner un peu de vie à ce bastion industriel qui tombait en déshérence. En attendant, il se démena pour tout bâcher avec du plastique et de la terre, à l'abri de regards trop insistants. Il voulait protéger sa découverte des intempéries et d'humains mal intentionnés.

Ils étaient un petit groupe à s'activer autour de la bête qui laissait entrevoir ses larges courbes. Ses amis félicitaient Christian. Cette crue avait décapé des sédiments vieux de plus de 80 millions d'années. Elle avait dévoilé un fossile de mosasaure couché sur le flanc. Ce varan carnivore aux dents tranchantes et acérées qui n'appartenait pas à la grande famille des dinosaures avait toutefois disparu avec ces derniers. Le paléontologue amateur était le premier à dénicher un tel spécimen entier dans la haute vallée. Celui-ci mesurait plus de 4 mètres et avait évolué ici à l'époque où Bugarach et ses environs étaient une mer tropicale du Crétacé supérieur (entre – 100 à – 65 millions d'années). Un rivage sans pic, une vie sans les Pyrénées.

En Europe, les premières découvertes de ce reptile avaient commencé dès le XVIIIe siècle. Vers 1770, des mâchoires de plus d'un mètre de long avaient été déterrées à Maastricht aux Pays-Bas. Les naturalistes ne savaient pas si elles appartenaient à un crocodile, à un poisson ou à un cachalot. Lors de la prise de la ville néerlandaise par les armées révolutionnaires françaises, les vestiges furent réquisitionnés comme trophées de guerre et rapportés à Paris, en 1795. Les recherches du scientifique Georges Cuvier confortèrent sa théorie des « révolutions du globe » : des espèces disparues avaient été remplacées par de nouvelles à la suite de grandes catastrophes écologiques.

Christian savait qu'il fallait agir telle une ombre. Il décida de ne pas prévenir la presse, de ne pas ébruiter la découverte qui aurait pu faire les gros titres des médias locaux. Il ne souhaitait pas créer un attroupement inutile autour du mosasaure. Ses hommes de confiance et lui resteraient dans la confidence scientifique, échelonnant le travail sur plusieurs vacances scolaires, en fonction des disponibilités de chacun. Un véritable chantier de fouilles se constitua au cours de l'été 1993 avec l'appui de paléontologues parisiens du laboratoire de l'université Paris-VI et du Muséum national d'histoire naturelle, intéressés par l'étude de ce reptile marin. Tous de connivence.

Le chantier passa presque inaperçu. Seuls quelques anciens du village, intrigués, jetaient un œil de temps en temps sur le terrain où reposait le gisement. Parmi eux, André se montra plus engageant et plus intéressé que les autres. Cet enfant unique était de la génération de Jeannot et Renée, de ceux qui, jusqu'au début des années 1970, allaient au café pour jouer à la belote, parfois lassés d'entendre André expliquer comment bien sortir les atouts. Beau parleur au teint hâlé, il était curieux et n'avait pas la langue dans sa poche. Il n'hésita pas à s'approcher de ces hommes à quatre pattes. Sentant une présence derrière lui, Christian, lunettes teintées et pantalon multipoche, se retourna. L'homme l'interpella en roulant les *r*, comme on le faisait ici depuis des siècles, avec un franc-parler mélange d'occitan et de français.

« *Qu'es aquò ?* Qu'est-ce que c'est ça ? *Que fasètz ?* Qu'est-ce que vous avez trouvé ? »

Christian ne se démonta pas. Il ne mentit pas non plus. Ce n'était pas dans sa nature. Il fallait répondre à la curiosité des habitants, cette bête leur appartenait aussi un peu.

« Ce sont des ossements fossiles d'un reptile marin. Un mosasaure, répondit-il fièrement. Il vivait ici au Crétacé supérieur.

— Oh ! Pouh ! *D'aquò ne manca pas praici.* Ici, il y en a partout. Moi je sais où il y en a des ossements ! Je peux même vous donner un coin.

— Ah bon ? Où ça ?

— Pardi, dans le pic !

— Comment le savez-vous ?

— J'en ai vu des choses dans la vie. Gamin, je gravissais la montagne avec les copains. Maintenant, je ne peux plus y monter. Vous savez, à mon âge... Mais il y a une grotte là-haut. Mon grand-oncle y allait l'été pour faire la sieste au frais et être tranquille. Nous aussi on avait trouvé l'entrée et dedans je vous garantis qu'il y a des os. Par contre, de quoi, je ne peux pas vous dire. On s'était foutu la frousse en se disant que c'étaient des restes humains. On ne l'a jamais répété à personne, pensez-vous ! Et on n'y est jamais retournés.

— Vous vous souvenez où est située l'entrée ? »

André montra du doigt le pic, imposant. Il fixa le pied des falaises, parcourut doucement la montagne avec son index, sans désigner un endroit précis. Il donnait des indications, vaguement. « Oui, ça doit être par là, ou par là. » Il baragouinait. « De toute manière, c'est une grotte visible. Elle est grande. Il faut un peu grimper au début, après c'est facile! »

Christian écoutait André sans lui prêter grande attention. Ici, les histoires qui passent de bouche à oreille sont à prendre avec des pincettes. La tradition orale a ses limites quand on a un peu de rigueur scientifique. Surtout, il fallait terminer le chantier avant les orages annoncés. Il le remercia et repartit à ses fouilles. Le visiteur resta quelques secondes, observa, puis disparut vers le centre du village.

« Dans le pic. »

La phrase rebondissait comme une bille de flippeur dans les pensées de Christian. Furtivement, il regarda cette masse rocheuse comme une carcasse échouée au milieu du néant, se replongeant dans les souvenirs jaunis de son enfance, lors de sa première ascension. C'était en 1978, il avait 15 ans.

Ses années collège touchaient à leur fin. Les enseignants avaient organisé une sortie scolaire de deux jours, une marche axée sur l'histoire de la haute vallée. Ils partirent à pied de Couiza, traversèrent Rennes-le-Château, passèrent à côté du château du Bézu, antre de l'histoire des cathares, pour arriver à Bugarach. Les enfants dormirent quelques heures au sein de l'école, à même le plancher. Christian ne ferma pas l'œil de la nuit. L'adrénaline était trop forte.

Le lendemain, à 4 heures du matin, alors que le jour n'était pas encore levé, la classe quitta le village pour attaquer l'ascension du pic, des lampes torches dans les poches. Ils allaient admirer le lever du soleil. En grimpant, au fil de la lueur du jour qui s'élevait pour se fracasser contre la roche, le professeur de sciences transmettait ses connaissances sur la faune, la flore, les fossiles, la géologie.

« Il y a des millions d'années, lors du rapprochement des plaques ibérique et européenne qui a créé la chaîne des Pyrénées, ici, les roches sédimentaires se sont plissées, cassées puis chevauchées. L'ordre des couches géologiques est donc à l'envers.»

Captivé, Christian écoutait. L'enseignant poursuivait.

«Des lames de calcaire jurassique (entre – 200 à – 135 millions d'années) et du Crétacé inférieur (entre – 135 à – 100 millions d'années) sont posées au-dessus des grès et des marnes du Crétacé supérieur. L'époque des dinosaures et de leur extinction. Cette montagne a cette particularité d'être formée par un pli anticlinal inversé. Concrètement, la roche la plus ancienne se situe au sommet. Ce qui est dessus devrait être dessous. D'où ce surnom de "montagne inversée". Et dans ce paysage, il y a des fossiles. Peut-être en verrez-vous!»

À 1 230 mètres, les rayons d'un soleil éclatant jaillissaient dans le ciel. Mission accomplie. Les camarades de classe étaient regroupés pour profiter de ce spectacle magique. L'image se figea dans l'esprit du jeune Christian, comme un polaroid instantané. C'était sa première fois sur le pic de Bugarach et ce ne serait pas la dernière. Il en était intimement convaincu. Sur le chemin, il avait bien cru apercevoir des fossiles marins. Il mettrait tout en œuvre pour en être certain.

Il se procura du matériel et un cyclomoteur et se promit de revenir dès que l'occasion se présenterait. Les vacances d'été, avant le lycée, tombaient à point nommé. Quel adolescent n'a jamais rêvé d'une chasse au trésor?

Dans son collège de Couiza, il avait repéré une carte géologique des environs de Bugarach. Elle était affichée dans la classe de sciences. Il avait relevé l'adresse du Bureau de recherches géologiques et minières (BRGM) qui l'éditait. Il la commanda par téléphone avec son argent de poche pour comprendre les spécificités de la région et trouver des gisements fossilifères. Seul, il refit quelques semaines plus tard le chemin de la randonnée scolaire. Il réussit à dégager des oursins et des coquillages marins, les témoins d'une plage fossilisée.

Alors qu'il poursuivait sa scolarité au lycée Paul-Sabatier, à Carcassonne, cette quête restait dans un coin de sa tête. Un jour, en regardant les étagères de la bibliothèque, il tomba sur un livre qui prenait la poussière : *Contribution à l'étude du Crétacé supérieur des Corbières méridionales*. Un ouvrage écrit en 1937 par un ancien instituteur de Bugarach, Pierre Sénesse. Il s'empressa de l'emprunter. Chacun cherche son guide. Ce manuel de géologie allait être le sien durant des années. Les pièces du puzzle se complétaient sous ses yeux. La haute vallée grouillait de gisements de fossiles. De l'ère primaire, secondaire, tertiaire. L'adolescent avait épluché chaque page, chaque référence du livre, le baladant dans la sacoche de son cyclomoteur. Il filait en direction de Bugarach les week-ends ou lors des vacances scolaires. Il suivait les indications de l'instituteur-géologue, décrivant les subtilités des failles, des strates. Il avançait pas à pas, un œil sur le livre, l'autre sur le terrain.

Sa bible disait vrai. Là où elle signalait de possibles fossiles, Christian en trouvait. Il dénicha des ammonites grosses comme des roues de voiture et les apporta tant bien que mal dans le garage familial. Une, puis deux, puis trois. Le père, d'abord amusé, devenait, au fil des arrivages, circonspect en voyant les caisses de trouvailles se superposer dans son atelier. Pierre Sénesse avait aussi évoqué des gisements de mosasaures. C'était le premier à en parler, mais personne n'en avait jamais exhumé.

Christian avait grandi, c'était désormais un adulte. Il avait eu des enfants, des responsabilités, des obligations et un emploi du temps chargé. Il avait étudié et était devenu professeur d'histoire. Il faisait un peu d'archéologie sur son temps libre et restait un paléontologue amateur. En 1982, il commença à écumer, avec un ami instituteur qui partageait la même passion, les communes aux alentours de Bugarach. Ils mirent au jour un gisement de dinosaures important sur les hauteurs d'Espéraza et de Campagne-sur-Aude, à l'origine des premières fouilles paléontologiques. Ils agissaient toujours avec respect, dans une démarche scientifique et de transmission des connaissances. Et pour cause, à cette époque le pillage faisait rage, les chasseurs de trésors rôdaient et l'explosif était monnaie courante. En 1989, dans la commune voisine de Rennes-le-Château, un lieu de ponte de dinosaures avait presque été dévasté à cause de fouilles clandestines.

« On connaît Rennes-le-Château pour la fabuleuse histoire de son curé, mais on ignore souvent que ce lieu était depuis longtemps connu pour receler des restes fossiles (œufs et os) de vertébrés, en particulier de dinosauriens » relata un article du *Midi libre*.

Les pilleurs avaient été mis en fuite, un œuf avait été extrait et récupéré. Dans la foulée, le terrain avait été entouré de barbelés pour éviter que le lieu ne soit à nouveau abîmé.

Après une exposition temporaire dans une salle de classe délaissée en raison de la baisse des effectifs scolaires, le musée des Dinosaures ouvrit enfin ses portes en 1992 à Espéraza. Il permettrait de protéger, de valoriser les trouvailles et d'« offrir à ces précieux témoins du règne animal un cadre à leur mesure », écrivit Christian avec ses collègues dans un article du bulletin de la Société d'études scientifiques de l'Aude. L'aboutissement d'années de recherches de terrain, couronnées quelques semaines plus tard par une nouvelle grande découverte.

Christian continuait de gratter son mosasaure, happé par ses pensées et les dires d'André. Il allait revenir, sa chasse au trésor à Bugarach n'était peut-être pas terminée.

6

Un creux de plusieurs mètres entourait le mosasaure soigneusement plâtré. Il était prêt à quitter les lieux vers le laboratoire du musée des Dinosaures à Espéraza. Personne n'en saurait jamais rien, Christian ne savait même pas s'il l'exposerait un jour. Et si d'aventure André répétait ce qu'il avait vu, peu de gens écoutaient ses histoires. Il était d'ailleurs revenu sur le chantier sans évoquer de nouveau la grotte. Pourtant, elle hantait encore Christian.

Et s'il s'agissait vraiment d'ossements humains ? Christian s'imaginait une grotte sépulcrale de la protohistoire. Si elle existait, il fallait la trouver, la protéger de ces fouilleurs clandestins ou de ces chercheurs de trésors prêts à tout. Ici, beaucoup cherchaient, sans foi ni loi, et rien ne se partageait. Il était urgent de vérifier le témoignage d'André avant qu'il ne soit trop tard. Avant qu'une mèche allumée ou un coup de barre à mine sauvage ne viennent tout ruiner.

Quelques mois après la fin des fouilles, il s'élança à flanc de falaises sur le pic de Bugarach, là où André avait vaguement situé la cavité. L'endroit était escarpé, il ne vit rien et n'insista pas. S'engouffrer dans des cavités n'était pas dans son ADN, lui était un homme d'extérieur, il préférait les gisements de surface. C'est ce qu'il se répétait.

Quatre années s'étaient écoulées. La France avait changé de président de la République, son prédécesseur était décédé dans la foulée et de plus en plus de foyers se connectaient pour la première fois à un réseau mondial: Internet. À son apogée, le Minitel tenait encore le cap. Tous les ans, Christian revenait à Bugarach avec les élèves de son lycée en classe de découverte. C'était à son tour de transmettre ses connaissances géologiques. Parfois, il s'y rendait seul, comme ce jour de l'année 1997. Alors qu'il randonnait sur une nouvelle piste forestière permettant d'avoir une vue plongeante sur les pieds du pic, il atteignit une crête. Il saisit ses jumelles afin d'examiner la végétation et les rochers. Son œil s'arrêta sur une ombre en demi-lune. Il avait presque oublié cette histoire.

« Ce ne serait pas ça, la cavité dont parlait André ? »

Il s'efforça de retenir la position précise de son observation en comptant les arbres et en enregistrant quelques détails marquants dans le paysage. Il s'y rendit peu de temps après, profitant des vacances scolaires de février. Pari réussi. C'était effectivement un joli porche donnant sur une salle de 5 mètres de large et 10 mètres de haut. Elle correspondait en tout point aux indications données par André. Avec, dans un recoin, des os. Ces mêmes ossements qui avaient effrayé des petits Bugarachois des dizaines d'années plus tôt. André n'avait rien inventé.

Cependant, le regard avisé de Christian décela l'origine des ossements. Il ne s'agissait pas de restes humains ni de dinosaures, mais plutôt de chèvres et de vaches. L'endroit avait peut-être servi de garde-manger à un prédateur ou de refuge pour un berger, un ermite. Christian reprit son souffle quelques secondes.

« Tout ça pour des os de vaches. Au moins il n'y a pas de tombes, donc aucun risque de pillage », songea-t-il.

Il détourna son attention des ossements et commença à analyser l'environnement, une belle grotte fraîche, silencieuse et éclairée. Il avançait lentement, touchait les parois calmement. Devant ses yeux, dans un coin au ras du sol, une toile d'araignée dansait toute seule avec légèreté. Il cessa de respirer, il n'y avait ni vent ni souffle extérieur. Elle s'agitait comme une voile de bateau. À mesure qu'il dégageait des cailloux, le trou lui projetait de la poussière au visage.

Il revint avec des outils, un piochon, une pelle. Déterminé, il creusa sur un mètre jusqu'à dégager un passage. Il rampa. C'était un réseau non répertorié, peut-être protégé par des habitants à l'aide de quelques pierres. Un boyau semblait se prolonger sur plusieurs dizaines de mètres. Il ne pourrait pas y aller seul, le dilemme était cruel : pour obtenir de l'aide, il devait partager sa nouvelle découverte.

Il commença à en parler à son ami de toujours, son collègue instituteur, son confident avec qui il avait créé le musée des Dinosaures. Il faisait de la spéléologie depuis quelques années et il connaissait un type, un as, un mec alliant la puissance et la grâce, maniant le détonateur avec classe. Il avait à son actif de belles découvertes. Il s'appelait Christophe, tout le monde le surnommait « Stoche ». Lui aussi traînait autour du pic de Bugarach avec son club fraîchement créé, la bande du Spéléo Corbières Minervois (SCM).

Au début des années 1990, ils avaient exploré de la Font de Dotz. Ils s'étaient attaqués au pompage de cette cavité noyée, localisée un siècle auparavant par un instituteur du village. Christophe avait mené les opérations avec fougue, efficacité, parfois vêtu d'un simple slip. Quand le démarreur du groupe électrogène était tombé en panne, Christophe ne s'était pas démonté et avait remplacé la batterie par celle de sa voiture. Un trou souffleur avait été repéré et immédiatement élargi à la dynamite. Le SCM avait alors découvert 3 kilomètres de conduits et des euproctes, un petit amphibien de la chaîne des Pyrénées. Puis plus rien, la montagne avait retrouvé son calme. Plus de sortie, ni d'indice, ni d'espoir.

« Stoche fera l'affaire », pensa-t-il.

À l'âge où Christian farfouillait dans la bibliothèque de son lycée, le jeune Christophe, aux cheveux longs, n'avait d'yeux que pour le monde souterrain et la musique expérimentale du rock psychédélique, Frank Zappa en tête.

Après un rapide coup de fil, les deux hommes se rencontrèrent à l'abri des regards et montèrent voir cette nouvelle cavité. Terrain de jeu intéressant, jugea Christophe qui ne se déplaçait jamais sans une massette et un burin. Ils désobstruèrent la galerie. Le duo tomba rapidement sur de nouveaux ossements aux dimensions intéressantes. Ceux de panthères, de lycaons, de bouquetins et des mâchoires d'hyènes des cavernes. Toute une faune préhistorique piégée dans les sédiments argileux des boyaux s'entassait-là. Christian sortit minutieusement à la lumière du jour tous ces restes d'animaux.

« C'est sympa, mais ça ne mène pas bien loin, conclut Christophe en ressortant à l'air libre. En revanche, cette histoire de courant d'air et de failles, c'est intéressant. Il pourrait y avoir d'autres trous dans le pic », reprit-il.

Christian n'avait rien dit et Christophe semblait lire dans ses pensées. En suivant le spéléologue, Christian avait également remarqué ce détail prometteur : les galeries suivaient une faille verticale. Si chaque brèche de ce massif cachait une grotte, alors le pic de Bugarach était un véritable gruyère. Les deux hommes arrivèrent à cette même conclusion, il y avait quelque chose à trouver. Ils en étaient sûrs. Chacun reprit sa route et son quotidien. Le paléontologue amateur apporta les ossements au musée de Préhistoire de Tautavel, dans les Pyrénées-Orientales. Les scientifiques datèrent de 80 000 ans cette faune, c'est à dire du début de la dernière glaciation du Pléistocène. Obsédé par sa supposition, Christian ne tarda pas à revenir arpenter ces fourrés et ces éboulis, de l'aube au crépuscule, durant ses jours chômés.

Cet été 1998, la France était sur un nuage. Dans une euphorie collective, le pays se remettait doucement de son premier titre de championne du monde de football. Aux antipodes de l'effervescence nationale, Christian crapahutait seul. Le beau soleil du mois d'août brillait, c'était une de ces journées où dans cette région la chaleur fatiguait et où, à l'heure de la sieste, on entendait les mouches voler, les cigales et les grillons chanter. Les cours d'eau étaient à sec dans la haute vallée, les canoës avaient été retirés des locations estivales. Lui furetait en short à l'affût du moindre signe dans un paysage calcaire abandonné par le vent.

Il suivait une faille en remontant un ravin qui entaillait le pic de Bugarach. Il observait, touchait la roche. On n'avait jamais percé un secret en restant statique. Il marchait, se penchait, se haussait sur la pointe des pieds. Soudain, il sentit un puissant courant d'air froid passer entre ses mollets dénudés. Comme une rafale en rase-mottes. Il tressaillit et se pencha. Son attention fut attirée par des herbes qui bougeaient. Elles dansaient et virevoltaient, comme la toile d'araignée dans la précédente grotte. L'excitation s'empara de lui. Il balaya de son esprit la tramontane, le marin, le sirocco. Aucun vent ne soufflait sur la haute vallée ce jour-là. Il s'approcha des herbes et détecta l'origine du souffle. Il provenait de la montagne. Rien de comparable avec la fois précédente. Tous ses sens étaient en éveil. Une seule hypothèse était valable selon lui : cet air bruyant quand on tendait l'oreille ne pouvait provenir que de conduits débouchant sur le haut de la montagne. Les crevasses situées au sommet sur le sentier de randonnée du pic le laissaient supposer.

Christian écarta machinalement les herbes et les roches, puis tomba nez à nez sur un petit trou, un boyau descendant dans lequel un homme pouvait se faufiler. Le passage était étroit, le fond rempli de blocs. Il gratta, poussa, jeta un œil comme à travers un judas. Après diverses vaines tentatives, il prit conscience de ses limites. Il manquait de moyens matériels et ses deux bras ne suffisaient pas. La tâche était impossible pour une personne seule, il fallait partager sa trouvaille. Il devait constituer une équipe motivée pour venir à bout de cet obstacle. Pas n'importe qui. Il avait besoin de personnes qui agiraient en toute discrétion. Des tueurs à gages de la roche.

Le visage de Stoche lui vint immédiatement à l'esprit. Il était l'homme de la situation et il n'était pas seul. Autour de lui, il y avait sa bande dotée de perforateurs, de massettes, de détonateurs et d'une énergie intacte. Dans ce monde, être le premier à s'aventurer dans une cavité est le Graal. Les spéléologues ont un nom pour cet instant, ils disent « faire de la première ». Pour une telle expérience, ils sont prêts à tous les sacrifices. Ils peuvent y consacrer tout leur temps libre, enthousiasmés par la perspective d'explorer de nouvelles voies, dans un endroit où jusqu'alors ils ont dû se satisfaire d'un réseau établi, sans possibilité de nouvelle ouverture. Et cela, sans le crier sur tous les toits. Discrets, toujours.

Souhaitant préserver sa découverte, Christian remit chaque caillou là où il l'avait trouvé. Il le savait, le pic attirait, transcendait même.

Quelques semaines plus tôt, un ufologue répondant au nom de Jean d'Argoun avait dit y avoir fait une étrange rencontre. Dans la nuit du 18 au 19 mai 1998, il serait entré en contact avec un vaisseau spatial serti de hublots sur les hauteurs du pic de Bugarach. Il raconta même avoir reçu un message de la part de ces visiteurs venus d'ailleurs :

« Nous venons vous annoncer ici en ce lieu sacré que les temps de la révélation finale sont arrivés [...] Un corps sommeille pour le moment au cœur de ce pic, à l'intérieur d'une ancienne nef oubliée. Il se manifestera pour le salut de votre humanité en perdition [...] Un immense péril menace votre monde. [...] Vous n'échapperez au sort de la multitude qu'en vous connectant sur les fréquences de certains cristaux ».

Un planétoïde serait en approche.

7

Henri est déjà loin devant. Debout, sûrement. Nous ne l'entendons plus. Au pied de l'échelle, le souffle estimé à 9 °C nous glace. Dans cette tempête, seul le bruit métallique de nos mousquetons frappant la roche résonne comme des clés de prison. Le tube à air horizontal mesure plusieurs dizaines de centimètres de hauteur et un peu moins en largeur. Le nez à terre, allongés, postés sur les avant-bras, nous traînons nos corps imposants l'un derrière l'autre, à quelques secondes de décalage, le tronc en mouvement, les jambes raides et serrées. Chaque poussée est une épreuve. Nos combinaisons frottent sur les parois à la couleur ocre.

Le poids de la montagne est au-dessus de nos têtes. Nous avançons dans ses viscères.

Avant de se lancer, Henri, dont seul le visage sortait du gouffre, a esquissé un dernier conseil.

« Ne traînez pas dans ce tuyau de terre pour ne pas rester bloqués au risque de psychoter. »

En un mot : « Foncez ! »

Chaque geste compte. Nous en avons omis un au démarrage. Une fois l'échelle descendue, nous voici recroquevillés au sol pour ramper, mais nos sacs étanches toujours sur le dos nous bloquent. Avec ce corps étranger, la proprioception*

* La proprioception, que l'on appelle également « sensibilité profonde », est la perception que chacun a, de manière consciente ou non, de la position dans l'espace des différentes parties de son corps.

est modifiée. Au point de regretter de ne pas être un poulpe, champion dans ce domaine, capable de jauger au centimètre près s'il peut entrer ou non dans une faille d'épave et se faufiler dans des trous plus petits que son diamètre. Immobiles, dépourvus de moyens d'action, nous essayons de passer en force. Inutile contre ce plafond inamovible. Une respiration, puis deux. Le problème est résolu avec le peu de calme que le décor impose, nous accrochons finalement les bardas à nos bottes en plastique. Les pousser devant nous aurait ralenti ; les porter sur le dos fabriquait notre propre piège. Le mal est fait, la peur s'est installée.

Nos sacs râpent le sol, ils drainent gravats et caillasses. Chaque semblant de prise est une chance pour se cramponner. Le souffle du pic, aux allures de réacteur d'avion, est étourdissant. Suffocant. Un air impossible à recracher. Nos yeux se plissent, nos mâchoires se serrent, la nuque se tend. Des deux côtés du visage, les muscles masséters forment des boules sous tension, comme prêts à transpercer la peau. Le vent cherche à sortir. Aplatis, nous voulons pénétrer plus avant sous la montagne bouillonnante. En baissant la tête, nous gagnons de brefs instants de répit. La lumière de la lampe frontale éclaire des trichoptères, de la poussière, de la terre. Sur son passage, déferlant comme une vague, le souffle avale nos pensées, nos paroles. Dans le fruit de ces entrailles, le soleil n'existe plus.

« Avance ! »

Tout ce qui sort de la bouche revient en écho aux oreilles du hurleur paniqué. Comme si cette paroi était un miroir étouffant, elle renvoie le stress. À peine émise, la requête est engloutie, projetée à l'extérieur telle une vulgaire feuille morte. Nous nous entendons à peine. Le sentiment de crier sans parvenir à sortir une once de tonalité, propre aux divagations nocturnes, devient réel. Henri avait raison, nous sommes des taupes crotteuses. Nous grattons au rythme d'une respiration contenue qui ne doit pas s'emballer au risque de céder à l'angoisse. Chaque partie du corps est analysée en fonction du passage suivant. La tête, les épaules. Le reste est censé suivre.

Nous sommes nos seuls ennemis. Revenir en arrière est impossible, il faut ramper droit devant, en rythme. Nos progressions sont liées. Si le premier n'avance pas, le second non plus. Nous sommes deux, mais il n'y a que soi-même pour se rassurer. Notre pulsation cardiaque monte, multipliée par la puissance du Bufo Fret. Entre ces quatre murs qui n'en font qu'un, des allures de tombeau se dessinent. Une fraction de seconde permet de rationaliser. Des dizaines de personnes, voire des centaines, sont déjà passées ici. Ce n'est pas le couloir de la mort.

8

« Un courant d'air à ce niveau-là ? Je n'en ai jamais senti, jamais trouvé. Tu es sûr de ton coup ? »

Stoche raccrocha son téléphone après avoir fixé un rendez-vous à l'aube le lendemain, au pied du pic.

Christian le retrouva sur le sentier et le guida jusqu'à la fameuse découverte, finissant en hors-piste, slalomant à travers un épais fourré, puis escaladant une paroi abrupte. Durant la montée sur le versant sud, Christophe réfléchissait déjà à la manière dont il fixerait des échelles dans la pierre pour faciliter l'accès. Il avait toujours un coup d'avance.

« C'est ici », dit Christian en pointant le doigt.

Christophe constata qu'ils étaient venus précisément à cet endroit avec son équipe l'hiver précédent. Ils n'avaient rien vu, rien senti, rien entendu. Christian était passé au bon endroit au bon moment. Sa découverte ne pouvait survenir qu'en été lorsque le niveau d'eau à l'intérieur baissait et laissait place à l'air. Ils commencèrent à enlever des blocs. Accroupi, Christophe ausculta la faille et le souffle qui s'en dégageait. Il était fort, froid, une véritable turbine. Le spéléologue n'en revenait pas. Enthousiaste, il parlait avec assurance.

« Tu ne t'en rends pas compte ! Ce n'est pas la grotte de la dernière fois. C'est puissance dix, il y a des kilomètres de galeries. Quelle force a ce courant d'air ! Il y a du volume derrière. »

Un peu dépassé par sa propre découverte, Christian s'inscrivit au SCM, partagea son secret et intégra la bande des spéléologues. Il apprit à la hâte à évoluer sur des cordes au-dessus du vide, à remonter des cheminées à mains nues. Ensemble, ils préparèrent la grande expédition. Beau joueur, avant d'envoyer les premiers coups de burin et de presser sur le détonateur, Christophe passa un coup de fil à son ami d'adolescence, resté dans le club rival.

« Salut Henri, c'est Stoche. Je voulais te prévenir qu'on a trouvé un trou au pic de Bugarach.

— C'est le jeu. Vous êtes les premiers. Merci de m'avoir prévenu. »

Christophe et Henri se connaissaient bien, ils s'étaient rencontrés en 1974 dans une cavité du département, la grotte du Gazel. Ils n'avaient pas encore 18 ans. Ils étaient tous les deux nés ici et fils d'instituteurs. Ils partageaient le même besoin de s'évader, de s'émanciper et de se libérer du joug familial, sous la terre. Leur bulle de liberté. Christophe avait de longs cheveux noirs qui se coinçaient dans le descendeur et un regard à défier le monde. Henri était plus en retrait, les cheveux bien taillés, et suivait avec admiration celui en qui il voyait un grand frère.

Le premier aimait le rock psychédélique et Jules Verne, le second le jazz et les écrits de Norbert Casteret, explorateur solitaire de nombreuses grottes dans les Pyrénées et auteur de *L'Appel des gouffres* et *Ma vie souterraine*. Sa devise : « Vers de grandes choses par des voies étroites ».

En 1977, un club de spéléologie de Narbonne commença à prospecter sur le pic de Bugarach et découvrit un petit aven. Il ne poursuivit pas les travaux. Informés, Henri et Christophe prirent alors position sur leurs propres terres. Le duo arpenta assidûment la montagne, sans grandes illusions au début, sous la houlette de leur club, le Spéléo Club de l'Aude, le plus ancien du département, fondé en 1934.

Ils cherchaient des trous souffleurs et des grottes inconnues. Ils aimaient évoluer ensemble, ils se complétaient.

En 1981, un jour de grosse pluie, Christophe avait remonté un éboulis et trouvé l'entrée d'une grotte avec un ami. Henri vint immédiatement leur prêter main-forte, tous les trois rampant l'un derrière l'autre. En 1982, ils mirent au jour la toute première cavité majeure du pic, longue de 300 mètres. Ils étaient jeunes et fiers et continuèrent à arpenter régulièrement la montagne, ses failles et ses avens. Ils étaient certains qu'il y avait quelque chose d'encore plus important là-dessous.

Mais des ego au sein du club dévoraient les passions. Pendant les explorations de la Font de Dotz au début des années 1990, Christophe quitta le Spéléo Club de l'Aude pour rejoindre le récent Spéléo Corbières Minervois et en devenir un pilier. Il cherchait un groupe où les relations humaines, l'esprit d'équipe, l'exploration, le respect du milieu n'étaient pas de vains mots. Henri décida de ne pas suivre et resta fidèle à son club. Dès lors, ce serait le SCM contre le SCA. Du respect teinté de guerres de territoires avec un code d'honneur et une règle : premiers arrivés, premiers servis.

La montagne, elle, ne livra aucun autre secret jusqu'à la découverte de Christian qui, en choisissant le SCM, mit le club rival sur la touche.

Henri ne s'approcherait pas du trou pendant la bataille. Il pouvait aller gratter ailleurs. Derrière Christophe et tous unis dans la confidence, le SCM entra en piste. Les opérations démarrèrent en novembre 1998 ; des heures passées à tenter d'ouvrir cet orifice, la tête en bas. Quand arrivèrent les pluies de janvier, le trou partiellement noyé se mit en crue et de l'eau s'en échappa, formant en contrebas une cascade. Ils s'attaquèrent alors à un autre boyau repéré un peu plus haut. Ils gamatèrent*

* Gamater provient de « gamate », une auge de maçon servant à évacuer les déblais lorsque l'on agrandit des passages. La gamate est munie d'une ou deux cordes pour qu'on puisse la tracter et la rapporter.

longtemps, sans succès. Le chantier était un vrai champ de bataille.

À l'été 1999, l'air surgit en lieu et place de l'eau. Il fallut creuser un autre trou sur un sol plus stable. Dans un bruit étourdissant, l'explosif faisait valser la roche contre les troncs des arbres environnants, griffés à vie. Alors que Christian réceptionnait à l'extérieur les bidons pleins de gravats et de cailloux, il entendit soudain un énorme raffut. Un éboulement.

« Stoche ? »

Il fonça vers le trou de souris.

« Stoche ? Christophe ? »

Le silence était interminable.

« Viens voir ! C'est grand ! »

Rassuré, Christian se précipita dans le réseau. La salle était belle et il y avait encore du potentiel derrière une trémie*, d'autres verrous à faire sauter. Attaquée à la barre à mine, une fissure céda, révélant un conduit horizontal. Les explorateurs se jetèrent dans l'entonnoir. Une vraie caverne d'Ali Baba s'ouvrit aux yeux des premiers entrants : de vastes galeries, une couleur ocre, une cheminée étroite d'une quinzaine de mètres.

* Une trémie est un éboulis provenant d'un orifice communiquant avec la surface ou un étage supérieur.

Aucune trace d'un passage de l'homme. Le réseau était vierge. Une vraie « première ».

Ils aperçurent une étendue d'eau transparente, elle faisait des vaguelettes tant le réseau était ventilé. Par endroits, le sable avait gardé comme unique empreinte celle de ces fines et petites ondulations. Ce paysage ressemblait à un rivage au crépuscule. La découverte de cette terre inexplorée rameuta ceux de la bande qui s'étaient mis en pause, las de l'inefficacité de leurs travaux.

Les explorateurs sortirent l'artillerie lourde afin d'attaquer en pleine roche. Ils acheminèrent un groupe électrogène, des marteaux-piqueurs, des perforateurs. Dans un boucan d'enfer, les coffres-forts flanchaient un à un. Chaque sortie permettait de gagner une à plusieurs centaines de mètres, dévoilant concrétions étincelantes et rideaux de stalactites. Un bonheur pur. Ils escaladaient des parois de plusieurs dizaines de mètres et construisaient de quoi faciliter les passages, des mèches et de la poudre toujours dans les sacs étanches. Le terminus ne semblait jamais apparaître. Sortir par le sommet de la montagne via un des nombreux trous souffleurs devenait un objectif à atteindre. C'était même un rêve.

Pendant ce temps, à l'air libre aussi on s'activait, sans savoir ce qui se tramait au-dessus des têtes. Dans la chaleur de l'été 1999, à l'approche de l'éclipse solaire, Bugarach montait en ébullition. Non pas parce que le couturier espagnol Paco Rabanne avait annoncé la fin du monde. «Paris sera à feu et à sang le 11 août 1999 à 11 h 22 précisément quand s'écrasera sur la capitale la station orbitale Mir», prédisait-il en invoquant Nostradamus.

Le village était en effervescence en raison du festival de musique organisé au pied du pic par le foyer des jeunes et d'éducation populaire (FJEP). Un vestige issu de la génération des babas cool. *La Dépêche du Midi* évoqua un «petit Woodstock», imaginant un succédané de Timothy Leary, pape de la came, distribuer des buvards de LSD comme on partagerait le pain et prêcherait la bonne parole. Face au pic, les étoiles, les basses, la transe et les «portes de la perception» qui s'ouvriraient. «Si les portes de la perception étaient nettoyées, chaque chose apparaîtrait à l'homme telle qu'elle est: infinie. Car l'homme s'est refermé sur lui-même jusqu'à considérer toute chose par les brèches étroites de sa caverne», écrivait le poète britannique William Blake qui inspira Aldous Huxley, Timothy Leary, Patti Smith et Jim Morrison. Autant de références pour celles et ceux qui avaient connu la «grande époque» de Bugarach.

Elle était désormais révolue.

En réalité, une dizaine de jeunes organisa, avec l'accord du maire, Jean-Pierre Delord, une soirée sans prétention avec une série de concerts réunissant tout de même jusqu'à 800 personnes, soit quatre fois le village. La station Mir, elle, resta en place. L'orage explosa. L'eau ne monta pas comme en 1992 dans la haute vallée; mais comme à Woodstock, la soirée s'acheva dans la boue.

L'eau et l'impraticabilité du terrain constituaient le casse-tête des spéléologues dans cette nouvelle entrée. Elle se remplissait chaque hiver et surtout un passage était régulièrement encombré d'éboulements. Ils construisirent une entrée artificielle, un accès permanent au trou. L'atout du SCM était la compétence en topographie de Christophe. Il savait qu'ils étaient exactement au-delà de la trémie et de l'endroit où la cavité se noyait. Une erreur de calcul leur aurait coûté des mois ou des années de travail.

Ils sortirent à nouveau les mèches, le groupe électrogène et les marteaux-piqueurs et excavèrent quelques mètres plus haut l'entrée étroite de ce réseau, qu'ils devaient officiellement baptiser. Passage obligé pour accéder au monde souterrain, la puissance du souffle impressionnait ceux qui s'attelaient à agrandir l'orifice. Ce vent libéré par les premiers explorateurs se réveillait principalement aux beaux jours. Son bruit rageux perceptible de l'extérieur saisissait à l'intérieur au fur et à mesure que la confrontation s'accroissait. Surtout, cette haleine de la terre, fil rouge de l'exploration, avait trahi la présence de ces vastes cavités en se manifestant dans les jambes de Christian.

Le réseau s'appellerait Bufo Fret, pour « souffle froid » en occitan.

De mois en mois, d'été en été, les aventuriers s'acharnaient à désobstruer et à ouvrir de nouvelles galeries et leurs accès, baptisant les sections et les passages un par un. La Galerie du sable, l'Œil de bœuf, le Grand Balcon, la Vallée blanche, le Méandre du beau jeune homme, la Galerie des moustiques ou encore la Salle du lézard là où un des spéléologues avait cru voir apparaître la queue d'un reptile. Des noms poétiques et parfois politiques. En avril 2002, le Front national avait accédé au second tour de l'élection présidentielle. Dépités face à une situation inédite et délétère dans les urnes, les spéléologues, confrontés à une paroi gluante et marronnasse dans le trou, baptisèrent cette section la « Peste brune ».

Parallèlement à ces avancées, Jean d'Argoun, l'ufologue qui racontait être entré en contact au sommet du pic de Bugarach, une nuit de mai 1998, avec un vaisseau spatial serti de hublots, venait de sortir un livre : *La Montagne sacrée*. « Les temps de la révélation finale sont arrivés », écrivait l'auteur.

Amusés par cette lecture, les spéléologues lui dédièrent un passage du Bufo Fret. Celui des Intraterrestres, non loin de la Galerie des petits gris – surnom donné aux extraterrestres –, en référence à la littérature de science-fiction des années 1960-1970. Ils savaient que le pic excitait l'imaginaire de ceux qu'ils surnommaient les « zozotériques ». Ils avaient déjà aperçu des traces de visiteurs qui aimaient s'aventurer au début du réseau : des amulettes, des poupées, des bougies, un oiseau mort. Sans savoir comment le volatile était arrivé jusque là.

Quelques années plus tard, un habitué de l'auto-stop dans la haute vallée, rôdant devant le Bufo Fret, bassinerait lui aussi les explorateurs avec des histoires sur la présence d'extraterrestres et d'engins interstellaires qui se trouveraient sous le pic. Il s'autodéclarait « Christ cosmique » ou « Grand Monarque » depuis qu'il était tombé sur l'ouvrage d'une femme qui avait vécu dans un hameau de Rennes-le-Château, où elle était surnommée « la milliardaire ». Cheveux frisés et rouflaquettes, il se montrait très intéressé par les réseaux souterrains. Les spéléologues baptisèrent avec humour les passages d'un autre trou souffleur « Tunnel cosmique » et « Méandre du grand monarque ».

Pour les explorateurs, loin du ciel et le nez dans la terre, le rêve ultime restait de traverser la montagne de bout en bout par ses boyaux souterrains. Un chuchotement s'était fait entendre au fond du réseau. De l'eau. Un ruisseau.

Quant à Christian, il escalada certains endroits dangereux où il était déconseillé par les spéléologues avertis de s'aventurer seul. Ses descentes dans la grotte mirent au jour des ossements d'animaux qui avaient été emprisonnés dans des failles par des coulées de boue aux prémices de la dernière glaciation. Des bouquetins, des hyènes. À l'extérieur, le paléontologue amateur souhaitait rester le plus évasif possible sur l'endroit et sa propre personne. Pas de presse, pas de bavardage. Il restait discret, même dans les comptes rendus d'exploration. « Il refusait d'apparaître dans quoi que ce soit. Ces types dans l'archéologie sont hyper-secrets, un peu à l'écart », témoigne un membre du club.

En 2008, le Bufo Fret perdait en attractivité et en bras motivés. Après plus de 70 sorties et âgé de 45 ans, Christian cessa de visiter les profondeurs, de fréquenter les réunions du SCM et retourna à ce qu'il aimait : la recherche à ciel ouvert. En solitaire. Toute cette histoire, de la découverte secrète du mosasaure à celle du Bufo Fret, avait occupé quinze années de sa vie. Il garderait toujours un œil discret sur cette galerie et ceux qui pourraient utiliser ce temple naturel à des fins fantasmagoriques. Les habitués des sous-sols perdirent définitivement sa trace.

Fin de la transmission radio.

À L'OMBRE DU PIC

9

« Bon, vous vous en sortez ? »

C'est la voix d'Henri. Il braille. Au bout du boyau, il se tient debout. Nous voyons ses pieds. Le vent baisse soudainement en intensité. En nous relevant doucement, la main agrippée aux sacs, nous remontons le fil de son corps gainé. Nous tombons face à son visage, à ses lèvres pincées dans la lueur de nos éclairages. Nous avons gagné en hauteur, guère en largeur. Encore essoufflés par la première épreuve, nous voici enfin à la verticale, toujours dans l'exiguïté, avec l'espoir d'atteindre enfin une galerie.

« Pourquoi ça souffle autant dans ces premiers mètres ?

— C'est un phénomène de déséquilibre des pressions. La rencontre entre des températures hautes et basses crée des courants d'air. Le souffle entre par des trous au sommet et va jusqu'à la sortie principale, par laquelle nous avons débuté, avec un important dénivelé de près de 500 mètres.

— Donc la puissance peut varier ?

— Plus il fait chaud à l'extérieur, plus il y a de différence. Comme avec une cheminée : quand tu ouvres une fenêtre à l'étage, la chaleur part d'un coup. En pleine canicule, le souffle atteint son summum. C'est d'ailleurs grâce à ce courant d'air que le réseau a été trouvé. »

Dans les cavités, certaines entrées peuvent être aspirantes. Au sein de cette montagne, c'est l'inverse, le phénomène de « tube à vent » engendre un souffle puissant, estimé à 12 mètres cubes par seconde, s'engouffrant dans une brèche. Aujourd'hui, elle est légèrement plus réduite parce qu'il a beaucoup plu ces dernières semaines, élevant le niveau de sédiments. La voix d'Henri vibre sous la roche.

« Le problème de l'érosion, c'est qu'elle transporte des matériaux et peut boucher des issues. »

La roche est saillante, un revers de main qui traîne et la peau s'effrite, laissant place au sang. La paroi ne fait aucune ligne droite ni courbe. Tous les 3 centimètres, elle est fragmentée. Rien n'est poli, comme une formation désordonnée. Parfois le guide s'arrête quelques secondes, se retourne vers nous et se mue en professeur de géologie.

« Dans l'Aude, la roche est très calcaire. Ce sont des ossements marins, des squelettes de poissons et de coquillages. En mourant, ils sont tombés au fond de l'eau et avec la pression sont devenus de la roche.

— Le calcaire vient des animaux ?

— Oui, c'est parce qu'il y a eu l'animal qu'il y a du calcaire. Tout se tient. Quand la roche est sous l'eau, elle est encore élastique, comme une pâte. Avec les poussées tectoniques, la dérive des continents, elle commence à se plisser. Quand elle sort de la mer, l'érosion l'attaque immédiatement.

— Ce processus prend des milliers ou millions d'années alors ?

— Ça dépasse l'entendement. Imaginez, ce que sont nos vies à côté ? Nous sommes l'infiniment petit. »

Nous alternons la marche debout et à quatre pattes. Le genou cogne, l'os est douloureux.

« Allez, on continue, on va arriver au Lac. Avec des gens de 50 balais, j'aurais davantage pris mon temps, mais à vos âges, on peut foncer. L'entraînement sur l'arbre, je vous l'ai fait à coups de pied dans les fesses, c'était un peu militaire. »

Nous sourions et le lançons sur un autre sujet alors qu'il avance à allure soutenue, les épaules assurées. Nous aussi, nous commençons à nous décontracter.

« Tu connais bien le village de Bugarach ? »

— Oh, j'y ai un peu travaillé, mais j'en ai surtout des souvenirs d'enfance. J'ai connu les fermes, la sellerie, les paysans de l'époque, l'ancien maire qui faisait son jambon, les expéditions, gamin, sur la montagne. À l'époque, les maisons étaient sombres avec des murs sans peinture et la toile cirée sur la table. Le Bugarach authentique ! Je ne me reconnais plus trop dans le village actuel et je ne connais plus grand monde maintenant, beaucoup sont morts. C'est surtout mon père qui était une figure ici. »

Nous suivons notre homme au casque rouge. Nos lampes sont nos bouées dans ce grand bain d'obscurité. La vision de moustiques grands comme une phalange nous rappelle qu'elles fonctionnent bien. Nous venons d'entrer dans une autre dimension. Le monde intérieur. Une terre pure, cachée et sauvage, d'où se dégage une mélancolie silencieuse.

10

En 1969, Bugarach se désolait. Depuis quelque temps, un mal lancinant et contagieux rongeait les familles. Les enfants, à l'aube de l'âge adulte, quittaient le pays les uns après les autres.

Les villes représentaient une source d'émancipation. Elles permettaient d'atteindre un idéal, un emploi stable au revenu fixe. Les sirènes des centres urbains pourtant remodelés par les événements de Mai 68 étaient devenues trop fortes pour y résister. Les jeunes ne seraient pas agriculteurs et vivraient loin de Bugarach. Ils ne reprendraient ni les champs, ni les élevages, ni le mode de vie de leurs vieux. Ils travailleraient aux PTT, dans la fonction publique, aux impôts ou à l'usine. Ils goûteraient au salariat dans les agences bancaires, au confort, aux congés payés et à la modernité. Ils voulaient sortir du vase clos de leur classe sociale, ne pas être prisonniers des mêmes gestes à répéter inlassablement dans la terre, sans perspective.

La génération de la rupture.

Les parents regardaient leurs rejetons partir de Bugarach, sans piper mot. Ils leur avaient tant donné. Au fond d'eux-même, ils comprenaient leur choix, même s'il était dur à accepter. Un village sans bras, sans descendance était un village condamné. L'avenir de l'unique école était menacé. Il était loin le début du siècle quand la commune comptait plus de 500 habitants, quatre cordonniers, deux menuisiers, deux maréchaux-ferrants ou encore un cantonnier électricien. L'épicière, qui torréfiait le café embaumant les rues du bourg, ne venait plus. Il n'y avait plus de commerces, les portes du dernier bistrot restaient souvent closes. Le vieil hôtel avait fermé définitivement les siennes depuis une dizaine d'années. Seules les fenêtres étaient ouvertes de temps en temps pour aérer un peu les chambres. L'exode était le coup de grâce. Celui que chantait Jean Ferrat dans *La Montagne* à propos de son Ardèche, valable pour tout un monde rural.

Le village regroupait alors une centaine d'habitants, avec des figures tutélaires et rassurantes comme Renée qui vivait à côté de l'église, André le beau parleur, Jeannot le survolté et une poignée de minots et d'adolescents, précieux, comme Bernard.

À l'été 1969, Serge Gainsbourg et Jane Birkin réchauffaient la température dans la France étriquée de Georges Pompidou. Neil Armstrong marchait sur la Lune.

Bernard avait l'habitude de cette route, la D14 qui menait au village. Pouce tendu, le collégien attendait sous le soleil de ce samedi de septembre qu'une des rares voitures le ramène de Couiza à Bugarach. Il avait fait la première partie du trajet depuis l'internat de Quillan en micheline, un autorail léger. Cette ville d'à peine 5 000 habitants était à 30 kilomètres de son village, cela faisait trop loin pour ses parents qui n'avaient pas le permis de conduire. Il ne les avait pas vus depuis la rentrée des classes. À 13 ans, c'était peu. L'adolescent revenait chez lui tous les deux week-ends, mais il s'était fait coller la quinzaine auparavant. Ça voulait dire qu'il sautait son tour.

Une voiture s'arrêta et le déposa à l'entrée de son village. Le travail à la ferme ne lui avait pas manqué. Depuis que ses maigres bras le lui permettaient, il aidait ses parents qui trimaient de 6 heures à 22 heures avec leur soixantaine de moutons et une poignée de vaches, vivant de la vente de veaux et d'agneaux. En autonomie. « Une triste vie où le labeur était le maître mot », aux yeux de cet adolescent né au cours du printemps 1956 à Bugarach même. Ses parents n'avaient pas fait d'études après le certificat, cependant ils commençaient à comprendre une chose : une fois divisée, leur exploitation ne pourrait pas nourrir leurs quatre enfants. L'avenir était ailleurs. Les grandes sœurs et le grand frère de Bernard s'étaient lancés dans cette voie. Le petit dernier suivait leurs pas à l'internat de Quillan, la bourse couvrait quasiment toute la pension et l'ambiance y était réputée sévère, rigoureuse, mais bienveillante. À l'internat de la ville voisine de Limoux, quand un élève était originaire de Bugarach, il était moqué par ses camarades. Pointé du doigt. Il était vu comme une personne venant du bout du monde, d'un coin désert et abandonné, reculé et hostile, qu'on saurait à peine placer sur une carte. « Quelque part, par là-bas », aurait-on dit en agitant mollement la main vers un vague horizon où personne ne s'arrête. À l'internat de Quillan, un Bugarachois n'était pas traité comme un habitant du bout du monde, car les dortoirs regroupaient tous les enfants de villages encore plus isolés, notamment du plateau de Sault. Conditionné, Bernard se faisait doucement à l'idée : pour ne pas vivre chichement, un jour, lui aussi partirait de Bugarach.

Pour l'heure, en arrivant chez lui, ce qui avait manqué à l'adolescent, c'étaient les copains et la liberté au pied du pic qu'ils gravissaient de temps en temps en douce avec des lampes torches. Il faisait ce qu'il voulait tant qu'il bossait.

Il connaissait les ruelles du village et ses célébrités par cœur. Comme Jeannot qu'il croisait régulièrement entre ses champs et sa maison. Ils portaient le même nom de famille, mais n'avaient aucun lien de parenté. Un simple hasard, disait-on.

Natif lui aussi, Jeannot n'était pas resté toute sa vie à Bugarach. En 1954, avec l'armée, il avait été envoyé en Algérie, au Maroc et en Tunisie. À son retour au hameau de la Vialasse, il s'était fait embaucher par la compagnie qui y installait l'électricité. Pendant trois ans, il avait tourné dans le Tarn, l'Ariège et les Pyrénées-Orientales, avant de reprendre la ferme familiale. Le barbu avait toujours sauté sur le progrès, fier d'exhiber la première tronçonneuse de la commune. « Une Clinton ! Venue des États-Unis ! » claironnait-il devant les habitants.

Les connexions à l'électricité en 1956, puis au réseau d'eau potable en 1964 avaient changé sa vie. Il n'irait plus chercher l'eau à la rivière. Le temps, c'était de l'argent. Le four à pain ne servait plus qu'à stériliser les conserves. Pétrir était le métier du boulanger, pas le sien.

Il avait endossé le rôle de l'avant-gardiste du village. Une vie de crédits et d'investissements. Après sa Clinton, il avait été le premier à acquérir un poste à souder triphasé en 1961, un tracteur en 1962, puis le bulldozer et la moissonneuse-batteuse qu'il faisait tourner dans toute la haute vallée, à une époque où les sauterelles pullulaient dans les champs.

Mais Bernard voyait bien que son village patinait. C'en était fini des battages à l'ancienne quand, fin septembre, quatre ou cinq personnes récupéraient la paille à la fourche derrière l'égreneuse, pour façonner des meules. Désormais, la quantité prévalait. Le travail devenait individualisé, annonçant la fin des grandes tablées d'après la moisson à 25 personnes, conclues par des rasades d'eau-de-vie de marc de raisin. Après quelques années à opérer des allers-retours entre Quillan et Bugarach, et un CAP en poche, l'heure du départ définitif sonna pour Bernard. Direction la ville de Limoux. Une entreprise de peinture, cloisons, façades et sols l'attendait ; c'en était fini de ses petits travaux dans les vignes.

En 1973, à 17 ans, il laissa derrière lui son village, ses amis, un bistrot définitivement fermé et Jeannot, devenu maire de la commune. À 40 ans, celui-ci acceptait les nouvelles règles du jeu de l'agriculture extensive imposée par la Politique agricole commune (PAC). À coups d'emprunts, elle rendait le paysan tributaire des primes.

Au moment de partir, Bernard embrassa ses parents et décampa, le cœur un peu serré. Sur la route, il passa à côté d'une pancarte fraîche et encore intacte balisant les portes du village : « Bugarach Chèvres ». Elle avait été installée par un nouveau venu, un étranger, Jean-Pierre Delord, l'heureux propriétaire d'une exploitation d'une cinquantaine de bêtes couplée avec une maison à bas coût.

11

Les néoruraux sont d'abord arrivés par petites touches, puis par grappes.

Les lumières jaunes scintillaient sur les panneaux de signalisation. Le vent s'engouffrait dans les champs. Ils n'étaient plus très loin, à seulement quelques kilomètres de leur destination finale. Bercés par les routes en lacet de la D14, ils guettaient la moindre falaise ou des semblants de cimes. On leur avait décrit la montagne comme un phare dans la nuit, un repère depuis Carcassonne.

Mais rien. Toujours aucun pic rocheux en vue à travers le pare-brise. Dans l'autoradio, la K7 du dernier tube de Patti Smith, *Because the Night*, contribuait à ce mélange d'excitation et de renouveau. Les étoiles brillaient dans les yeux de tous les passagers. La carte routière avait été jetée dépliée sur le tableau de bord. Là-bas, ils ne seraient pas seuls. Certains avaient déjà fait cette même route, pris ces mêmes virages. D'autres suivraient le sillage.

Dopée par un désir irrépressible de liberté, une jeunesse déferlait sur la haute vallée isolée, de Bugarach à Sougraigne. C'était à la mode. L'émancipation ne passait pas par la ville, les bureaux, l'administration, la propriété, l'autorité, les chefs avides de pouvoir, le mariage et les hypermarchés dans la France ronflante de Valéry Giscard d'Estaing. Ce n'était qu'une illusion, un ersatz de bonheur. La vraie vie était ailleurs. En Dordogne, dans l'Ardèche et l'Aveyron.

Dans l'Aude aussi. Les descendants de Mai 68 et du *Summer of Love* faisaient valser l'odieuse trinité, métro-boulot-dodo. Vive la liberté amoureuse, loin de l'oppression patriarcale et du poids des traditions familiales.

Après une expérience dans une communauté en Savoie, José et Dominique avaient répondu à l'appel d'un ami et vendu leurs chèvres pour mettre le cap sur Bugarach. Ils cherchaient la nature sans l'aspect militant qui régnait sur le plateau du Larzac. Aucune revendication, sinon celle de vivre. José était venu avec sa copine, Dominique avec son copain. Le pronom possessif n'avait pas de grande valeur. Ils avaient 26 ans en cette année 1979.

« Ah, c'est ça le pic ? » s'exclamèrent-ils.

C'est en laissant la Vialasse sur leur gauche et en arrivant aux portes du village balisées du panneau « Bugarach Chèvres » qu'ils découvrirent enfin la bête. Ils s'attendaient à une montagne savoyarde, comme ils en avaient eu l'habitude ces dernières années.

José, né en Espagne, et Dominique, qui avait fui Bécon-les-Bruyères et sa famille de « petit-bourgeois cathos », garèrent la voiture non loin de la mairie, dans la rue principale. Le pic émergeait des nuages. Leurs amis, leurs amours, dans le convoi, descendirent aussi pour se détendre les jambes et respirer ce nouvel air frais. Les moutons se promenaient dans le bourg. Le silence était pur.

Le plan de la petite bande était simple. Un ami leur avait trouvé un grand terrain et proposait de monter un projet de maison commune avec des cabanes individuelles autour. Chacun pourrait y développer sa petite activité. Le temps ne pressait pas. Il était presque infini dans ce coin qui vivotait. Sans jeunes, sans boulot. La liberté en quelque sorte.

Eux voulaient toucher du doigt tout ce que les enfants du pays rejetaient en bloc. Ils désiraient embrasser la nature, la campagne, avoir une vie authentique, brute, loin du brouhaha des villes. Bugarach était un endroit optimal. Il y avait des musiciens, des artistes fraîchement installés, des fêtes, un peu d'écologie, un homme était même arrivé dans une calèche tirée par deux percherons. Dominique était heureuse de ce nouveau départ dans la vie.

« On avait plein de rêves. La liberté, l'esprit communautaire, vivre ensemble, sans tabou, surtout sexuel... Et les pétards aussi. On était des extraterrestres pour les anciens. Eux, ils voulaient du Formica, du crépi et le néon au-dessus de l'évier. »

Cette bande de hippies reçut très vite un surnom de la part des villageois qui les regardaient s'installer dans des champs avec amusement, voire moquerie. Ils les appelaient les *peluts*. Les poilus. « Des fils à papa », pensaient certains en douce.

« Nos gamins viennent de familles pauvres dont certaines ne possèdent rien d'autre qu'une quinzaine de brebis et ils sont partis d'ici pour gagner de l'argent. Alors que ceux qui arrivent là en ont plein les poches, affirmait-on dans les salles à manger, autour de tables drapées d'une toile cirée.

— Ils peuvent peut-être nous aider ? Dans les champs, au village ? » répondait-on.

Rire général. Un urbain, le dos courbé et les pognes dans le purin ? Ils ne demandaient qu'à voir, mais ils n'y croyaient pas vraiment.

Dominique et José se lièrent d'amitié avec Monique et Jean-Claude. Ils venaient aussi de débarquer. Moins hippies, mieux perçus et très bien accueillis par les anciens, ils avaient gommé de leur vie le métro et les bureaux parisiens enfumés de Gauloises pour vivre à l'air pur et profiter du temps présent avec leur enfant de 9 ans. Ensemble, ils évoquaient leurs expériences, leur vie d'avant, leur arrivée, comment ils avaient choisi Bugarach. Monique et Jean-Claude avaient entendu parler de ce type de Bondy en Seine-Saint-Denis, dessinateur industriel. Jean-Pierre Delord avait tout plaqué pour venir ici élever des chèvres.

Ce n'était pas le pic ni la volonté de repeupler un village touché de plein fouet par l'exode rural qui l'avait attiré. Il avait cherché un endroit naturel et sauvage, étudiant même le maillage des centrales nucléaires sur une carte de France. Bugarach en était suffisamment éloigné en cas d'éventuelle catastrophe. En 1977, il avait été élu maire à 33 ans, sans avoir vraiment fait campagne, sans être du cru et en envoyant les six années de mandat de Jeannot aux oubliettes. Depuis, il veillait sur sa commune et son pic.

Petit-fils de producteur de tabac en Dordogne, Jean-Pierre regardait d'un air amusé les arrivées des babas cool, comme la bande de Dominique et José. Lui qui préférait porter son écharpe d'élu municipal à la ceinture comme les « révolutionnaires » n'était pas un hippie. « Fils de prolo », il répétait aux gens du cru qu'il était un habitué du cul des vaches.

« Moi, je suis arrivé modestement, sans jouer les gros bras, je me suis glissé dans la faune locale. »

Plus timides, mais tout aussi déterminés, Monique et Jean-Claude lui emboîtèrent le pas. Ils voulaient vivre comme les anciens avaient vécu et suivirent l'exemple du maire. Ils démarrèrent avec 80 chèvres, sans trayeuse, pour vendre du lait. À la naissance du premier chevreau, Monique était allée chercher toutes les serviettes de toilette pour le nettoyer. Les villageois riaient derrière leurs rideaux. La chute du prix du lait poussa le couple à réduire le cheptel et à produire son fromage, une centaine de pièces par jour.

Financièrement, c'était insuffisant. Jean-Claude fut embauché comme bûcheron. La première traite à 6 heures du matin, la journée à couper du bois et la seconde traite en fin de journée. Monique, elle, avalait quatre heures de route aller-retour en deux-chevaux tous les dimanches, la glacière pleine de fromages, pour les vendre à Argelès-sur-Mer, au bord de la Méditerranée. Ils ne voyaient presque plus leur fils. Ils besognaient et leur maison dans le centre du village, la bâtisse du dernier café, était sombre et sans jardin. Pourtant, jamais ils ne regrettèrent leur choix ni les vacances au ski. Ça ne les dérangeait pas d'avoir le salon enfumé par le poêle ni de boucher un carreau cassé avec du carton, même aux fêtes de Noël. Ils savaient ce qu'ils ne voulaient plus. Ils aimaient garder leurs chèvres sur le causse et y admirer paître les gros moutons tout ronds des voisins, tandis que des champs commençaient à être clôturés, marque d'une nouvelle ère.

Pour les babas cool Dominique et José, l'expérience collective ne dura que quelques mois.

« Tout le monde avait des problèmes personnels, de cul, de fumette. Certains ont commencé à se barrer en vrille. Le projet était trop foireux. »

Chacun reprit ses billes et oublia les cabanes. Ensemble, ils s'installèrent au Faubourg, la vieille rue du village, lieu de rassemblement des artistes et des *peluts*, où une maison et une grange en ruine valaient 25 000 francs. Rats et ovins cohabitaient, il n'y avait pas encore de tout-à-l'égout, les immondices étaient jetées dans la Blanque. Ils vivaient avec peu d'argent : pas de téléphone, des voitures déglinguées sans contrôle technique et une machine à laver commune. Ils découvrirent cette vie sans commerces : juste un bureau de poste et à peine un nouveau projet de bar-restaurant avec d'importants travaux en perspective. Cet établissement était très attendu par les villageois. Dominique et José faisaient les courses au marché de Limoux une fois par semaine et prenaient des douches dans les eaux de la Salz à Rennes-les-Bains. Parfois, ils montaient au pic pour une balade ou une nuit sous les étoiles. Chaque année, les anciens y organisaient leur traditionnel repas de l'omelette de Pâques qu'ils dégustaient au sommet, sans convier les nouveaux venus. Monique et Jean-Claude y furent tout de même invités deux fois. Les hippies s'en foutaient un peu.

Le soir au Faubourg donnait lieu à des fêtes, des trips, des expériences et des voyages intérieurs, comme une fois autour d'un guide spirituel indien. Des anciens passèrent et entendirent de la musique et des chants. Certains toquèrent pour voir ce qui se tramait.

« Rien, on fait du théâtre », répondirent-ils.

Barbe et cheveux blond vénitien, José pouffait dans son pantalon bouffant, Dominique aussi, derrière ses lunettes rondes. Elle ne portait plus de soutien-gorge, comme Janis Joplin, idole incandescente, dont la musique résonnait parfois dans le salon. *Summertime.*

Jeannot ne craignait ni ne jugeait la nouveauté. Il alla à la rencontre des néoruraux et même des plus *peluts* d'entre eux, faisant fi des cancans. Après sa défaite aux municipales face à Jean-Pierre, il n'avait plus rien à perdre. L'agriculteur voulait voir ce qu'ils avaient dans le ventre et il avait besoin de main-d'œuvre. Son exploitation atteignait 60 hectares et 110 moutons. Ces « gamins » avaient du temps et des bras. Et les yeux souvent rouges. « T'as chopé la myxomatose ! » lançait-il à José quand celui-ci s'était défoncé dès le réveil. Qu'importait.

José accepta de prêter main-forte pour porter des bottes de foin de 30 à 50 kilos au grenier ou peser les veaux de plus de 200 kilos à la balance romaine. Les deux hommes aimaient travailler ensemble. De son côté, Anne-Marie voyait qu'elle pourrait faire confiance à ce binôme pour assurer le service une fois les travaux terminés dans son nouveau bar-restaurant situé au Faubourg. Elle avait déjà le nom, il se nommerait l'Oustal d'Al Pech, la Maison du Pic en occitan.

Avec son comptoir, ses tables et ses chaises en bois massif de son établissement avait fière allure quand elle en ouvrit les portes. Elle se levait au milieu de la nuit pour mijoter ses plats avant d'aller assurer le ramassage scolaire. José venait régulièrement y servir des assiettes de lapin en sauce, en compagnie de Jeannot, torse poilu et suant à grosses gouttes après une matinée au champ.

« Jeannot, ta chemise ! » lui criait Anne-Marie depuis la cuisine.

Certains babas cool adoptèrent la vie rythmée par les saisons. Ils restaurèrent le presbytère, en échange de quoi le potager de Renée les nourrissait. Jeannot leur racontait avec émotion l'arrivée de l'électricité, « le jour de la Saint-Roger ! », et regardait avec un peu plus de sympathie cette nouvelle génération. Des anciens distillaient quelques conseils pour l'agriculture. « Après tout, ils viennent rêver », songeait-t-on dans le village.

En contrepartie, ces jeunes apportèrent leur savoir-faire. Ils montèrent le foyer des jeunes et éducation populaire (FJEP) en 1980, puis la crèche parentale, quand une nouvelle génération d'enfants vit le jour à Bugarach. Ce regain de rires dans les ruelles eut l'avantage de faciliter les relations avec les locaux, enchantés de voir l'école revivre. Une douce harmonie s'installait.

Cette jeunesse mit aussi sur pied un ciné-club au Faubourg, fait de bric et de broc. Ils avaient troué un mur entre deux maisons mitoyennes, placé le projecteur d'un côté et les chaises de l'autre, pour passer des films avec John Wayne. C'était une occasion d'animer le village et de faire la bringue jusqu'à pas d'heure. Ils organisèrent deux festivals de musique, drainant de vallée en vallée des centaines de personnes.

C'était la « grande époque ».

Galvanisés, les babas cool montèrent une liste électorale composée essentiellement de femmes pour déloger Jean-Pierre en 1983. Un échec. Les votes des enfants du pays, qui revenaient aux élections, illustraient la fracture au sein d'une même génération. José se sentait plus proche des parents que de leurs progénitures.

« Pour eux, on avait pris leur place. Ils étaient moins tolérants que les vieux qui étaient heureux de voir des gosses dans la rue. Ils ne comprenaient pas pourquoi on avait monté une crèche. “Quoi ? Ils ne veulent pas garder leurs enfants ? Quels fainéants !” Parfois, ça finissait en bastons. »

Bernard vivait à Carcassonne, il faisait partie de ceux qui revenaient de temps en temps sur leur terre. Il avait d'ailleurs été élu au conseil municipal en 1983, sur la liste de Jean-Pierre. Il se fichait de la vie privée des nouveaux arrivants. En revanche, il avait un critère indéboulonnable : « Il ne faut pas être un suceur de roue. Un glandeur est un glandeur. Néorural ou pas. Par contre, du moment qu'il bosse, ça va. »

Porté par l'élan festif, il créa Les Amis du Pic, le comité des fêtes des natifs. Un bal plutôt que des festivals.

À l'hiver 1986, d'importantes chutes de neige avaient paralysé Bugarach, privé d'électricité. Ces intempéries prouvèrent qu'un village pouvait être solidaire. Uni pour ne pas sombrer. Un hélicoptère du plan Orsec tournait dans le ciel pour jeter du foin aux vaches, immobiles dans les champs. Plusieurs étaient mortes de froid. José déblayait les mètres de neige devant les portes des plus âgés, cachant des nuits et des matins plus difficiles.

Au fil de la décennie, l'herbe et les acides avaient cédé la place à la coke et aux shoots d'héroïne. Au Faubourg, des copains étaient tombés malades, personne n'avait soupçonné les seringues partagées. Hépatites et sida avaient ravagé les visages, emporté la vie des amis. José, tombé lui aussi dans la came, avait tenu le choc, mais l'utopie collective s'était effritée, émaillée par des overdoses. Les étoiles ne brillaient plus.

Pour se préserver et trouver un nouvel élan, José et Dominique quittèrent Bugarach en 1989. Pour Monique et Jean-Claude aussi, la vie dans le centre du village était terminée. Ils avaient des vues sur un terrain pour construire un pavillon sur les hauteurs, au plus près de la montagne.

12

Après quelques minutes de progression dans un nouveau couloir étroit, nous marchons dans une grande flaque au lit sableux que nos pas troublent. L'eau fraîche monte jusqu'aux chevilles, parfois à mi-bottes, dans cette étendue de plusieurs mètres. Nous nous taisons. Le calme est roi. Seul le clapotis perturbe le silence.

Des copépodes* subissent nos piétinements. Genoux fléchis ou dos courbé, nous zigzaguons entre les proéminences rocheuses qui pendent au plafond. Un bloc doit peser des tonnes et l'effleurer rappelle notre fragilité face au massif. Lourde et tranchante, cette roche semble impassible face au temps. Nos casques s'y fracassent et sauvent le cuir chevelu d'une incision. Nous n'avons pas notion des distances. Heureusement, l'espace s'agrandit au-dessus de nos têtes et nous commençons à nous acclimater en découvrant un paysage digne d'une plage.

Nous nous rassemblons debout autour de notre éclaireur. Les premiers explorateurs ont baptisé cette salle le Lac, nous apprend Henri. Après avoir goûté à la puissance du souffle de l'entrée, nous sentons à peine le courant d'air esquisser de petites ondulations. Les traces sur la paroi prouvent qu'à une autre époque de l'année nous aurions été mouillés jusqu'aux cuisses. En hiver, l'eau monte et entrave

* Les copépodes sont de petits crustacés dont les adultes ne mesurent le plus souvent qu'un ou 2 millimètres.

la circulation de l'air. Le Bufo Fret sommeille. Si l'eau creuse les galeries, elle empêche aussi la progression sous terre.

« Tu as dit que l'entrée avait été réduite par les sédiments portés par l'eau. Elle pourrait nous engloutir ?

— Aucun risque, on ne pourrait pas être bloqués, même avec la crue terrible que nous avons eue ici en 1992.

— À Bugarach ?

— Oui, ça a commencé ici. L'eau a surtout dévalé à Rennes-les-Bains et à Couiza. La scierie a été emportée, des troncs de 15 mètres de long sont montés jusqu'au parapet et ont tapé sur le pont. Un truc de fou ! Christophe, un collègue spéléo, était dans une grotte ce jour-là. En sortant, il a vu le ciel vert.

— Tu as eu des dégâts chez toi ?

— À l'époque, je vivais à Limoux et ma cave a été engloutie. J'avais mis ma voiture sur une colline, c'était évident que l'eau allait envahir la rue. J'ai nettoyé ma cave pendant un mois, il y avait de la vase partout. »

Il observe les lieux, touche les parois, balaye le sol d'un vif coup de pied. Sorte d'automatisme. Il a plus de 60 ans, mais ses yeux en ont cinquante de moins. Cinq ans sans descendre dans cette cabane, c'est une éternité. Dans la vie, à l'extérieur, dans la chaleur du monde réel, Henri a jonglé entre périodes de chômage et contrats précaires.

Quand il était jeune, ses quelques mois aux PTT dans la capitale s'étaient achevés par une démission. Adieu foyer, salaire de misère, chambre de bonne et absence d'évolution, il rentra vivre chez ses parents. Employé communal dans différents villages de la haute vallée, il s'occupait de l'entretien des espaces verts, de la voirie. Ces missions ponctuelles ne duraient jamais plus de deux ans. Dans les années 1990, il travailla pour la Maison de la nature à Bugarach, l'occasion pour lui de garder un œil sur le pic. À la mort de son père, il se mit à son compte. Depuis, il enchaîne des petits boulots, principalement du jardinage chez des particuliers : un coup de tondeuse sous le cagnard, un élagage de printemps. Cette activité renforce sa conscience écologique.

« J'en ai vu qui mettaient du chlorate de soude, le désherbant le plus puissant qui existe, la végétation poussait à côté. Ça vaut pour les arbres, les océans... Cette planète miracle a une fabuleuse énergie de vie », s'emballe-t-il.

En admiration devant la nature, frustré par la société, Henri est un être intense. La retraite se présentera vers 65 ans. Alors, en attendant de vivre du minimum vieillesse, il descend dans les grottes. C'est de plus en plus rare qu'un coup de fil le fasse replonger dans le Bufo Fret, mais il ne raterait aucune occasion. Ces derniers temps, il s'attache à désobstruer une autre cavité du secteur. Au moins, là-bas, il y a de l'espoir. Car Henri gratte la terre pour mieux la comprendre.

Henri était un enfant timide. Le soir, à table, il écoutait son père sans broncher. La figure paternelle était un totem connu dans une partie de la haute vallée. Henri n'avait pas hérité de son physique. René était grand et costaud. Lui était petit, malingre. « Oh, le pauvre chéri à son papa », se moquait-on de lui dans la cour de récréation. Les brimades reprenaient de plus belle quand son père le déposait à l'école. « C'est ton grand-père ? » Quarante sept ans les séparaient. Un saut de génération.

Ancien instituteur fatigué de l'Éducation nationale, le père avait pris une retraite anticipée en 1968 alors qu'Henri avait tout juste 10 ans. René s'était beaucoup investi et avait vu sa réputation grandir au fil de son parcours. Il était un intellectuel autodidacte, un militant, un enseignant chevronné et le communisme lui avait permis de s'émanciper des valeurs catholiques familiales. Jugé rebelle, il avait été fustigé par sa direction parce qu'il proposait à ses concitoyens des lectures communistes. Le patriarche était obstiné, cultivé, révolté.

Au début de sa carrière, René avait blanchi de craie les tableaux noirs des écoles de Bugarach, de Limoux et de Rennes-le-Château. En poste durant six ans dans ce village, de 1933 à 1939, il avait été hébergé dans le presbytère tenu par Marie Dénarnaud, une femme proche d'un curé qui avait fait la renommée de la commune.

Après la naissance d'Henri à Carcassonne en 1958, la famille, qui s'installa un temps à Paris, puis à Perpignan, revenait régulièrement sur ses terres audoises lors des vacances d'été. Ils visitaient Rennes-le-Château, l'église et sa statue du diable qui foutait la trouille à Henri. Terrorisé, réfugié derrière les jambes de sa mère, il osait à peine regarder le Malin en face de lui, son regard à sa hauteur. Le pic de Bugarach était aussi au programme des vacances.

Notamment cet été 1971. Agacé de devoir toujours trouver des plus costauds pour se défendre face aux autres, Henri avait développé une âme revancharde et solitaire. La pratique de l'athlétisme lui avait forgé un physique. À 13 ans, il était temps pour le gamin de se confronter au pic de Bugarach, jugeait René. Il le ferait avec son tonton et ses cousins, un rite de passage.

Ils étaient arrivés la veille dans la commune. René était allé saluer l'ancien maire chez lui. Il l'avait bien connu quand il était instituteur à Bugarach pendant la Seconde Guerre mondiale. À l'époque, il avait aussi officié en tant que secrétaire de mairie. Henri écoutait les adultes parler en se délectant de quelques tranches de jambon finement coupées. Les odeurs et les saveurs des charcuteries produites par l'édile dans son grenier deviendraient la madeleine de Proust d'Henri. Les discussions s'enchaînaient : la météo, la chaleur, les orages, le Tour de France, la chute de Luis Ocaña dans la descente du col de Menté et la victoire d'Eddy Merckx. La politique aussi. Un nouveau maire avait été élu dans le village. Un agriculteur, Jeannot, un gars de la Vialasse. René voyait très bien, il l'avait eu dans sa classe.

La tribu, exclusivement masculine, campa sous la tente collective plantée dans un champ.

L'ascension démarra le lendemain à l'aube. Le sentier n'était pas balisé, il fallait trouver sa voie. Ils passèrent à travers les bois et les buis, suivant parfois le chemin que les vaches avaient tracé. Depuis l'hécatombe de la Première Guerre mondiale, le pic n'était plus cultivé, seulement utilisé comme pâturage pour les bêtes en estive.

Au sommet, ils admirèrent les paysages. René inculquait à son fils l'importance d'être attaché à sa terre et à ses racines. Il lui raconta ce jour où un voisin l'avait hélé tandis qu'il entretenait sa vigne sans grande valeur. « Ça ne sert à rien ta terre, on a les supermarchés. » La facilité pendant les Trente Glorieuses, René s'en fichait bien. Henri aussi serait attaché à l'Aude.

En revenant au campement, René se rendit compte d'un oubli.

« *Macarel !* L'appareil photo !

— Où est-il ? lui demanda son fils.

— Là-haut, dans la doline, quand je vous ai pris en photo. J'y retourne.

— Arrête, René, tu as 60 balais, tu ne vas pas remonter. »

L'oncle d'Henri avait à peine terminé sa phrase que son père était déjà reparti seul. Un sou étant un sou, il fallait prendre soin de ses affaires. Henri, lui, chérissait surtout les livres. Il empruntait régulièrement des ouvrages de Norbert Casteret à la bibliothèque de Perpignan. Repérant ce goût prononcé pour la vie souterraine, la bibliothécaire lui parla de son mari, Henri Salvayre, un ponte de l'hydrogéologie et de la géologie à l'université de Perpignan. S'il le souhaitait et si ses parents étaient d'accord, l'adolescent pourrait peut-être descendre avec lui.

Cette rencontre eut lieu en 1973. Henri avait 15 ans lors de sa première sortie souterraine dans les Pyrénées-Orientales avec ce professeur sensible à l'écologie et à la protection de l'environnement. Après cette initiation privilégiée, les profondeurs devinrent une vocation.

Nous continuons d'avancer dans l'obscurité en écoutant Henri. Nous lui faisons répéter certains détails de son passé dans cette ambiance de crypte.

« Depuis l'histoire du diable de Rennes-le-Château, les églises me font peur. Je ressens comme une oppression face à des symboles de torture. Dans un milieu souterrain aussi, tu peux te recueillir. Bon, c'est quand même à voir Rennes-le-Château. Vous y êtes allés ?

— Oui ! »

Nous lui racontons notre anecdote avec une certaine excitation.

La veille, alors que nous nous rendions chez Corine, notre logeuse sophrologue et luminothérapeute, nous avions ouvert notre portière à un auto-stoppeur. Nous arrivions du 8 à Huit de Couiza, la première supérette du secteur, à 17 kilomètres de Bugarach, le coffre chargé. Sur la route, nous regardions la végétation s'étaler à perte de vue. Une usine en tôle délavée jalonnait le tronçon, puis à une intersection, le mannequin d'un extraterrestre trônait dans le champ d'une ferme de spiruline biodynamique. Il tenait un globe terrestre affublé d'un masque chirurgical. À cette jonction, au début de la D14, un homme tout de noir vêtu, cape sur le dos et chapeau, guettait les mouvements des rares véhicules.

Dans sa direction, sur un petit pont sous lequel la Rialsesse vient confluer avec la Salz, les panneaux colorés se chevauchaient les uns les autres, brouillant les informations : « Station thermale et climatique », « Chambre d'hôtes », « Châteaux cathares ». Il souhaitait rejoindre Rennes-les-Bains. C'était sur notre route et nous avions juste assez de place pour une personne dans la Super 5.

« Désolé, c'est serré derrière.

— C'est mieux que rien, répondit l'homme qui s'installa, en prenant soin de ne pas coincer ses amples habits dans la portière ou le siège avant rabattable.

— Vous vivez à Rennes-les-Bains ?

— Une partie de l'année. Le reste du temps, je suis à Paris dans une chambre de bonne. »

L'homme avait une voix discrète, pas un mot plus haut que l'autre. Le moteur bourdonnait.

« Et vous faites quoi à Rennes-Les-Bains ?

— Je m'intéresse aux histoires du trésor de l'abbé Saunière.

— C'était qui l'abbé Saunière ?

— Un curé de la fin du XIXe siècle qui avait trouvé des parchemins dans son église indiquant l'emplacement d'un trésor.

— Vous avez lu les parchemins ?

— Je ne les ai jamais vus, mais des livres en parlent ! »

Le regard sur la route, nous apprenions que la région abritait une histoire de trésor, un mythe agitant encore les esprits et passant de bouche en bouche, d'interprétation en interprétation.

C'était sa quête. Il poursuivit :

« L'abbé Saunière était à Rennes-le-Château. Et il y avait aussi l'abbé Boudet à Rennes-les-Bains. La Banque de France n'existait pas, donc ces hommes d'Église cherchaient des caches pour planquer des trésors. Dans des cavités, des grottes, des souterrains.

— Quel type de trésors ? Des bijoux, des pièces ?

— Entre autres, il y avait aussi des trésors spirituels. Des objets sacrés.

— Où cherchez-vous ?

— Je suis très peu sur le terrain moi-même. J'ai des problèmes de mobilité et je ne suis pas motorisé. La preuve, je fais du stop !

— Il y a encore un trésor à trouver ?

— Oui, le gros des trésors se trouve entre ici et Fourtou, à côté de Bugarach. Vous pouvez me déposer là, s'il vous plaît ? »

L'homme descendit aux thermes de Rennes-les-Bains. Intrigués, nous continuâmes à tournoyer sur les routes en lacet et bifurquâmes à la première intersection, direction Rennes-le-Château.

13

En 1885, l'abbé Bérenger Saunière prit ses quartiers à Rennes-le-Château, un petit village pauvre perché sur une colline. Son église, sous le patronage de Marie-Madeleine, était en déliquescence. Le curé s'attacha à remettre le bâtiment en état. Après une première restauration sommaire, il commença à la rénover à son goût, de façon somptuaire, tout en y installant un effroyable diable supportant un bénitier.

Il aménagea également un parc et acheta un terrain au nom de Marie Dénarnaud, sa jeune servante ; il y fit construire une villa – la villa Béthanie – et une haute tour – la tour Magdala – donnant au loin sur le pic de Bugarach. Les villageois s'interrogeaient sur la provenance de tout cet argent et sur les fouilles que le curé menait dans la campagne environnante, on se questionnait aussi sur ses absences longues et répétées. Certains l'accusèrent de piller des tombes.

Soucieuse également de savoir d'où provenait cette fortune soudaine, l'Église le convoqua et l'interrogea sur ses comptes. Suspecté de pratiquer le trafic de messes, il fut traduit au tribunal ecclésiastique où il fut jugé coupable de détournement de fonds et condamné à ne plus donner de sacrements. Il mourut en 1917 sans un sou dans son petit village, loin des champs de bataille de la Première Guerre mondiale. Marie Dénarnaud conserva l'ensemble des biens, principalement terriens, mais également des meubles et son immense collection de livres. Durant plusieurs années, l'histoire du curé se racontait de temps à autre dans le village, mais sans jamais sortir du bourg et de quelques communes aux alentours. Jusqu'à ce qu'un étranger décèle la poule aux œufs d'or.

Pendant la Seconde Guerre mondiale, Noël Corbu avait vécu à Bugarach. Cet homme d'affaires et restaurateur perpignanais y avait fait la connaissance de l'instituteur du village, un homme grand et costaud, René. Une figure locale, beaucoup de gamins le connaissaient. Il avait enseigné juste avant à Rennes-le-Château, où il avait été hébergé au presbytère par Marie Dénarnaud. Celle-ci, malgré sa nature méfiante, avait une totale confiance en lui.

René servit d'intermédiaire et la présenta à Noël Corbu qui cherchait à acquérir une propriété dans la région. Le Perpignanais proposa de racheter le domaine tout en subvenant aux besoins de cette femme jusqu'à sa mort. Elle accepta. Selon la tradition orale, elle lui aurait glissé un jour à l'oreille: « J'ai un secret qui vous rendra riche, très riche. » Un secret qu'elle emporta dans sa tombe.

Bien conscient de vivre sur un nid de fantasmes, le nouveau propriétaire monta un hôtel-restaurant en 1955 et lança une opération de communication sur le « curé aux milliards » pour attirer les touristes. Il obtint même que les haut-parleurs de la commune diffusent le mythe du mystérieux trésor. Grâce à la rumeur qui grossissait par le bouche-à-oreille, le village construisit sa légende et sortit de l'anonymat.

En janvier 1956, le journal *Midi libre* en fit sa une, *La Dépêche du Midi* lui consacra une série de trois articles, façon roman-photo. Le poste de télévision en noir et blanc en parlait. *France Inter* donna la parole en 1962 à Noël Corbu et à un chercheur de trésor. Les supputations, hypothèses et théories étaient variées, à l'interprétation infinie. Le curé avait-il trouvé le trésor caché des Wisigoths, de Blanche de Castille ou des cathares ? Avait-il découvert l'arche d'alliance, la menorah de Jérusalem ou un parchemin révélant un secret dynastique qu'il aurait revendu à prix d'or ? Les esprits plus dubitatifs, et notamment les historiens, penchaient surtout pour le trafic de messes ou des dons provenant de ses liens très proches, par le biais de son frère, avec les milieux royalistes qu'il défendait ouvertement dans ses prêches à l'époque de la IIIe République.

Dans les années 1960, ce fut une véritable fureur. La ruée vers l'or était lancée. De nombreuses personnes équipées de détecteurs de métaux sillonnaient Rennes-le-Château. Elles venaient aussi creuser à coups de pioche ou d'explosifs, marque de fabrique locale. La mairie dut prendre un arrêté en juillet 1965. Le panneau blanc à l'écriture bleue siège toujours à l'entrée du village. Une phrase symbolique vendue aujourd'hui sur des tee-shirts dans les boutiques du bourg : « Les fouilles sont interdites sur le territoire de la commune de Rennes-le-Château. »

Loin de calmer la ferveur, cela alimenta même le mystère, d'autant que, deux ans plus tard, l'écrivain Gérard de Sède s'empara de l'histoire et publia *L'Or de Rennes*. L'auteur supposait qu'un jeu de piste se cachait dans les décorations de l'église. Histoire du curé et de ses mystères, documents secrets, reproduction de parchemins… le livre était une véritable carte au trésor dans la haute vallée et fut un succès avec 60 000 exemplaires vendus.

Noël Corbu mourut dans un accident de voiture en 1968, mais le mystère de la fortune du « curé aux milliards » continua à être alimenté durant des années.

Rennes-le-Château atteignit le summum de sa popularité dans les années 2000 grâce au succès mondial du livre de Dan Brown *Da Vinci Code*. Le best-seller faisait de multiples références au mythe de l'abbé Saunière. Il suggérait l'existence d'une pseudo-société secrète détenant et protégeant corps et âme le « secret de l'humanité » qui menaçait de faire vaciller l'Église. Autant d'affirmations remises en cause par de nombreux historiens.

Aujourd'hui, le musée-domaine de l'abbé Saunière enregistre en moyenne entre 20 000 et 30 000 visites par an. Le village de moins de 100 habitants reçoit plus de 120 000 touristes chaque année, dont la moitié sont des étrangers. La réputation internationale du village a modifié sa physionomie et sont apparus un vaste parking payant, des librairies et des boutiques de souvenirs proposant des tarots divinatoires, des oracles, des cristaux et des détecteurs de métaux. Les panneaux mettant en avant « mystère », « vibration » et « prêtre énigmatique » jalonnent les ruelles.

Les chercheurs de trésors ont quasiment disparu de ce village qui a perdu au fil du temps son authenticité. Riche en ressources fantasmatiques, la commune attire à présent des groupes majoritairement composés de femmes de plus de 40 ans inspirées par des livres ésotériques et d'éveil New Age développant une conception du « féminin sacré ». Elles viennent se ressourcer ici et méditer autour d'une icône de retour en grâce, Marie-Madeleine, le « divin féminin », la femme « bafouée » et « oubliée » de l'Église catholique. Une grotte improvisée en son honneur se trouve aux abords du village et fait partie de ce pèlerinage sororal destiné à « élever son énergie féminine au niveau de celle du masculin », tout en rejetant les notions et les idées du combat féministe. Trop « radical », selon elles.

Cheveux longs ondulés grisonnants et accent belge, Thierry regarde passer la vie à Rennes-le-Château. Lui aussi est d'abord venu en tant que touriste à la recherche de trésors avant de s'y installer définitivement à la fin des années 1980.

« J'avais trouvé des objets sympas. De l'âge du bronze, du Néolithique. J'en suis revenu, c'est fini tout ça, s'épanche-t-il, la main posée sur son portail. Aujourd'hui, les gens se cherchent, cherchent à quoi ils vont pouvoir croire. Et cherchent ce qu'ils vont pouvoir chercher. Et ici, avec ce panorama idyllique, ils trouvent beaucoup d'histoires et même des gens pour les leur raconter. Maintenant, toutes les femmes sont la réincarnation de Marie-Madeleine. Chacun son rêve. »

Le sexagénaire se souvient surtout d'une personne qui animait le village. Une femme, une Américaine, que l'on surnommait « la milliardaire », arrivée quelques années avant lui. Elizabeth Van Buren. Un poil plus dans la veine Nina Hagen quc Marie-Madeleine.

14

Dès son arrivée, Elizabeth Van Buren détonna dans un univers très masculin d'agriculteurs et de poseurs de dynamites. De renommée internationale, Rennes-le-Château l'avait attirée. Elle avait posé ses valises au domaine des Labadous situé en contrebas de Rennes-le-Château. Une vaste demeure avec une fontaine ornée de lions et suffisamment d'espace pour de fastes fêtes. Et un peu de provoc.

Loin de son élégance habituelle, ghetto-blaster sur l'épaule, elle déambula dans les rues du village le jour de la sainte Marie-Madeleine, déguisée en sainte aguicheuse.

« Elle était punk dans la démarche », se souvient Thierry.

« Elle était avant-gardiste, joviale et comme pour toute personne branchée, les gens pensaient qu'elle était barjo », analyse-t-on dans un commerce.

Chaque 4 Juillet, jour de l'indépendance américaine, elle tirait un gigantesque feu d'artifice depuis son jardin. Elle rénova aussi un moulin en ruine dans le champ qui lui appartenait. Du haut de cette tour, elle pouvait apprécier la vue. Au loin, le pic de Bugarach, qu'elle admirait, l'inspirait. Elle acquit la réputation de vouloir l'acheter. Jean-Pierre Delord ne l'a jamais vue dans sa mairie.

Branchée astrologie, cosmos, géométrie sacrée et survivalisme, elle invitait beaucoup de monde aux Labadous. Guillermo, un musicien argentin pionnier de la musique New

Age, s'était retrouvé au milieu de ce bouillonnement. Outre Gérard de Sède, il fit la connaissance d'Elizabeth Van Buren. Elle flasha sur sa musique expérimentale et lui demanda de donner un concert dans sa propriété dotée d'un amphithéâtre de 80 places. Il accepta, subjugué par cette femme « peu soucieuse de dépenser à fonds perdu, parce qu'elle recherchait, écrivait, discutait de manière transcendantale. Elle était excentrique, mais pas égocentrique ».

Ce jour-là, une rangée de Mercedes avec chauffeurs était alignée aux Labadous. Tous les invités se rendaient au concert du novice naïf qui ne savait pas où il mettait les pieds. En voyant les berlines allemandes, Guillermo supposa que les environs étaient truffés de personnes riches et bourgeoises. Il commença son concert.

« Je me suis rendu compte que certains prenaient des notes. J'ai pensé : "Ils me tirent le portrait ? Ils sont vraiment bizarres dans ce village..." À la moitié du concert j'ai arrêté ma musique et j'ai commencé à faire n'importe quoi, des distorsions. Ça n'avait aucun sens. »

À la fin du spectacle, les félicitations en anglais du public fusèrent et il comprit que le public venait du monde entier, de l'Australie aux États-Unis, convié tous frais payés par la propriétaire des Labadous, Évoquant l'« acuponcture planétaire », elle leur avait dit que l'artiste les aiderait, à travers sa musique, ses sons de l'univers, à trouver ces fameux points dans la région de Rennes-le-Château. Intérieurement, Guillermo rigolait : « Ils feraient mieux d'aller à l'office de tourisme. »

Si Elizabeth Van Buren était écoutée, c'est parce qu'elle écrivait des livres ésotériques. Son œuvre littéraire portait sur ces thèmes depuis plusieurs années. En 1979, *Rainbow Round the Sun* sous-entendait que la planète entrait dans une « période de purification avant le nouvel âge ». En 1983, elle soutenait dans *The Sign of the Dove* qu'elle avait trouvé dans la Bible et d'anciens textes sumériens l'évidence que les bergers d'Arcadie étaient des extraterrestres, ancêtres des Mérovingiens : « Les extraterrestres vont revenir pour enlever et protéger une part de la race humaine des temps apocalyptiques. » Elle imputait les bouleversements à venir à l'« apprenti sorcier qu'est l'homme ».

En 1987, elle publia l'ouvrage *Refuge of the Apocalypse : Doorway into Other Dimensions*, suivi d'un autre livre, *Le Grand Monarque, ou l'Homme vert*. Cette année-là, en août, elle participa à la « Convergence harmonique », un appel New Age venu des États-Unis visant à réunir 144 000 personnes sur la planète, le temps de deux jours, afin de provoquer un « changement collectif ». Elizabeth Van Buren raconta à Guillermo qu'à cette occasion elle avait invité des gens et loué des chevaux pour gravir le pic de Bugarach.

« Comme un rituel, ils y étaient allés sans chaussures, pour voir ce qui s'y passerait, espérant une manifestation cosmique. Ils avaient dormi sur place. Il ne s'était rien passé, ils étaient revenus. En revanche, tous soutenaient que des extraterrestres apparaîtraient à l'apocalypse et que Bugarach était une antenne. Quand je questionnais Elizabeth sur la source de ses idées, elle me répondait que c'était intuitif. »

Un jour de 1989, elle demanda à Guillermo de la filmer. Il poserait les questions et elle livrerait une sorte de testament prophétique.

Dans cet entretien, Elizabeth Van Buren déclara que Rennes-le-Château et sa région étaient un « site sacré ».

« C'est un des points qui servira de catalyseur quand se produira la prophétie annonçant le changement d'ère. »

Elle affirma que ce ne serait pas le seul, mais « un des plus importants ».

« Il y a le Machu Picchu en Amérique du Sud, Lhassa au Tibet. En Europe, c'est Bugarach », assura-t-elle. Elle fit une allégorie avec le yin et le yang. Et parla d'équilibre.

« Le Machu Picchu est le féminin, et Lhassa le masculin. Ici, ce serait le lien entre ces deux courants qui divisent énergétiquement la planète.

— Que cherchent les gens en venant dans le secteur, interrogea Guillermo.

— S'il y a tant de gens, anonymes ou artistes, qui viennent sur place, c'est parce que cela peut être un centre interne similaire à ce que pourrait être le centre d'une toile d'araignée. Depuis ce centre, on peut voir et sentir tout le panorama de ce qui surgit du pic de Bugarach, comme si c'était le point où tout commence et où tout se termine. »

La voix internationale d'Elizabeth Van Buren porta en direction de Bugarach, petit frère de Rennes-les-Bains et de Rennes-le-Château, pauvre en légendes et en mystères. Jusqu'ici, peu de touristes continuaient leur route sur la D14 vers ce village. Brut, authentique, isolé.

15

« J'aurais dû être chercheur de trésor, mais ça m'a toujours découragé », sourit Henri, après le récit de notre passage à Rennes-le-Château. Il est content de voir que nous nous intéressons à sa région.

« Vous avez fait autre chose dans le coin ?

— Après ça, nous sommes allés à Sougraigne pour une interview. »

Il nous adresse un petit signe de la tête. Les minutes passent, une confiance s'instaure. Dans sa grotte, avec sa combinaison, l'homme se montre davantage prolixe. Ce n'est plus le même. « Moi aussi, mon karma est particulier, je fouille dans la terre », explique-t-il mêlant les gestes à la parole.

« Henri Salvayre m'a inculqué cet esprit de recherche et de compréhension. J'ai toujours été intéressé par l'histoire et la philosophie ; j'aime la rigueur scientifique, la recherche de la vérité, et ça passe par la science. Lui, c'était mon maître. »

Un modèle sur les traces duquel il n'a pu marcher, faute de diplôme.

« Aujourd'hui, il faut avoir un brevet d'État pour faire faire du sport aux jeunes. À cette époque-là, le côté scientifique passait en premier. » Il ne s'étend pas.

En 1974, un an après sa première descente souterraine, sa famille est revenue s'installer définitivement dans l'Aude, son port d'attache. Écoutant son amour grandissant pour sa terre natale et avec la volonté de dépasser ses limites, l'adolescent embrassa la spéléologie: « J'ai trouvé dans cette discipline un prolongement de ce qui m'attirait dans la montagne et l'alpinisme. »

L'Aude compte peu de montagnes, seul le pic dans la haute vallée, mais beaucoup de cavités. Alors il fait de l'alpinisme à l'envers. « Ce n'est pas seulement la terre en elle-même qui m'attire, c'est la façon de s'y confronter », reprend-il. Depuis, il a une relation qu'il juge fusionnelle avec le milieu souterrain. « Plus loin, plus profond, par des voies plus étroites », comme le brandissait Norbert Casteret. À l'exception de son service militaire dans les Alpes et de son rapide passage professionnel à Paris, Henri ne quitterait plus jamais l'Aude.

Des nuances de jaune, d'ocre, d'orange nous entourent. Nous admirons les murs et écoutons Henri se dévoiler en le suivant, tels deux poussins derrière la mère poule. « Quand j'étais petit, on m'a un peu méprisé, on m'a foutu de côté, confie-t-il. J'ai trouvé mon identité en étant adolescent dans une activité un peu marginale et proche de la nature. Ça reste vrai aujourd'hui encore, c'est mon identité. Mon épanouissement personnel passe en partie par la spéléologie. » Il parle vite, s'arrête parfois, jette un rapide regard.

Tous nos sens sont en éveil et nous ne savons plus où donner de la tête. Par endroits, la paroi est ruisselante, l'éclairage de nos frontales qui se reflète sur l'eau lui donnerait presque un aspect gluant, vivant. Nous avons besoin de la toucher, comme le sol, afin de nous accoutumer à ce milieu, de le comparer à des choses que nous connaissons. « Cette eau traverse le massif par des infiltrations. Ici, elle sort, ça sillonne et ça crée des jets d'eau », précise-t-il. La paroi qu'il touche est différente des autres, c'est une cheminée.

Nous nous trouvons à quelques centaines de mètres au-dessus du niveau de la mer. Comme des restes de l'époque engloutie, quelques larves d'amphipodes, des niphargus, jonchent le sol, à côté de coléoptères. Nous allons continuer à monter vers le sommet de la montagne par ses entrailles labyrinthiques. Fixée au mur par des pitons, une corde pend.

16

« C'était en plein jour ».

Quand un type commençait son histoire de la sorte, Jimmy Guieu, traqueur de « petits gris », n'en perdait pas une miette.

« Il devait être environ midi, un ciel parfaitement bleu. Il n'y avait aucun nuage et il s'est formé dans le ciel un nuage lenticulaire qui a grossi. De là s'est dégagé un autre nuage beaucoup plus petit, qui s'est élevé dans le ciel et en a engendré un beaucoup plus gros au-dessus. Il y a eu une navette faite par ce petit nuage entre les deux nuages. Cela a duré trois quarts d'heure. »

Jimmy Guieu écoutait le témoignage de cet homme, mais en voulait plus pour son nouveau volet des *Portes du futur*, des documentaires vendus en VHS et uniquement par correspondance. Ufologue à la fine moustache et aux larges lunettes, il était une star des *nineties*.

Prolifique auteur de science-fiction, de romans dits « de vérité » et d'écrits de gares galactico-érotiques, Jimmy Guieu enchaînait les plateaux de TF1 à Canal+ en passant par Antenne 2 et Skyrock, dans *Bonsoir la planète*, l'émission phare de la libre antenne. Au début des années 1990, cet « enquêteur de l'étrange » décida d'arpenter la haute vallée. Chevalière à l'auriculaire gauche, la cravate pincée et le costume kaki, il annonçait face caméra, en préambule de ses pérégrinations, vouloir percer le « grand mystère de

Rennes-le-Château », puis par extension celui de Bugarach et de son « pic lié à des visites qui ne sont pas celles de touristes ».

« Des visites d'êtres venus d'ailleurs », lâchait-il.

À cette époque, la prospère industrie chapelière née à Bugarach au début du XIXe siècle, qui avait employé des milliers d'ouvriers issus des campagnes avoisinantes, vivait son crépuscule, mettant les habitants des alentours sur le carreau. Le Languedoc-Roussillon caracolait en tête des régions ayant le plus fort taux de chômage, 14,5%. L'Aude était à 13%.

Face à la dégradation de la situation économique et à la désertification ambiante, le tourisme devenait un secteur crucial. Seul héritage du passé industriel, un musée de la Chapellerie ouvrit en 1992 à Espéraza, à côté de celui des dinosaures, pour préserver et transmettre un savoir-faire traditionnel, et construire une histoire autour de cet objet, le « chapeau Bugarach ». Porté par François Mitterrand et la reine Elizabeth II, il était tombé au fil du temps en désuétude.

Aussi, le département créa la marque « pays cathare ». Ce projet de développement touristique était fondé sur un « territoire imaginaire » avec une dimension communautaire, économique, identitaire et politique s'imposant progressivement contre les « conceptions centralistes des agents de l'État ». Un article du *Monde* insistait aussi sur ce « lieu imaginaire » établi au cœur d'un « pays de résistance » où l'on entretenait « le souvenir pas si lointain des maquis » sur de grands sites comme Montségur dans l'Ariège, Peyrepertuse et Quéribus dans l'Aude : « des lambeaux de châteaux, nichés dans les cieux improbables, auxquels les visiteurs doivent se raccrocher pour s'enflammer l'esprit ». Ou comment construire une image sur l'héritage de martyrs persécutés au XIIIe siècle.

La communauté de communes du pays de Couiza et son office de tourisme, eux, mettaient en avant la « montagne inversée » de Bugarach. Cette volonté de distinguer ce village en capitalisant sur la particularité géologique du pic n'obtint toutefois pas l'effet escompté face aux citadelles perchées. Le public était attiré par d'autres histoires que les professionnels du tourisme ne contrôlaient en rien.

Pour Jimmy Guieu, la haute vallée était précisément ce vaste terrain de jeux et de mystères, un décor idéal pour son film. Une production rythmée par des synthétiseurs rappelant *Oxygène* de Jean-Michel Jarre et jalonnée d'interviews d'écrivains locaux et de témoins de « manifestations » aux abords du pic de Bugarach. Après avoir écouté un premier témoignage évoquant nuages et navette dans le ciel, il présenta face caméra l'ouvrage *Refuge of the Apocalypse: Doorway into Other Dimensions,* signé Elizabeth Van Buren. Il avait beaucoup entendu parler de cette femme et vantait les mérites de ses écrits. Puis Jimmy Guieu alla à travers champs à la rencontre d'un autre personnage « tout à fait singulier ».

« Cet homme a touché du doigt quelque chose qui n'est plus de la légende, mais probablement l'antichambre d'une porte du temps. »

Né à Marseille en 1919, Jean de Rignies habitait depuis 1969 à quelques kilomètres au nord du pic de Bugarach, dans le même massif, à Sougraigne. La Salz y prend sa source dans une fontaine d'eau dont la teneur en sel, estimée à 60 grammes par litre. L'homme s'était installé dans une vieille demeure en déshérence qui appartiendrait plus tard à l'Office national des forêts (ONF), le domaine de la Salz, caché et perdu dans les fourrés. À l'ombre du pic. Il ne payait pas de loyers, affirmait être le gardien des lieux et entretenait tant bien que mal cette bâtisse à la toiture et aux murs en ruine. À partir de 1971, l'homme se mit à raconter avoir été témoin de phénomènes ovnis, des vols stationnaires, en plein jour. Une fois. Puis à plusieurs reprises. En manches courtes été comme hiver, il répétait ces histoires aux gens du coin, à ceux qui étaient de passage dans la région ou fraîchement installés comme lui. La haute vallée était alors à la mode.

« Il faisait partie de la première vague des néoruraux, marginaux et hippies, à arriver dans le coin. Il produisait un peu de fromage de chèvre. Et avec ses histoires, les gens venaient le voir, car ils ne demandaient aussi qu'à croire », témoigne un habitant du secteur qui l'a connu.

« Il a été considéré comme un fou par les locaux. Mais c'est entré dans l'histoire populaire du coin. Tout le monde savait que Jean parlait des ovnis et qu'il en voyait. C'était un précurseur », commente Émilie qui vit une partie de l'année au domaine.

Par le bouche-à-oreille, son témoignage arriva sous les projecteurs de la capitale. Jean de Rignies passa dans l'émission à scandale des années 1990 de Christophe Dechavanne, *Ciel, mon mardi!* Au programme ce soir-là, chasse aux trésors et aux « mystères » dans la haute vallée de l'Aude. Assis sur un canapé en skaï jaune, l'habitant de Sougraigne vêtu d'un costard bleu-gris fit part de ses observations : « J'ai pris en photo des ovnis qui stationnent assez souvent dans cet endroit. »

Il mentionna aussi les étranges vrombissements de moteurs d'engins souterrains qu'il entendait sous la propriété.

« Vous n'avez pas essayé de creuser et de savoir ? interrogea le présentateur.

— Non, il ne faut pas prendre ça à la rigolade. »

Devant son poste de télévision, Jimmy Guieu, qui avait lui-même été invité peu de temps auparavant sur ce plateau, décida de contacter Jean de Rignies. Cet homme devait absolument apparaître dans le film qu'il préparait sur les mystères de Rennes-le-Château et de Bugarach. Jimmy Guieu fila illico dans la haute vallée quelques mois avant une crue majeure.

Dans cet entretien réalisé dans la forêt près de sa demeure, Jean de Rignies, barbe et chemise blanches, développa ce qu'il avait raconté à Paris. Quand Jimmy Guieu déclara devant l'entrée d'une galerie souterraine : « Tu as enregistré des choses extrêmement bizarres ici », Jean de Rignies confirma et embraya sans se faire prier :

« Oui... je les ai enregistrées à plusieurs endroits d'ailleurs, dans le salon de la maison et ici, où l'on entend comme si l'on était dans une imprimerie avec des rotatives. Un bruit mécanique, un bruit de moteur, carrément. »

La séquence interview laissa place à ce fameux enregistrement sonore du souffle. Puis l'interlocuteur reprit :

« Alors, il y a quelques années, des amis qui sont dans les sphères officielles – évidemment je tairai le nom, vous comprendrez pourquoi – ont amené un de leurs amis qui était en Amérique, à la NASA. Ils sont venus avec un appareil de détection souterrain, un magnétomètre à protons, mais doublé de VHL. Il paraît qu'il n'y en avait que sept dans le monde à l'époque. Une fois la cassette passée à l'ordinateur et à l'imprimante, nous avons eu la radiographie du sous-sol. Il se trouve qu'à 25 mètres de profondeur il y a une coupole métallique qui fait 30 mètres de long sur 15 mètres de large, d'une forme ellipsoïdale avec un mètre d'épaisseur et 3 mètres de flèche. Alors, naturellement, ce n'est pas une construction humaine. »

Bref silence.

« Ce serait quoi ? questionna Jimmy Guieu.

— C'est une des constructions de la base spatiale qui se trouve ici en dessous. Une base souterraine extraterrestre qui s'étale sur des kilomètres et des kilomètres.

— Et est-ce que c'est en corrélation avec Bugarach ?

— Oui, assura Jean de Rignies, seulement je ne sais pas qui se tient à Bugarach du point de vue extraterrestre. Ceux d'ici, je le sais, dit-il en pointant la main vers le trou, ce sont des gars qui viennent d'Orion.

— Quel est leur aspect ?

— C'est un aspect humain. Exactement ceux de la Bible. Ceux que l'on appelle les Élohim.

— Ce n'est pas en une cassette que nous pourrons tout dévoiler, tout divulguer », conclut Jimmy Guieu, promettant une suite dans une seconde VHS.

Générique de fin, bandeau défilant et dernières notes de musique aux airs de sitcom, dans la veine de *Premiers baisers*. La séquence ne demandait qu'à être rembobinée dans le magnétoscope.

Jimmy Guieu décéda en 2000, le lendemain du passage au nouveau millénaire. Il influença toute une génération d'auteurs et laissa derrière lui des centaines d'écrits et d'enregistrements embrassant le conspirationnisme, avec un ennemi en ligne de mire : le Groupe d'études des phénomènes aérospatiaux non identifiés (Gepan). Ce bureau basé à 130 kilomètres de là, au sein du Centre national d'études spatiales (CNES) à Toulouse, avait été créé en 1977.

Dans la foulée de Jimmy Guieu, beaucoup d'ufologues amateurs, passionnés et chasseurs d'ovnis, sont venus à Bugarach pour opérer des relevés lors de « veillées d'observation » diurnes et nocturnes autour du « Bug », comme ils le surnommaient. Par sa position anti-Gepan, un « organisme officiel destiné à détruire ou à cacher la vérité », Jimmy Guieu avait créé une scission : les ufologues croyants, d'un côté, et les ufologues sceptiques proches de la démarche rationnelle du bureau scientifique toulousain, de l'autre. Pas de preuve, pas de fait. Les deux tendances confrontent occasionnellement leurs points de vue lors de repas ufologiques dans des restaurants Flunch.

Jean de Rignies, lui, est mort un an après Jimmy Guieu, en 2001. Une association a voulu continuer à porter sa voix et son héritage pour « entretenir la flamme » : Les Amis de la Salz.

En 2010, quand Émilie et son compagnon Marc ont débarqué sur le site par la petite route tortueuse en pierres qui y mène, ils se sont investis dans l'association et ont créé sa petite sœur, « Histoire et Mystère de l'Aude ». Ils ont commencé à organiser des conférences et des débats l'été au domaine de la Salz.

« Le but est de rester dans la philosophie de Jean, l'esprit libre, sans peur d'aborder les phénomènes de l'invisible », explique Émilie dans cette bâtisse dont les murs extérieurs sont envahis de lierre.

« Quand nous sommes arrivés ici, nous n'étions pas sereins. Nous avons passé une nuit à l'endroit où il y a les fameux bruits. Ça s'est manifesté. Nous sentions notre colonne vertébrale collée au sol, le cœur qui commençait à s'emballer, nous sommes partis à 3 heures du matin. Maintenant, ça va mieux, nous avons été initiés. Le lieu doit t'accepter et te mettre à l'épreuve. Ici, c'est un détecteur à parasites », expliquent les occupants.

Ces dernières années, une foule de personnes s'est rendue au domaine : cela va d'un réalisateur de films d'horreur à un homme adepte du stop dans la haute vallée en passant par un influent vidéaste conspirationniste. Tous étaient intéressés par les « phénomènes » de la région.

Marc et Émilie, eux, voient toujours des objets volants non identifiés dans le ciel de la haute vallée. En 2012, alors que Marc et un ami dormaient sur le pic de Bugarach en pleine nuit, ils ont observé un « vaisseau mère énormissime multicolore avec plein d'ovnis qui y entraient et en sortaient ».

Avant de s'épancher, le couple aime poser une question en préambule :

« Et vous ? Est-ce que vous avez déjà vu des ovnis dans votre vie ? »

17

Si le village de Bugarach vivotait dans l'isolement au gré des saisons, des exodes et des aléas climatiques, le pic, lui, brillait et attirait au-delà de la haute vallée. Le Pech de Thauzé, selon son ancien nom, a d'abord été connu comme la « montagne des académiciens », un lieu de recherches et de connaissances qui a intéressé nombre de scientifiques.

En plein tourbillon de la Révolution française, il servit de référence pour l'établissement d'une unité de mesure universelle : le mètre. Une révolution dans le développement des sciences et des mathématiques. Les astronomes français Pierre Méchain et Jean-Baptiste Joseph Delambre avaient été chargés du calcul précis de l'arc de méridien de Dunkerque à Barcelone. Le tracé passait exactement par le pic de Bugarach. Pierre Méchain s'y rendit en 1792.

Ken Alder, professeur d'histoire à l'université Northwestern dans l'Illinois, raconte cette épopée. La commune comptait alors 828 habitants, trois magasins, des usines de chapellerie, un moulin à eau et un « énorme rocher calcaire considéré comme sacré par les gens ». « Le sommet en forme de dent de requin était balayé par d'effroyables coups de vent. L'endroit était risqué. Les villageois imputaient cela aux Sinagries, des esprits qui, disait-on, pouvaient foudroyer un homme d'un simple regard malveillant. »

Au XIXe siècle, des érudits continuèrent d'explorer la montagne. Le 10 juillet 1892, douze membres de la Société d'études scientifiques de l'Aude s'y engagèrent. C'était leur première excursion au pic.

« Il apparaît tout entier, libre, comme si les montagnes environnantes, qu'il écrase de sa hauteur, s'étaient écartées respectueusement en admiration devant lui. À partir de ce moment, on n'accorde plus aucune attention à rien, c'est le pic seul qui captive nos regards », rapportèrent-ils.

À 5 heures du matin, les « enragés grimpeurs » se lancèrent à l'assaut des falaises, slalomant entre les hêtres et les chênes blancs. Quelques heures plus tard, les biologistes et les entomologistes atteignirent le sommet et ses blocs calcaires.

« De tous les côtés, c'est le vide dans tout ce qu'il y a d'effrayant. [...] Je crois bien que plusieurs d'entre nous auraient désiré voir un orage éclater sous leurs pieds. »

À leur retour, ils établirent une liste précise des riches faune et flore découvertes sur ce pic. Une orchidée rare, des insectes, des fraises sauvages, des géraniums, du silène enflé.

Au pays des cathares et de la Dame blanche, le pic était aussi entouré de superstitions et de légendes enfantines, comme celle de Bug et d'Arach écrite sur un mur à côté de l'église du village. Pour faire face aux vents violents, ces deux lutins auraient demandé à Jupiter de bâtir une grande montagne : Bugarach. Autant de contes qui s'implantèrent sur un territoire considéré par ses habitants comme « sauvage », de « résistance », de « liberté » et d'« hérésie ».

Dans les fonds du gouvernement militaire général du Languedoc, dans la rubrique « Plaintes et placets », Bugarach dévoile son visage rebelle et ses croyances vivaces dès le XVIIIe siècle. En 1758, le curé de Bugarach déposa plainte pour « insultes à sa sœur ». En 1781, ce fut un début d'émeute contre le culte qui éclata.

«Les paysans imaginent que la publication d'un monitoire attire les grêles et autres fléaux sur les récoltes. Pendant la lecture d'un monitoire sur l'incendie des bois de M. d'Hautpoul, les consuls avaient fait sortir les fidèles de l'église, jeter des pierres contre la porte et sonner les cloches», signala le prêtre aux autorités.

Bugarach s'est toujours voulu indomptable.

Pour les habitants du village, ce pic est avant tout un repère fédérateur. Majestueux, imposant, fascinant ; de nombreux villageois concèdent lui trouver un «truc». Le genre de truc qui ne s'explique pas toujours. Beaucoup ont en mémoire leur première ascension. Dans certaines familles, s'y hisser est un rite initiatique.

À l'image d'une ville coiffée d'un volcan menaçant, il est impossible, quand on est à Bugarach, de ne pas jeter un œil quotidien sur les flancs et les courbes de ce massif, témoin du temps qui défile et se dérègle. Pour Jeannot qui a connu le pic en terrain de culture puis de pâturage, il y a longtemps eu de la «neige à partir de la Toussaint, jusqu'à fin mars» sur cette montagne. Mais au fil des années, les flocons sont de moins en moins tombés sur les cimes. À Pâques pour l'omelette, puis en été, le pic ressurgissait dans un cadre festif. Bernard et ses copains y organisaient leur balade annuelle quand, éméchés à la fête du 15 août, ils partaient en pleine nuit avec des piles électriques voir le lever du soleil depuis le sommet.

Le pic vit dans la bouche des habitants. Les «ce jour où…», les «cette nuit-là…» C'est une fierté. Une ombre sur le village aussi. Souvent, la montagne capte toute la lumière et les habitants en subissent les conséquences, à commencer par son anomalie géologique qui lui confère une réputation envahissante.

Si l'inversion des couches de la montagne a suscité de nombreuses croyances populaires, ce phénomène de chevauchement n'est toutefois pas unique. En France, la région de Saint-Chinian dans l'Hérault en est très riche, témoigne Pierre Thomas, professeur de géologie à l'École normale supérieure de Lyon, rejetant les histoires d'« énergies », notamment « cosmo-telluriques », prêtées au pic.

« Des tas de gens imaginent des forces obscures, utilisent un mot savant pour des concepts fumeux, se désole-t-il, cela n'a rien à voir avec le courant tellurique des géophysiciens. »

« Le mystère, c'est pourquoi des gens ont accroché là-dessus ? » se demande-t-il en citant Albert Einstein : « Deux choses sont infinies : l'Univers et la bêtise humaine. Mais en ce qui concerne l'Univers, je n'en ai pas encore acquis la certitude absolue. »

Car, au fil des décennies, les scientifiques ont délaissé le pic de Bugarach et tout un imaginaire venu de l'extérieur du village a pris le relais.

Propulsée par le folklore de Rennes-le-Château, par les visions d'Elizabeth Van Buren, les enregistrements de Jean de Rignies et la popularité de Jimmy Guieu, la montagne a aimanté des personnes en recherche de réponses, de rêves ou d'inspiration. Le pic devenait une attraction. Un satellite en orbite. Différents courants se sont succédé à ses abords, se mélangeant parfois, créant une vaste galaxie : des chasseurs de trésors, des ufologues, des personnes branchées sur la spiritualité avec des théories New Age empaquetées dans les bagages.

Ce courant est né en Californie dans les années 1960-1970. « Le New Age accepte la vérité de toute position sans nécessité de contrôle rationnel ni d'une quelconque théologie. On accepte tout, des soucoupes volantes à la macrobiotique ; du bouddhisme à la pranathérapie ; il suffit de confectionner son propre menu, une religion *do-it-yourself* », affirmait l'intellectuel italien Umberto Eco.

Ce syncrétisme guidé par la recherche d'harmonie universelle a principalement trouvé un écho dans les sociétés consuméristes blanches et privilégiées. Le New Age est une branche dominante au sein d'une grande nébuleuse qui ne cesse de se développer et de se réinventer : l'ésotérisme.

« Depuis les années 1960 et l'effondrement des religions dites "institutionnelles", il y a eu un retour des angoisses existentielles et l'ésotérisme s'est imposé comme une solution, un moyen de comprendre et de donner du sens à notre expérience quotidienne en développant un discours intermédiaire entre science et religion », note Damien Karbovnik, docteur en sociologie, historien des religions et spécialiste de l'ésotérisme contemporain.

Ainsi, l'ésotérisme met sur un même plan le secret, les symboles, les sens cachés, l'occulte, des pratiques magico-spiritualistes et de nombreuses croyances. Celles-ci se transmettent auprès d'un public convaincu d'« initiés » ayant différents degrés d'engagement. Une religiosité alternative teintée de néopaganisme qui prend de multiples visages : la magie, la *wicca* – sorcellerie moderne –, l'astrologie, les arts divinatoires, la cartomancie, la thaumaturgie, la lithothérapie ou encore le New Age. Ce courant prône l'émergence d'une société dite « alternative et holistique », saupoudrée d'hindouisme et de culture amérindienne. Une appropriation culturelle à son paroxysme pour un mouvement aux contours mouvants, mais qui n'a jamais cessé d'attirer, principalement en période de crise.

D'abord de manière éparse, des touristes ont commencé à graviter autour de la montagne audoise. Chakra de la Terre pour certains, vortex ou porte galactique pour d'autres. Entre prosternation et veillées d'observation, ils venaient chercher des énergies cosmo-telluriques, des ovnis ou des secrets enfouis. Puis le phénomène s'est accentué de manière plus structurée à partir des années 2000. Les stages New Age se sont multipliés au pic de Bugarach,

« sacralisé » comme une « cathédrale naturelle fédérant de multiples croyances », explique l'anthropologue Thomas Gottin qui a mené un travail de terrain à partir de 2008. Venus de nombreux pays, « les individus s'attendent à vivre quelque chose d'unique grâce à une expérience mystique avec la montagne, [...] la démarche de participer à un stage conditionne le stagiaire déjà convaincu qu'il va [y] vivre des phénomènes extraordinaires ». L'objectif est de ressentir le « pouvoir » et d'opérer une « transformation intérieure ».

Ce tourisme dans la haute vallée est par ailleurs très genré. Les histoires de fouilles à l'explosif, de trésors et de soucoupes volantes attirent majoritairement les hommes. Éveil, nature et bien-être sont pour les femmes. « L'attrait pour des soins non conventionnels portés sur le changement intérieur favoriserait un public féminin. Environ 80 % de la participation », souligne Thomas Gottin.

Dans cet endroit naturel coupé du monde, le contexte crée l'occasion de voir, de croire, de ressentir. Cette promesse est alimentée par les organisateurs de stages. La montagne, symbole de l'« élévation » et de la « révélation » dans les religions monothéistes, est le décor idéal pour projeter ses propres fantasmes. À l'instar du mont Shasta en Californie, un haut lieu ésotérique, à Bugarach aussi, les références et les courants se mêlent et s'entrechoquent, à l'infini. « Toute contribution critique est rejetée, car tout énoncé démystificateur clôt une extension possible du jeu, mettant en péril l'objectif de continuation sans fin », selon Véronique Campion-Vincent, anthropologue et ingénieure de recherche au CNRS.

◆

En 2005, Sigrid reprit les clés de la Maison de la nature, laissée en friche après la terrible crue de 1992, pour y développer des chambres d'hôtes et une aire de camping. Il fallut utiliser de l'acide chlorhydrique pour venir à bout des champignons et de la moisissure. Le village disposait de très peu d'accueil pour les visiteurs. La mairie avait fait un appel d'offres ; la jeune femme originaire de la région parisienne l'avait remporté. Dès son ouverture, ce point d'étape pour les marcheurs et les amoureux de la nature devint très vite une halte dans les circuits mystico-ésotériques organisés dans la région par de petites structures. Et ce, sans l'aide des organismes de tourisme officiels sur place. Sigrid estimait alors sa clientèle à 70 % ésotérique et à 30 % pour le tourisme vert.

« Les gens s'arrêtaient ici pour faire l'ascension du pic, méditer et parfois ils faisaient des séances dans la salle du haut. J'en ai déjà vu en pleine discussion avec des pseudo-crânes de cristal. À plusieurs centaines d'euros les quelques jours de stage, je ne voyais pas d'ouvriers. »

Plus qu'une randonnée, atteindre le sommet était devenu un rêve pour les âmes en quête de sens. Un convecteur, un rond-point d'espérance. Pour les organisateurs, le pic était un « passage obligatoire », l'apogée des circuits de plusieurs jours tarifés 350 euros pour atteindre au fil de la *hype* près de 2 000 euros tout compris

Les participants qui s'inscrivaient avaient entendu parler de ces « voyages » sur des blogs, lors de retraites spirituelles ou via des livres initiatiques et ésotériques à succès. Dans ces cercles de développement personnel boostés par Internet, les « bienfaits » du pic de Bugarach étaient souvent mis en avant.

« Là-haut, vous allez recevoir des clés vibratoires, qui vous permettront de vous libérer. Vous baignerez dans des énergies très puissantes, il faut en être conscients, soyez attentifs », prévenaient les organisateurs.

Évoluant au fil du temps pour s'adapter aux attentes, les regroupements ésotériques ont rapidement vanté davantage d'« éveil », de « bien-être » et de « spiritualité » au plus près de la nature. À 1 230 mètres, ces stagiaires venaient chercher autour d'un « enseignant spirituel » un sens à leur existence, un nouvel élan après des accidents de vie : décès d'un proche, divorce, maladie, licenciement ou burn-out. Ils tentaient de capter des « clés », d'embrasser une « vie simple », de se séparer de leurs « ego » ou de leurs « peurs » pour faire « tomber les masques ». Dans cet univers, rien n'arrivait par hasard. On parlait plutôt de « synchronicité » et, pour évoquer la Terre, on préférait « Gaïa ».

Les villageois, eux, regardaient passer ce tourisme sans le juger tout en restant réalistes, comme Sigrid : « Si on enlevait le pic de Bugarach à Bugarach, il n'y aurait plus de tourisme. Bugarach sans sa montagne, plus personne ne viendrait. »

Soit le nerf de la guerre dans la haute vallée alors en proie à des difficultés économiques et au chômage. À l'été 2010, le pic continuait d'attirer. À l'aube d'une transition entre deux mondes. Une ébullition avant la tempête.

MURMURES ET CHUCHOTEMENTS

18

Les randonneurs étaient partis du col du Linas, à côté du hameau du même nom. L'itinéraire par ce versant nord était plus simple. En file indienne, ils signalaient un caillou trop pointu, un virage trop serré, une branche lâchée trop vite ou un éventuel éboulement. Ils grimpaient au son du hochet agité par la main d'un homme parti en éclaireur, bandeau sur le front et tunique blanche piquée de couleurs vives. Il parlait peu, il les guidait, un traducteur franco-espagnol à ses côtés.

Des vautours silencieux planaient dans le ciel. Le calendrier grégorien indiquait le 21 juin 2010. C'était le solstice d'été, le jour le plus long de l'année. Partout en France, des groupes accordaient leurs instruments, prêts à jouer jusqu'au bout de la nuit. Dans le village, les membres du FJEP organiseraient l'événement quelques jours plus tard pour avoir un public plus fourni, quitte à payer les droits à la Sacem. Les communes en sont exonérées le soir de la Fête de la musique.

Au-dessus des têtes des villageois, des champs de Jeannot et de la mairie occupée par Jean-Pierre, une petite quinzaine de personnes avançaient, les sacs à dos chargés de bouteilles d'eau. Le chemin était encore long, le soleil atteindrait bientôt son zénith. Seul le son des souffles chauds rythmait les pas. Le groupe se composait de femmes et de quelques hommes, français et espagnols. Pour la majorité d'entre eux, c'était leur première fois sur cette montagne. Bien sûr, ils en avaient entendu parler, ils n'étaient pas sur ce sentier par hasard. Le « sacré » de la montagne de Bugarach n'était pas un secret.

Les participants voulaient se mesurer au pic et s'élever. Un homme au CV garni les menait sur ces chemins vallonnés où ils s'amusaient à distinguer dans les pans de la roche la forme d'un aigle ou d'un bouddha assis en tailleur.

Arrivés dans la haute vallée depuis plusieurs jours, les stagiaires avaient effectué le circuit immuable du secteur. Après la visite d'un château cathare et des gorges de Galamus, ils avaient sillonné Rennes-le-Château avec son histoire de trésor et son culte à Marie-Madeleine, navigué dans la forêt « enchantée » de Nébias, puis au cœur de Rennes-les-Bains avec ses eaux chaudes, ses fauteuils du Diable et d'Isis. L'ascension du pic de Bugarach était le point d'orgue, avec une promesse : le Nirvana à 1 230 mètres.

La fatigue se faisait sentir dans les mollets, mais la petite bande ne pouvait pas lâcher en pleine montée. Pas maintenant. Peut-être n'iraient-ils pas au sommet. Si l'effort se montrait intenable, ils pourraient éventuellement s'arrêter non loin, à quelques dizaines de mètres, dans une clairière, pour organiser la cérémonie. Le plus important était d'être sur ce pic ce 21 juin 2010. Ensemble.

◆

Le rendez-vous avait été donné dans le hall d'un hôtel à Hollywood. Journaliste mexicaine indépendante, spécialiste des guérillas et des mouvements radicaux, Laura Castellanos traquait cet homme depuis plusieurs mois. Elle avait mis en pause son travail sur les luttes armées et enquêtait sur cette histoire de prophétie maya qui prédisait la fin de l'humanité en 2012. L'homme en question était peut-être à l'origine de cette théorie.

Elle attendait dans le patio. La chaleur étouffante de la Cité des anges s'engouffrait chaque fois que la porte d'entrée s'ouvrait pour laisser passer des touristes fortunés en short. Elle regarda son téléphone. Le monde entier était encore sous le choc de la récente annonce de la mort de Michael Jackson survenue le 25 juin 2009 dans son manoir de Holmby Hills, à seulement 7 miles d'ici.

L'avion de Laura avait atterri quelques heures plus tôt. Elle avait sauté dedans sur le tarmac de l'aéroport de Mexico, avec une poignée d'affaires dans un sac. Il ne fallait pas perdre de temps. Elle savait que l'occasion ne se présenterait qu'une seule fois. L'affaire l'obsédait. C'était même devenu un défi journalistique pour elle.

« Les gens commencent à en parler dans le monde entier. Ils évoquent les Mayas, or ici, au Mexique, personne ne sait d'où sort cette histoire de l'apocalypse en 2012. Je ne comprends pas », confiait-elle. Depuis plusieurs mois, elle évoquait régulièrement le sujet auprès de son entourage.

Un midi, à Mexico, alors qu'elle déjeunait dans un restaurant végétarien qu'elle affectionnait, elle en parla à un autre habitué. Lui aussi s'intéressait à l'origine de cette histoire de fin du monde. Entre deux bouchées de guacamole, il lui fit part de ses recherches. Au sein de cercles ésotériques et chamaniques, il avait identifié une personne, un nom, une figure : José Argüelles. Ce client du restaurant avait été un temps vaguement proche de son mouvement, mais il ne savait pas si l'homme était encore en vie.

Inlassablement, Laura commença alors à interroger des personnes qui avaient gravité autour de ce prophète des temps modernes et d'autres qui avaient rompu avec lui, l'accusant de détourner des fonds, provenant majoritairement de dons, pour s'acheter de la drogue. Il était bien vivant. Au bout de plusieurs semaines d'un travail acharné, elle dégota une adresse mail. Elle envoya un message, puis deux. Sans réponse.

Auteur prolifique et écouté, José Argüelles restait un homme aussi mystérieux que discret. Il ne donnait aucun signe de vie à Laura. Mais elle ne comptait pas le lâcher comme ça. « Une journaliste sans chance n'est pas journaliste », aimait-elle répéter.

Un jour, elle apprit de source sûre que José Argüelles, qui vivait isolé en Australie, allait venir secrètement à Los Angeles pour rendre visite à son éditeur. Laura Castellanos lui envoya un énième mail pour une demande d'interview. Elle lui raconta qu'elle savait qu'il serait en Californie dans quelques jours, qu'elle pouvait avaler 3 000 kilomètres en un claquement de doigts. Face à l'abnégation de la journaliste soutenue par la rédaction du magazine mexicain *Gatopardo*, il accepta de la rencontrer.

Mais il tardait à passer la porte de l'hôtel.

José Argüelles était un Américain d'origine mexicaine né en 1939 dans le Minnesota. Après une jeunesse rythmée par l'alcool et le LSD, il avait pratiqué le bouddhisme et le métier d'historien de l'art. Il devint surtout décodeur et messager autoproclamé de prophéties mayas. Il militait pour l'abandon du calendrier grégorien au profit du calendrier des « 13 lunes de 28 jours ».

Il avait écrit en 1987 *Le Facteur Maya*, un best-seller ésotérique traduit dans plusieurs langues, et avait organisé cette même année, au mois d'août, une « Convergence harmonique ». Il avait appelé 144 000 personnes à se réunir durant deux jours afin de « méditer collectivement pour la paix » à différents endroits « sacrés » de la planète en vue de préparer la « fermeture d'un cycle » prévue pour 2012. Plus précisément au solstice d'hiver, le 21 décembre. Son appel avait été relayé par de grands médias américains. Des milliers de personnes y avaient répondu, notamment au mont Shasta et quelques dizaines à Bugarach autour d'Elizabeth Van Buren.

Des années plus tard, le 3 mars 2002, José Argüelles se rendit à Teotihuacan au sommet de la pyramide du Soleil, au nord-est de Mexico, pour une cérémonie en présence d'aînés mayas. Ce jour-là, devant plusieurs centaines de personnes, il fut déclaré officiellement « clôtureur du cycle ». Selon sa très large, libre et personnelle interprétation des calendriers sacrés des Mayas, le Tzolk'in – composé de 260 jours – et le Haab, le 21 décembre 2012 serait la « date de la fin du cycle de l'histoire ». Il assurait aussi avoir reçu par télépathie un message extraterrestre de la part des « Mayas galactiques ». Si une catastrophe survenait, ils reviendraient sur terre le jour J « sauver les 144 000 élus ».

Il fut alors baptisé Valum Votan. Une personnalité double face. D'un côté, José Argüelles, messager du renouveau ; de l'autre, Valum Votan, prophète de la fin des temps, si rien ne venait à changer. Sous un soleil éclatant, un homme lui remit un bâton de rituel pour mener à bien sa mission d'« éveiller l'humanité à la signification de l'année 2012 ». Cet homme était le « guide et maître de l'Ordre solaire de Chichén Itzá ». Il s'appelait Quetza Sha, un *rookie* dans le domaine du chamanisme maya.

Les deux hommes posèrent devant les photographes autour d'un drapeau arborant trois points rouges encerclés sur fond blanc et marqué du mot « Pax », étendard du mouvement la Bannière de la Paix. Ensemble, ils se rendirent quelques mois plus tard à Rome, au Vatican, pour diffuser leur prophétie et leur proposition d'abandonner le calendrier grégorien au profit du calendrier des « 13 lunes de 28 jours ». Sans succès.

Mais le compte à rebours était lancé.

Quetza Sha partit à travers le monde organiser des événements en lien avec l'année 2012. José Argüelles, lui, plancha à la rédaction d'un « guide de survie pour la route qui mène à 2012 », relayé dans certaines sphères survivalistes aux États-Unis.

José Argüelles avait tenu parole. Il entra dans le hall d'hôtel, bronzé, souriant et s'approcha de Laura. Il n'avait pas un temps infini devant lui.

« Ce fut une rencontre très courte. Je me souviens d'un homme grand, avec de longs bras. Il était souriant avec un caractère affable. Il ne s'est pas senti menacé ou intimidé, il était à l'aise même s'il n'était pas habitué à donner des interviews. Mon but était d'en savoir plus sur ce personnage controversé qui avait engendré un phénomène global et millénariste. »

Après quelques échanges, il commença à s'ouvrir.

« Il m'a dit qu'il se savait stigmatisé, que sa pensée était critiquée ou qu'on le traitait de charlatan. »

Il déroula son discours. Elle prit des notes.

« En 2012, un cycle de l'humanité s'achèvera, mais ce ne sera pas la fin du monde. Notre planète s'alignera sur le centre de la galaxie, ce qui lui conférera une nouvelle fréquence vibratoire censée nous propulser vers une dimension supérieure, modifier profondément notre état de conscience collectif et signer la fin du système matérialiste actuel. Il se pourrait aussi qu'en 2012 les Mayas galactiques reviennent sur Terre. »

L'interview ne dura que quelques minutes. Ce serait la seule accordée aux médias.

« Il va se passer quelque chose de totalement nouveau, sans précédent. »

Il n'y aurait pas d'autres rencontres. Dans un e-mail postérieur à l'entretien, elle obtint tout de même une dernière confession.

« Je n'ai jamais touché à la cocaïne de ma vie ! »

◆

Ils s'arrêteraient là. Dans ce virage, le vent ne soufflait pas et les arbres permettaient de gagner en fraîcheur. Il avait arrêté la vibration du hochet censé « activer l'énergie et l'esprit de la montagne ». Les stagiaires étaient attentifs et impressionnés.

La quarantaine avancée, Quetza Sha avait au fil du temps gagné ses lettres de noblesse. L'homme était vu comme un « messager mondial », un chaman « star ». L'une des participantes, adepte de reiki et de chamanisme, avait déjà voyagé avec lui au Mexique pour une retraite spirituelle et avait organisé son déplacement à Bugarach. Le village était un passage majeur dans sa grande tournée.

« Bugarach représente pour les Mayas un centre de pouvoir actif et un chakra qui se connecte à la colonne vertébrale des Andes et à toute l'Amérique. Bugarach est une porte dimensionnelle importante parce qu'elle est pleine d'informations géométriques et de codes laissés par les cathares », assurait-il devant son groupe.

Moitié aztèque, moitié maya, il était né à Mexico City en 1965. À 9 ans, il fut initié par d'anciens Mayas de la famille aux traditions ancestrales, avant que son adolescence vire au cauchemar, l'éloignant des amis et de l'école. Il disait « voir le monde invisible des morts » et « entendre des voix », selon lesquelles il aurait une « mission dans le futur ». Il consulta des psychologues, des psychiatres, mais décida de suivre ces « voix » qui lui « parlaient ».

« Elles m'orientent vers des lieux sacrés. »

Il devint chaman et prêtre maya-aztèque, puis fut déclaré par ses pairs « guide et maître de l'Ordre solaire de Chichén Itzá », du nom de cet ancien site maya situé dans le Yucatán au Mexique. Son projet de vie se dessinait : « décoder des messages et des codes anciens et les transmettre ». En 2002, il croisa la route de José Argüelles.

Après leur rencontre, fort du lien qui les unissait, Quetza Sha continua ses pérégrinations à travers le monde pour délivrer le message de 2012 à sa sauce, dans la pure tradition New Age. Dans ses prises de parole, il soufflait le chaud et le froid. « 2012 est une fermeture de cycle sur tous les aspects. Un nouveau chemin s'ouvre : c'est aussi une activation d'énergie. C'est le saut quantique de la planète. La planète augmente sa fréquence vibratoire et, de cette augmentation vibratoire, l'humanité va avoir son processus négatif et son processus positif. Cela ne veut pas dire qu'il ne va rien se passer, la Terre va bouger, cyclones, raz de marée, tremblements de terre », déclara-t-il en 2009 dans une interview à *Ohlalá,* un supplément du journal *La Nación*

Depuis cette année-là, le chaman se consacrait à organiser des retraites spirituelles et des semences de cristaux à travers le monde, à des dates précises et selon une « géométrie sacrée », le 21 décembre 2012 toujours en ligne de mire. Il commença le 9 septembre 2009 – 9/9/9 – en Uruguay à Pan de Azúcar. Puis le 10 octobre 2010 – 10/10/10 – au Mexique à Xochicalco. Quelques mois avant, en juin, à l'approche du solstice d'été, la trajectoire de Quetza Sha avait pris la direction de la France. De l'Aude. De la haute vallée abandonnée. Du petit village de Bugarach moqué par les gamins de Limoux dans les années 1960.

« Un point important en France », selon le guide et maître de l'Ordre solaire de Chichén Itzá.

Non loin du sommet, il disposa des fleurs, des bougies et des cristaux sur la terre du sentier, créant des symboles. Michel, le traducteur de Quetza Sha âgé de 28 ans, se tenait derrière lui. Helvético-vénézuélien, il le suivait depuis plusieurs mois aussi. C'était la première fois qu'il venait sur le pic, cette « montagne avec un haut pouvoir énergétique ». Quetza Sha forma un « mandala galactique pour l'union des peuples anciens » : les Mayas, les cathares, les Templiers, les druides. Il enjoignit les participants de s'installer autour et d'« entrer en contact » avec eux. Il conseillait de ne pas se comporter comme un touriste qui prendrait des photos et partirait. Non, pour « voir le monde invisible ou le monde spirituel qui habite ce lieu, il faut se concentrer ».

Les yeux se fermaient. Quetza Sha n'utilisait aucune substance hallucinogène, il ne travaillait qu'à base de respirations. Il commença à faire des positions avec les mains, des moudras, des mantras.

Les cristaux étaient semés sur le pic de Bugarach. Le point culminant des Corbières serait désormais connecté à d'autres lieux « sacrés » dans le monde en prévision du 21 décembre 2012.

Les stagiaires rouvrirent les yeux. C'était l'heure du pique-nique.

Tout en débriefant leurs expériences, leurs ressentis, ils entamèrent ensuite la redescente du sentier, croisant quelques randonneurs et habitants. Michel racontait qu'il avait senti une décharge d'électricité monter en lui. Elle était partie de sa lèvre pour monter au nez puis au cerveau, avant de se répandre dans tout son corps. Il avait eu les mêmes effets avec des cérémonies sous ayahuasca, la « liane des morts », produit hallucinogène d'Amazonie. Jamais il n'avait senti une telle châtaigne en exerçant son métier d'électricien.

« Je reviendrai à Bugarach, il y a encore beaucoup à découvrir ici », promit Quetza Sha à son auditoire. Michel savait qu'il le reverrait à l'occasion d'une grande cérémonie à la pyramide d'Uxmal, dans le Yucatán, le 21 décembre 2012, pour « activer » tous ces sites « connectés », de Pan de Azúcar à Bugarach. L'organisatrice de l'événement, elle, vivrait mal son retour et ne voudrait plus jamais entendre parler de Quetza Sha, qui s'éclipserait hors des radars.

Quelques jours plus tard, un orage explosa dans la haute vallée, faisant ressurgir le fantôme de la crue. Les conditions météorologiques de l'année 2010 étaient identiques à celles de 1992.

Quant à l'homme à l'origine de 2012, José Argüelles, il reçut la médaille Nicholas Roerich, soit « la plus haute distinction du Comité international de la Bannière de la Paix pour l'ensemble de son œuvre et son travail fructueux sur le calendrier des 13 lunes associé à la Bannière de la Paix».

Cet été 2010, le pic, lui, continuait d'être un phare dans la nuit, attirant aussi des âmes plus solitaires.

19

La cheminée s'élance sur une vingtaine de mètres. Pieds au sol, nez en l'air, nous n'en voyons pas la fin. Nous pensons au monde extérieur. À cet instant, il n'existe que dans nos têtes et le temps qui passe n'est qu'un lointain souvenir. Le ciel n'a plus d'importance, les nuages encore moins. Seul le souffle est vital. Les notions de nord et de sud ont perdu de leur sens, nous nous confrontons uniquement à la verticalité symbolisée par cette corde pendante. Si les curieux peuvent s'aventurer jusqu'à ce point sur la carte, seuls les casse-cous peuvent continuer, ou ceux qui sont équipés comme nous.

« C'est ça le Basic ?

— Non, c'est le descendeur.

— Alors c'est ça ?

— Non, c'est le Croll. Tu me le copieras cent fois. »

Henri rit de sa blague. Nous allons nous élever l'un après l'autre dans la « montagne inversée », lui en premier. Il démarre comme une flèche.

« Homme libre », s'égosille-t-il après quelques secondes de progression sans accroc.

Nous suivons la cadence, en essayant de bomber le torse, mais nous ressemblons à des pantins au bout de leurs fils sur les parois de ce tube vertical. Nous nous hissons en effectuant un geste peu naturel.

Nous avons les deux mains agrippées à notre « Basic » ; cette poignée est reliée à la corde et à une pédale dans laquelle nous glissons le pied droit. Quand nous levons la poignée pour monter, elle fléchit notre genou. Nous poussons en simultané pour avaler la corde et répétons ce geste, la tête brinquebalante. Quelques dizaines de centimètres sont gagnés à chaque poussée. Bout à bout, ils se transforment en plusieurs mètres.

Alors que nous devions nous fier à notre technique, nous ne faisons pas confiance à notre baudrier et nous nous fatiguons inutilement. Au lieu de nous asseoir dedans et de nous concentrer sur notre gestuelle, nous nous accrochons à la poignée comme à une ligne de vie, forçant sur les muscles des bras, affaiblis par la peur de l'altitude grandissante. Nos mains cherchent une prise, ou la corde, pour nous retenir en cas de perte d'équilibre.

Nous marchons dans le vide.

Au fil de la progression, le décor et ses irrégularités défilent sous nos yeux. Cette terre amochée, tourmentée se dévoile au fil de la cheminée. Arrivés à la hauteur d'Henri, nous n'avons qu'une envie, saisir sa main et l'empoigner. Elle ne se présente pas. Autonomie, toujours. Il faut accrocher la longe courte dans le maillon de l'amarrage et attendre le partenaire. Tel est le mot d'ordre. L'éclaireur supervise avec les yeux d'un capitaine. Il sait ce que le corps endure.

Tous les week-ends depuis des années, l'Audois égratigne et parfois martyrise les membres de son corps dans ce sport resté incompris par son père.

René n'aimait pas voir son fils gratter la terre et revenir couvert de boue. Il ne comprenait pas qu'on puisse s'épanouir dans ce sport dit « de plein air ». Pour lui, c'était clair, Henri serait instituteur comme son père pour transmettre le savoir et le respect. Il marcherait sur ses pas. Il baignait déjà dans les discussions politiques, les livres et l'histoire.

Il avait la connaissance à portée de main, le chemin était tout tracé. L'adolescent pouvait oublier ses rêves de spéléologue professionnel.

Sa mère, bretonne, rare femme de sa génération à être agrégée d'histoire, voyait pourtant les bienfaits de la discipline et des activités sportives sur son enfant. Il avait gagné en confiance, était plus équilibré, se défoulait et avait des amis de sortie, comme ce Stoche. Il en parlait souvent. Un fils de professeur aussi, logé à la même enseigne familiale: pas de spéléologie, pas de musique et pas un mot à table. Personne ne contredisait les patriarches.

Alors, la vraie vie était ailleurs, en douce, sous terre. Après leur rencontre à la grotte de Gazel dans les années 1970, Christophe et Henri étaient devenus copains de sortie, mangeant la même terre souterraine et partageant la même passion. Une même religion. Écrasé par l'héritage paternel, Henri, qui ne brillait pas dans les études, rejetait les voies toutes tracées. L'école ne le passionnait pas. Son écriture était discrète, comme s'il s'excusait de l'avoir apposée sur le papier. Il savait au fond de lui qu'il ne s'attarderait pas sur les bancs de l'Éducation nationale et gardait cela précieusement au sein de son jardin secret pour éviter tout esclandre. Après son baccalauréat, il entra sur concours aux PTT à Paris. Il choisit de se syndiquer à la CFDT en opposition à son père et à sa CGT très liée au Parti communiste français.

Au terme de cette première montée en deux temps, le décor a changé. Des parties de surfaces planes comportent des traces noires. Nous n'en voyons pas au plafond ni à la verticale sur d'autres murs. « Cela ressemble à des résidus de fumées d'incendie transportés par l'air. Une personne a peut-être allumé un feu dans l'entrée », nous suggère Henri. En passant le doigt dessus, il ne noircit pas. « Ou alors, c'est du manganèse... »

Sur l'autre paroi, la roche présente des sortes de pustules. « Tout ce que vous voyez en marron, jaune et orange, ce sont des décompositions. Ici, quelqu'un y a posé la main, c'est dommage. » L'empreinte des doigts est reconnaissable. Comme dans une brocante, chaque différence de couleur, d'aspérité, d'aspect donne envie de toucher pour comprendre. Un retour à des sensations primaires.

Nous découvrons les premières concrétions, des stalactites et des stalagmites, reliques d'époques très anciennes. Le carbone 14 devient indispensable pour les dater. « Si on coupait une concrétion, on verrait qu'il y a des couches comme dans les arbres. Il ne faut pas le faire. Elles sont précieuses. » Certaines ont quelques siècles, d'autres sont multimillénaires. Henri insiste, nous devons uniquement admirer de nos yeux ce patrimoine mondial de la nature. « Une fracture de la roche avait sectionné une concrétion. Cette fracture a été datée de 350 000 ans. La concrétion était donc plus ancienne. »

Il est songeur. Quand il ne parle pas, il se réfugie dans ses pensées. Il semble se préparer à l'épreuve qui va suivre.

Henri sait qu'il vieillit. Il n'a pas d'enfants et les amis se comptent sur les doigts de la main. Ses parents sont décédés il y a une vingtaine d'années. Il a pris soin de garder minutieusement toutes les archives de son père, ses carnets de son passage en tant qu'instituteur à Rennes-le-Château. Il y décrivait ses nuits à côté de la bibliothèque du « curé aux milliards » ou encore le bruit des canons de la guerre civile qui faisait rage en Espagne. Dans ces lignes manuscrites, l'homme se déclarait choqué par la décision du gouvernement de Léon Blum qui, au nom de la non-intervention, avait refusé de livrer des armes aux républicains, le gouvernement légal. Cette situation annonçait l'apocalypse que l'Europe allait vivre. Isolé, Bugarach fut un peu épargné. L'instituteur y était alors en poste.

◆

Mobilisé en 1939, René fut envoyé à Bugarach une fois la défaite face aux Allemands entérinée. Durant l'Occupation, les camions de la Wehrmacht passaient très peu dans le village. René, célibataire, continuait à lutter. Il était convaincu d'être fiché par la Gestapo. Muni d'un revolver, il envisageait régulièrement de rejoindre un des trois principaux maquis de la région, Picaussel, Salvezines ou dans la Montagne Noire, en cas de danger trop imminent.

À défaut de s'engager physiquement dans la Résistance, il l'alimenta. Comme beaucoup d'instituteurs, il tenait en parallèle le secrétariat de la mairie. À Bugarach, il trafiquait les comptes afin de détourner les provisions pour les maquisards. Et surtout, il s'acharnait à assurer la relève en éduquant les enfants du village. Il tenait à ce qu'ils acquièrent les outils intellectuels pour refuser plus tard le fascisme.

Les temps étaient rudes. Il sentait que certains élèves se lavaient avec ces savons confectionnés à base de gras de bœuf et de talc, à l'aspect noir et jaune. C'était le cas de la petite Renée. Née en 1931 au Maroc, elle en était partie au décès de son père quand elle avait 3 ans. Elle était venue avec son frère et sa mère vivre dans des conditions parfois difficiles chez sa grand-mère, à Bugarach. À l'école, une institutrice lui avait appris à rouler les *r*: « Je veux entendre le torrent rouler sur les pierres du ravin. » Et quand elle ne les entendait pas rouler, il fallait répéter.

Elle fut remplacée par ce jeune instituteur, René, sportif, sympathique et aussi très atypique. Un jour, il avait emmené toute la classe faire une excursion sur le pic. Personne ne songeait alors à y monter, à l'exception de rares scientifiques et des bergers. Les locaux n'en avaient ni le temps ni l'envie. René, lui, prenait ce temps de montrer des choses différentes à ses élèves. Il avait essayé de grimper une paroi rocheuse proche du sommet, mais avait renoncé en voyant le calcaire s'effriter.

Il enseignait jusqu'au certificat d'études. Tous les âges étaient mélangés. Le professeur devait gérer des enfants très jeune, telle la fille de ce restaurateur et homme d'affaires perpignanais, et des adolescents comme cette tête bien faite de Jeannot.

Quand il faisait froid, il demandait à ses élèves d'allumer le poêle pour s'y réchauffer. Les enfants du bourg devaient faire place à ceux des campagnes environnantes qui avaient la priorité quand ils arrivaient. L'instituteur vérifiait que les mains et les oreilles étaient propres. Dans le cas contraire, ils se les lavaient avec du sable dans l'évier au fond de la cour. L'eau était bonne en été, froide en hiver.

L'homme pratiquait aussi un enseignement tranchant avec des méthodes parfois âpres. Un matin, il avait fait faire à ses élèves le tour de la cour pieds nus dans la neige. Aux beaux jours, il les emmenait pêcher au grand air. Les enfants devaient récupérer des mouches qui étaient abondantes à l'époque sur les vaches. À la première heure de classe, les enfants écrivaient quatre lignes de morale au tableau. « La liberté des uns s'arrête là où commence celle des autres. Fais aux autres ce que tu aimerais qu'on te fasse », etc. Il lui arrivait aussi de demander à l'un des élèves de faire classe à sa place.

Un soir, René partit à vélo chercher du vin à Limoux. Il avait placé sa petite barrique dans sa remorque. Voyant Jeannot descendre les 4 kilomètres pour rejoindre son hameau de la Vialasse, il proposa de le prendre avec lui, à califourchon sur le « barricou ». « Il est rigolo », pensait Jeannot tout en dévalant cette route de cailloux. Il savait cependant qu'il n'irait pas jusqu'au certificat d'études avec cet instituteur. Sa tante exerçait le même métier, ses élèves n'avaient jamais échoué au diplôme et elle trouvait son neveu en retard.

René pensait que les aptitudes exigées étaient importantes, néanmoins il avait une vision plus large de l'enseignement. Il refusait de faire de ses élèves des bêtes à concours, de les spécialiser. Il concevait leur développement humain dans la polyvalence, la quête d'autonomie, en théorie comme en pratique. Qu'ils ne deviennent pas de simples exécutants ou, pire, des soldats du fascisme. Il savait de quoi il parlait. Il avait entendu le bruit des bombardements de l'autre côté des Pyrénées lors de la guerre civile. Ils résonnaient toujours dans sa tête. Dans celle de Jeannot aussi.

Du haut de ses 5 ans, il avait tout entendu. La première fois, il en avait abandonné son panier de châtaignes pour courir à la maison. Sa mère lui avait expliqué ce qui se passait. En cet automne 1938, les fascistes de Franco, soutenus par Hitler et Mussolini, ravageaient l'Espagne. Des centaines de milliers de réfugiés espagnols arrivèrent en France. Un exode massif appelé la *Retirada*. À partir de 1939, beaucoup furent parqués inhumainement dans des camps, comme ceux de Couiza-Montazel, Brom et Montolieu dans l'Aude. Mais aussi dans celui de Rivesaltes dans les Pyrénées-Orientales qui deviendrait ensuite un camp d'internement et de déportation des personnes juives et tsiganes sous le régime de Vichy.

Un certain nombre d'Espagnols parvinrent à se réfugier dans les campagnes où cette main-d'œuvre vaincue et humiliée travaillait avec un seul but : la survie. Maltraités, ils piochaient la vigne contre une soupe et une nuit dans les écuries. Parmi eux, certains reprirent les armes et la lutte contre l'Allemagne nazie en compagnie des résistants français.

En 1942, le mouvement du maquis grandissait et il fallait le nourrir en réquisitionnant dans les fermes, comme celle de Jeannot qui permettait à sa famille de ne pas trop subir les privations, grâce à la basse-cour et au potager. Des saisies parfois dans la douleur. Il avait 9 ans ce jour où des maquisards vinrent à la Vialasse. Leur chef s'adressa à son grand frère, de treize ans son aîné.

« Nous savons que vous avez un troupeau de 120 moutons. Nous allons en prendre vingt.

— Quelques-uns, mais pas vingt !

— Avant on discutait, maintenant on ne discute plus. Maquisards, chargez. »

Jeannot entendit le cliquetis des armes et ferma les yeux. Quand il les rouvrit, son frère était en vie, le troupeau ponctionné de vingt têtes. Il avait entendu parler de la guerre toute son enfance. Il voulait juste vivre en paix.

La libération de l'Aude eut lieu le 20 août 1944, douze jours après que les nazis eurent massacré 41 maquisards de la Montagne Noire.

◆

Henri semble toujours songeur alors que nous tournicotons dans une autre montée. À son sommet se concentrent de petites bulles rocheuses sur les parois, comme du corail. Des ossements de loirs avaient été trouvés dans cette zone.

« Mon père était la figure du commandeur. On ne pouvait pas dépasser mes parents, tu ne te sentais jamais à la hauteur. Il fallait que je trouve ma voie ailleurs. Un chemin. J'en ai parlé à des psychologues. J'ai arrêté, ça me coûtait trop cher. »

Henri se pose quelques secondes.

« Ça me fait du bien de vous parler. »

Pêle-mêle, il évoque d'autres souvenirs, ce séjour en Espagne au milieu des années 1960. Une forme de pèlerinage pour René le communiste, en hommage aux camarades républicains de la guerre civile. Preuve de la pudibonderie sous Franco, la *Guardia Civil* avait tancé Henri parce qu'il marchait en short dans la rue. Il avait 8 ans. Ce séjour outre-Pyrénées reste surtout celui de la découverte des entrailles du monde.

« J'ai failli crever dans le métro de Barcelone. Ma famille, avait raté le premier train. On a pris le suivant et celui dans lequel nous voulions monter a eu un accident. La vie tient peut-être à une rame », philosophe-t-il.

Pendant ces mêmes vacances, d'autres enfants et lui étaient allés admirer une chapelle isolée sur un sommet calcaire. Henri avait repéré un aven, son premier. Il avait été subjugué par cette entrée vers l'inconnu. Le sous-sol ne l'avait pas tué, il l'interpellait. En rentrant à Perpignan, il chercherait à la bibliothèque des livres sur la vie souterraine.

Enfant comme adulte, Henri a toujours été perçu comme différent. Il sait qu'il ne fait pas l'unanimité dans le milieu souterrain. Contrairement à d'autres spéléologues de sa génération devenant bedonnant avec l'âge, il a conservé un corps à toute épreuve et une énergie sans faille pour passer dans les trous les plus étroits.

« Vous voyez, hier j'étais crevé et là, d'être sous le pic avec vous, de partager, je me sens requinqué. Bon... il n'y a pas que ça. Il y a le pic en lui-même aussi. Il me recharge. Il faut être sensible aux énergies pour le ressentir. Mais c'est un autre domaine.

— Tu crois aux énergies du pic ? »

Henri ne répond pas. Il jette un œil furtif sur nos équipements. Tout est en place. Longes, mousquetons, bloqueurs. Il se détourne en nous frôlant du regard. Il continue à avancer dans ce terrier avec lequel il fait corps. Direction l'Œil.

« Si vous voulez tout savoir, il y a quelque temps, j'ai fait analyser le pic au pendule. »

20

John Redhead était du genre à toujours avoir un mousqueton à la ceinture et un spit en poche. Il aimait ouvrir les voies, les baptiser et jouir de leur intensité sans se retourner ni regarder dans le vide. Vibrer. Cet été 2010, l'escaladeur cherchait un nouveau défi.

« Son approche est plus spirituelle que sportive. Pas d'entraînement ni d'escalade intensive à l'inverse de son contemporain Ron Fawcett ou ensuite Jerry Moffat, mais plutôt une approche inspirée de la méditation, voire du chamanisme », précisait un article d'*Escalade Mag* consacré au prodige britannique natif du Yorkshire. « Il est l'un des grimpeurs les plus énigmatiques du Royaume-Uni », le décrivait flegmatiquement de son côté *The Guardian*.

Il avait gagné ses lettres de noblesse sur un spot étiqueté d'un code-barre à faire trembler le commun des mortels. E9 6C. Le E pour « extrême ». Le 9 pour l'un des plus hauts niveaux de difficulté. Quant au 6C, il correspond au degré de dangerosité. C'est la cotation attribuée par les grimpeurs au mythique Clogwyn Du'r Arddu au pays de Galles. Surnommé « Cloggy », il est situé sur la montagne Snowdon, la plus haute du pays. Dans les années 1980, John Redhead y avait révélé toute la superbe d'une voie dénommée « Indian Face » après avoir ouvert la section basse, baptisée par ses soins « Éjaculation tourmentée ». Peu de grimpeurs se confrontaient à cette falaise vertigineuse de 40 mètres.

John Redhead y avait inscrit son nom, sa légende, là où la mort guettait comme une bête affamée. Il avait toujours été galvanisé par la provoc.

Jeune, il s'était fait remarquer en escaladant les dix-sept étages de l'Infirmerie royale de Hull, dans le nord-est de l'Angleterre. Pas n'importe quand. Le 13 juillet 1977, le jour de la visite de la reine Elizabeth II de passage dans la ville pour son Jubilé d'argent. Interpellé par la police, John fit un tour derrière les barreaux. Dehors, dans les rues, le tube des Sex Pistols *God Save the Queen* embrasait le Royaume-Uni à la vitesse d'un cocktail Molotov. De l'autre côté de l'Atlantique, New York était en plein black-out, deux jours sans électricité. L'expérience des menottes ne calma pas les ardeurs de John. Issu d'une famille juive et gitane, il continua durant des années à se lancer à l'assaut de cimes et de falaises vertigineuses, moins effrayantes que les cachots britanniques, selon lui.

Plus âgé, il était devenu peintre et artiste multimédia. Il jouait avec l'ensemble des couleurs de sa propre palette. En quête de nouvelles sensations, d'inspiration et de hauteur, il partit passer l'été 2010 dans le sud de la France. Il entama son périple dans l'Ariège, département voisin de l'Aude, à Montségur, la « capitale » des cathares, par une visite à un vieux compagnon de route, Richard Stanley. Large chapeau, veston, cheveux longs et amulette de Dame blanche autour du cou, ce réalisateur sud-africain de films d'horreur et d'épouvante transcendantale avait posé ses valises dans le secteur. Il crapahutait de plus en plus dans la haute vallée, aux deux Rennes, à Bugarach, à Sougraigne. Fana de magie, de sorcellerie, d'ésotérisme et de l'histoire des cathares, il surnommait ce secteur la « Zone ».

Au cours de l'été 1990, Richard Stanley était venu passer quelques jours au domaine de la Salz, près de la fontaine d'eau salée. Il avait été attiré par les récits de Jean de Rignies concernant ses rencontres extraterrestres et des forces ultradimensionnelles. Toujours enchanté de répondre aux visiteurs, l'homme aux cheveux blancs lui fit écouter ses enregistrements souterrains. Pour le Sud-Africain, l'histoire de Jean de Rignies était similaire au livre d'un auteur qu'il adulait, *Chuchotements dans la nuit,* de H. P. Lovecraft, publié en 1931. C'est l'histoire d'un fermier qui habite une demeure isolée dans les forêts et les vallées du Vermont et qui, après de terribles inondations, entend des bruits étranges sous sa maison. Richard Stanley se sentait porté par le témoignage du gardien de Sougraigne.

« Un homme cordial, hors du temps, avec une vie inspirante et très loin d'être un fou furieux », jugeait celui qui venait pour la première fois dans la haute vallée.

À cette époque, le jeune réalisateur était prometteur. Il avait filmé à la caméra 16 millimètres la guerre en Afghanistan entre l'URSS et les combattants moudjahidine. Après quelques clips punks et gothiques, il se lança dans le cinéma. D'abord avec *Hardware*, un film post-apocalyptique sur fond de robotique cyberpunk avec la voix d'Iggy Pop et l'apparition de Lemmy Kilmister, leader de Motörhead. Richard Stanley voulait devenir le patron de l'horreur. Il fut l'homme derrière le crash du film à gros budget *L'Île du Dr Moreau,* adapté du roman de H. G. Wells. Ce tournage se transforma en un terrible fiasco, entre prises de drogue à répétition, sexe et magie noire.

Avant les premières prises, la production avait engagé Marlon Brando pour le rôle principal. Puis elle évinça Richard Stanley afin de réaliser quelques économies et imposa Roman Polanski. Abasourdi, le réalisateur initial ne se laissa pas faire. Il prit rendez-vous avec Marlon Brando et fit appel à un sorcier londonien du nom de Skip qui convoqua d'autres sorciers à l'heure du rendez-vous fatidique. À des milliers de kilomètres, Richard Stanley se pointa chez Marlon Brando dans sa villa située à Mulholland Drive.

Après quelques incantations, un chauffage en surchauffe et une assistante de la production dans les vapes, les deux hommes discutèrent et tombèrent d'accord. Richard Stanley devait réaliser ce film. Lui et personne d'autre. Pressurée par Marlon Brando, la production réintégra finalement Richard Stanley. La suite fut une succession de cauchemars sans queue ni tête. Une tempête dévasta les décors en Australie, Marlon Brando était en deuil après le suicide de sa fille Cheyenne et l'autre acteur phare, Val Kilmer, suivi par son sorcier, vrillait dans son coin, en plein ego-trip. Les figurants camés s'adonnaient à des orgies. Accusé de perdre le contrôle, Richard Stanley fut à nouveau dessaisi de ce projet à 40 millions de dollars. Il finirait par s'inviter sur le plateau en se faisant passer pour un simple figurant, caché sous un masque de lion, pour suivre la catastrophe en direct.

Quelques années après cette désillusion, il vendit son appartement londonien et partit incognito se mettre au vert en France, à Montségur. Cette région le fascinait. Il y avait tourné un documentaire, *The Secret Glory.* Il y retraçait la vie d'un ancien officier nazi proche de Heinrich Himmler, Otto Rahn, qui, dans les années 1930, était parti en quête du présumé Saint-Graal au château de Montségur. Selon Richard Stanley, la saga *Indiana Jones* de Steven Spielberg aurait été inspirée par cette histoire. Au fil du temps, il posa définitivement ses valises dans la haute vallée. Il devint un proche des Amis de la Salz et venait régulièrement au domaine caché et perdu. Près du pic de Bugarach.

Quand John lui rendit visite, Richard Stanley se montra disponible. Ensemble, ils marchèrent énormément et discutèrent des légendes locales. John avait beaucoup lu. De Jules Verne à Nostradamus en passant par Maurice Magre, ou encore Henry Lincoln et Dan Brown. Ces deux derniers écrivains s'inscrivaient dans la mythologie du triangle des deux Rennes et l'avaient souvent alimentée à défaut d'en percer un quelconque mystère. Les deux hommes cherchaient eux aussi des pistes, des voies, des indices. Le réalisateur avait un nouveau projet de documentaire sur les mythes de la « zone ».

Ils décidèrent alors de s'attaquer aux rochers et aux falaises du Pog de Montségur. Richard Stanley se tenait derrière celui qu'il surnommait le « gourou de l'escalade libre ». Ils montèrent hors des sentiers battus malgré quelques éboulements. Soudain, une grotte s'ouvrit dans la gueule des rochers. « Le cœur de la montagne », pensa Richard Stanley. Ils passèrent une tête, mais ne trouvèrent rien de particulier. Ils reprirent leur marche et atteignirent le sommet. Là-haut, ils contemplèrent le paysage, silencieux. John se tenait au bord de la falaise, les yeux rivés sur une autre montagne, à l'aspect volcanique, le pic de Bugarach. Intrigant.

Il faisait beaucoup parler, lui expliqua Richard Stanley. Il comptait en faire l'ascension prochainement. Quelques ufologues et fans d'ovnis disaient que Steven Spielberg s'en était inspiré pour son film *Rencontres du troisième type* sorti en 1977.

« Rien n'indique que Steven Spielberg et ses collaborateurs connaissaient cet endroit reculé de France où il y a toujours eu, c'est vrai, un glissement entre fiction et réalité », argumentait Richard Stanley qui avait travaillé sur certaines œuvres du réalisateur américain.

Il misait davantage sur la Devils Tower dans le Wyoming. John écoutait. Son ami lui raconta ensuite les récits de Jean de Rignies et ces sons étranges enregistrés sous son domaine et dans des cavités de Sougraigne à Bugarach, comme un « battement de cœur dans la terre ».

C'était précisément ce que cherchait John.

Une fois son séjour achevé chez Richard Stanley, John décida d'aller randonner plusieurs semaines, de jour comme de nuit, sur ce fameux pic. John voulait engager son corps dans le décor. Il cherchait un trésor auditif, de fines ondes à peine audibles à incorporer dans des musiques qui prendraient aux tripes. Il souhaitait capter des sons sortant des gorges rocheuses. Pour lui, l'art ne passait pas seulement par les yeux, les oreilles aussi avaient leur mot à dire.

Pour un grimpeur émérite, le pic de Bugarach avait aussi son charme. John y retrouverait des formes, des rondeurs et de la verticalité. Il dormirait sous le passage dit « de la Fenêtre », une percée dans la falaise du versant sud de la montagne, face au massif du Canigou.

Dès son arrivée, John arpenta le sentier et enregistra des heures durant les vibrations du vent sur la roche, l'air venu des trous souffleurs, les murmures souterrains issus des failles. Pendant plusieurs semaines, il se constitua une véritable bibliothèque sonore qui lui servirait pour des mélodies jazzy-apocalyptiques. Quand la météo se montrait plus capricieuse, il dormait dans sa voiture.

Ce samedi 28 août 2010, il faisait beau. Après une session d'enregistrement dans la montagne, il décida de redescendre au village en passant par le lac. Il emprunta la rue de la mairie et tourna à droite. Il marcha sur la place principale, contourna l'église et se rendit au Faubourg, l'ancien quartier des babas cool. Il fit un arrêt dans le seul bar du village, l'Oustal d'Al Pech. Il franchit le pas de la porte. Si le vendredi soir était souvent synonyme d'allégresse et de bonne humeur, l'ambiance dans le bistrot était plus calme le samedi, comme y invitait le décor rustique et cosy. Un vieil homme, accoudé au petit comptoir en bois, demanda à John ce qu'il faisait là. Il parla du pic et de ses enregistrements. Le client, intéressé, lui raconta l'histoire du carrefour des vents au sommet du pic de Bugarach : la tramontane, le marin et le sirocco.

Derrière les tireuses à bière, la serveuse était finlandaise. Elle était arrivée avec son mari en 2003. Ils avaient acheté à une Anglaise originaire de Newcastle une maison dans le bourg. C'était l'ancienne demeure de Monique et Jean-Claude, celle de la « grande époque », où le bouc squattait parfois la cuisine.

Elle lui servit son café crème et commença à bavarder. De tout, de rien. Du village qui attirait. Depuis peu, beaucoup d'Européens s'installaient ici. Des Britanniques comme lui. Des Finlandais comme elle. Plus de dix nationalités étaient présentes à Bugarach. Ces expatriés venaient essentiellement pour le calme et découvraient un village solidaire, surtout quand les hivers étaient rudes et les étés étouffants. Rien à voir avec les touristes ni avec les nouveaux résidents captivés par l'ésotérisme ou l'ufologie. Ici, les histoires ne manquaient pas.

Entre les soucoupes volantes stationnées sous le pic, la montagne « vivante », « sacrée », ses pouvoirs magnétiques, la cinquième dimension et maintenant les Mayas avec leur fin du monde en 2012, il y avait de quoi faire. Les habitants voyaient bien ce qui se tramait au-dessus de leurs têtes, au sommet, sur les sentiers, et se partageaient les informations autour du zinc, seul lieu de vie et de liens. Il arrivait que le sujet soit évoqué comme un folklore de comptoir, alimenté par les nombreux passages d'ufologues et d'adeptes du New Age dans la commune. Certains habitants commençaient à s'agacer de la situation. Au point d'en regretter les chasseurs de trésors des débuts, plutôt inoffensifs. D'autres préféraient en rire.

« Ces histoires tournent depuis un moment. Certains clients les prennent peut-être au sérieux. Nous, nous en plaisantons », affirmait-on au café.

John leur raconta avoir entendu parler de Jean de Rignies. Les habitués du bistrot le connaissaient, bien sûr. Il était décédé maintenant, mais à l'époque, il était même passé chez Christophe Dechavanne. La connexion entre les mystères de Rennes-le-Chateau et Bugarach avait été faite sur ce plateau de télévision. Le Britannique écoutait. Les blagues fusaient. Ils rigolèrent.

John essayait de boire son café entre deux rires. Le vaisseau sous le pic décollerait peut-être en 2012 pour sauver des gens. Mais attention, seulement les « élus ». Ils rigolèrent de plus belle.

En tout cas, s'il voulait des histoires, il n'y avait qu'à se baisser. John termina son café et parla un peu de la météo. Il ne savait pas s'il passerait une nouvelle nuit sur le pic ou dans sa voiture. Le ciel ne semblait pas s'assombrir pour le moment. Il verrait. La météo pouvait vite changer, « surtout ici », selon les gens du coin. Il paya, remercia en français et sortit.

En retournant par la place du village du côté de l'église, il replongea dans ses réflexions, dans son planning. Il repensait à sa discussion et eut un léger sourire. Il sortit son smartphone pour se connecter à Twitter. L'outil faisait ses premiers pas en France. Il était inscrit sur ce site depuis plus d'un an. Il aimait bien le système, il tweetait un peu. Des humeurs, des pensées, des scènes de la vie ordinaire. Peu de publications évoquaient Bugarach sur ce réseau social Il y avait une annonce immobilière, une publicité pour une chambre d'hôtes. Le tweet d'un internaute vantait, lui, les atouts du camping tenu par Sigrid.

John écrivit en anglais en veillant à respecter les 140 caractères. « Dans un bar de Bugarach, ça rigole qu'en 2012 un vaisseau spatial émergera de l'intérieur de la montagne et emportera les élus ! » Il relut rapidement et appuya sur « Publier ». Il rangea son téléphone. Miracle, il avait capté un peu de réseau.

◆

Ils venaient de quitter leurs locaux de la rue de Bellechasse pour la toute proche rue Vaneau. Soit neuf minutes à pied dans le cossu VIIe arrondissement de Paris. Même style, mêmes moulures. Les agents de la Mission interministérielle de vigilance et de lutte contre les dérives sectaires (Miviludes) prenaient leurs marques dans ces nouveaux bureaux qui sentaient le propre. Quelques mois auparavant, ils avaient rendu leur rapport annuel au Premier ministre, François Fillon. Il portait sur les dérives du New Age et du néo-chamanisme. Le mouvement prenait de l'ampleur en France, selon le bureau. Et en cette prérentrée 2010, un autre sujet commençait à alerter le président de la Miviludes, Georges Fenech, le Lyonnais traqueur de sectes : les bruits qui couraient sur 2012 et cette histoire de prophétie maya.

La Miviludes avait reçu des témoignages de gens qui s'inquiétaient de cette date en France. Dans la haute vallée de l'Aude, une association locale de lutte antisectes avait alerté sur quelques mouvements suspects, des arrivées de personnes attirées par les prétendues énergies d'une montagne, la découverte de murs tagués du mot « secte » dans un village. La gendarmerie avait opéré des contrôles. Le pic de Bugarach, ses routes et ses fourrés étaient surveillés de plus près.

21

Blaise connaissait le secteur aussi bien qu'une souris se faufilant dans les recoins d'une vieille baraque. Il était journaliste à Limoux. Après neuf ans en Lozère, il avait pris son poste dans ce bureau local de *L'Indépendant* en 1998. Il avait pour seule compagnie un photographe, qui quitterait le navire quelques années plus tard, et deux salariées administratives pour gérer le secrétariat et les abonnements. Service minimum pour ce vaste territoire. Faire plus avec moins était devenu le leitmotiv des patrons de presse.

À force de sillonner les routes départementales des Corbières, les fêtes de village, les casernes et les conseils municipaux, son carnet d'adresses était devenu dodu. Il était fan du théâtre de l'absurde de Samuel Beckett et du carnaval de Limoux. Un événement séculaire connu pour ses excès, sa glorification du masque, de la rumeur et du jeu perpétuel, laissant des traces de confettis toute l'année dans la ville. Il maîtrisait sa zone. Sans journée type, Blaise, de nature solitaire et indépendante, quadrillait la haute vallée pour glaner des informations et remplir sa page tous les soirs avant le bouclage. Il partageait son secteur avec Catherine, la correspondante locale, fidèle au poste et connue pour être d'une efficacité redoutable. Depuis 1988, elle couvrait une vingtaine de communes du secteur, dont Bugarach. Pour elle, c'était un complément de revenus en plus de son métier à la préfecture de l'Aude à Carcassonne. Elle formait une doublette avec Blaise. Étant le seul rédacteur, il ne pouvait pas avoir les yeux partout.

« Lui était journaliste, pas moi. En revanche, si je savais ou voyais un truc, je lui disais. J'étais ce qu'on pourrait appeler une intermédiaire. Il suffit de passer une heure à Bugarach, une heure à Rennes-le-Château, une autre à Rennes-les-Bains et vous êtes au courant de tout. »

Parfois, elle prenait aussi les devants, comme quand elle interviewa une famille de vacanciers qui avait vu un ovni sortir à la droite du pic pour revenir dedans. Catherine avait mené l'entretien sans prévenir Blaise. Au départ, elle voulait juste savoir pourquoi ils étaient venus en vacances dans la région. Mais le père avait déroulé ses impressions sur l'« objet sphérique et lumineux ». Elle écrivit l'histoire sans jugement, à partir de leurs témoignages, prit en photo la petite tribu et publia le tout.

◆

La douceur de l'été indien s'éloignait du pic. La Ronde des Cimes 2010 venait de s'achever. C'était la douzième édition. Des dizaines de coureurs avaient parcouru 15 kilomètres avec plus de 300 mètres de dénivelé, face aux nuages épais et à un vent venu de l'est. La foule se pressait pour fêter les champions. Les membres de l'association organisatrice, Les Amis du Pic, étaient présents. Elle était présidée par Bernard. Il avait quitté son emploi à Carcassonne et démissionné du conseil municipal de Bugarach pour y devenir employé de mairie. Il était l'homme à tout faire du village. Son salaire avait presque été divisé par trois. Ce n'était pas grave, il était heureux de retrouver sa terre natale et de s'y occuper des festivités. Il était fier du bon déroulé de cette course. Une journée comme il les aimait tant, elle finirait par un banquet. À ses côtés, Jean-Pierre Delord était là aussi pour accueillir les coureurs sur la ligne d'arrivée.

Au téléphone, le maire donna les résultats à Blaise. Cela lui servirait pour une brève. Ils se connaissaient depuis l'arrivée du journaliste dans le secteur. Les deux hommes s'appréciaient, ils avaient la même analyse sur les « invisibles » du monde rural. « Pour l'État, nous sommes les peigne-culs du fin fond de la France », s'emportait de temps en temps Jean-Pierre. Ensemble, ils parlaient parfois de monter une pièce de théâtre. L'idée restait dans les cartons. Bouille cartoonesque, Blaise venait, lui, d'en écrire une.

À l'automne 2010, la France sortait tout juste de la folie des lipdubs, avec en pointe celui tourné par les jeunes de l'UMP qui invitaient tous ceux qui voulaient « changer le monde » à les rejoindre. « Il n'y aura pas de fin du monde », promettaient-ils. « La vie est une éternité », reprenait en playblack Christine Lagarde.

À des centaines de kilomètres de Paris et de la campagne présidentielle qui s'amorçait, les éoliennes de Bugarach faisaient les gros titres de la presse locale. Le village restait, lui, coupé du monde. Internet et les téléphones portables étaient encore à la peine. Moins de 20 % des Bugarachois avaient accès au réseau mondial, dans ce que l'on nommait communément une « zone blanche », ou « zone d'ombre ». Le dernier apéritif de l'été n'avait eu cette année-là rien d'un moment joyeux. Des habitants avaient sorti des banderoles et n'avait pas caché leur colère. Un nouveau plan d'urbanisme prévoyait l'implantation de six éoliennes géantes sur 130 hectares de forêt, soit une zone de développement éolien (ZDE) face au pic. Une hérésie pour beaucoup d'administrés.

À côté des Amis du Pic, une autre association s'était constituée : Le Pic en Colère. Les quelques jours précédant le conseil municipal de septembre avaient été mouvementés. Jean-Pierre avait pris les devants et menacé d'un huis clos en cas de chahut, précisant dans la presse : « Nous avons été contactés par les porteurs du projet, rien ne dit que la préfecture validera leur choix. » Des membres de la Ligue pour la protection des oiseaux (LPO) y étaient défavorables, préférant développer sur le pic un refuge afin que des vautours fauves puissent y nicher sans que de larges pales les dérangent. Les éoliennes étaient un sujet chaud dans chaque commune confrontée au sujet. La séance ne s'embrasa finalement pas. La bombe surgit deux mois plus tard.

À la fin du conseil municipal du 26 novembre 2010, à la rubrique « Questions diverses », Jean-Pierre prit la parole dans la salle de la mairie. Il lança des mots les uns après les autres. Cela ressemblait au vol d'une escadrille sans coordination. « Décembre 2012 », « apocalypse », « Bugarach ». Le maire montrait un léger agacement, une certaine crainte, sous couvert de bonhomie et de distance. Une habitude pour le chef du village.

Devant l'assemblée, Jean-Pierre évoqua un groupe qu'il avait vu traîner dans le village, la Bannière de la Paix, « tendance sectaire ». Et puis « ces gens qui passent ici avec des théories plus ou moins fumeuses », parfois habillés en blanc, parfois pour faire de la méditation sur le pic ou des cérémonies. Des habitants commençaient à être exaspérés par ces scènes ubuesques et l'avaient alerté. La mairie avait même reçu une lettre dénonçant une utilisation sauvage et ésotérique du Bufo Fret.

Un résident lui avait aussi parlé d'agences de voyages américaines qui organiseraient des voyages à Bugarach pour la fin d'année 2012. Cet architecte s'était récemment installé dans le village pour se rapprocher des « énergies » du pic. Il avait fait construire une piscine dans son salon et était un des rares à avoir un accès Internet dans la « zone d'ombre ». Jean-Pierre ne vérifia pas ses dires, ça ne l'étonnait guère.

Une légère effervescence gagna l'assemblée, sous le portrait de Nicolas Sarkozy, tirant même quelques membres de la majorité de leurs pensées. Les adjoints étaient silencieux, sérieux, peut-être y eut-il des sourires en coin, mais jamais trop marqués. L'un d'eux se souvient.

« Je n'étais pas surpris face à ses propos. Les courants ésotériques ont toujours existé ici. Il y a toujours eu des gens, dirons-nous, particuliers qui traînent dans le coin. Il avait une crainte. Il avait peur que ça ne dérive sur quelque chose de plus sectaire. Et qui ressemble à l'ordre du Temple solaire. Il nous a avertis. »

À la table du conseil, Brigitte, secrétaire de mairie à mi-temps, écoutait aussi l'élu. Elle notait ses propos sur le cahier Clairefontaine à la couverture rouge où étaient consignés les comptes rendus des réunions du conseil municipal de Bugarach. Elle écrivit : « La Bannière de la Paix investigue le coin – avec tendance sectaire. Rappel sur apocalypse du 22/12/2012. » Puis elle apposa le mot « fin ».

Le soleil s'était couché sur un linceul neigeux comme déposé sur les cimes. Les éoliennes étaient encore dans toutes les têtes. Le maire avait accepté d'organiser une réunion publique sur le sujet ce soir-là, dans la foulée du conseil municipal. Compte tenu de l'affluence, il décréta que la parole ne serait pas donnée. Le projet était toujours dans les tuyaux.

Ce mois de novembre 2010 vivait ses derniers jours. À 14 h 30, le 29, Blaise décrocha son téléphone, histoire de glaner quelques informations à droite et à gauche. Une petite tournée de l'après-midi pour gagner une information, une brève, un entrefilet au mieux. Il avait le temps avant le « bon à tirer » expédiant ses écrits entre d'autres mains, toutefois il ne fallait pas lambiner. L'information était une course de fond. Il appela Jean-Pierre. Ils ne s'étaient pas entretenus depuis la Ronde des Cimes. Ce serait l'occasion de papoter. Le maire décrocha. Ils conversèrent de banalités, et puis soudain, Jean-Pierre prit le dessus dans le crachoir : « T'es assis ? J'ai un truc marrant... », balança-t-il, le combiné collé contre son oreille.

L'ambiance était à la rigolade, avec une pointe d'alarmisme. Sur le fil entre le sérieux et le loufoque, la distance et la peur. L'absurde. Jean-Pierre se doutait que Blaise ferait un article avec ce qu'il allait entendre. Il voulait alerter, attirer l'attention des pouvoirs publics. Comme devant ses conseillers municipaux, il lançait ces mêmes mots à la volée, désordonnés : « décembre 2012 », « apocalypse », « Bugarach ».

Il disait avoir remarqué une activité anormale dans son village. Des « inconnus » se rendaient sur le pic et aux abords.

« Des inconnus ?

— Oui, et qui se connaissent tous, répondit le maire. Un groupe, la Bannière de la Paix, prospecte aussi. »

Il oscillait encore entre l'ironie et la crainte : « Ce n'est pourtant ni la première ni la dernière fois, ça a toujours existé ici. »

En 2008, Jean-Pierre s'était déjà montré inquiet auprès des médias :

« Des riverains m'ont signalé qu'ils avaient été contactés par des personnes habitant le village depuis quelques années et qui appartiennent à des mouvances ésotériques. Ces riverains se sont vu proposer d'entrer dans un cercle dit "d'abondance". On y entre en étant parrainé et surtout en apportant une somme conséquente. Après, il faut parrainer soi-même d'autres personnes qui apportent à leur tour une somme rondelette. C'est soi-disant pour s'entraider... En fait, c'est une arnaque », avait expliqué Jean-Pierre au *Midi libre*.

Le quotidien régional avait précisé que cette escroquerie se rencontrait fréquemment dans les mouvements ésotériques. « Et à Bugarach, de même que dans les alentours, les adeptes de la dimension "astrale extra-humaine" sont nombreux. »

Le maire le savait, son pic séduisait depuis des années. Quand un homme lui avait proposé d'ouvrir des gîtes avec une sorte de temple au milieu, il avait décliné d'un revers de la main, sans rien dire aux médias. Il ne découvrait pas ce phénomène du jour au lendemain. C'était différent cette fois-ci, il y avait une date. 2012. Un compte à rebours international lancé par des interprètes du calendrier maya.

« Bref, le village sera sauvé », prédit Jean-Pierre. Le premier à l'annoncer.

Il reprit sa logorrhée : « Il paraîtrait même que des Américains – combien ? Je ne sais pas – auraient réservé leurs billets pour venir ici. Je ne sais pas si c'est vrai. Mais si c'est le cas, il va falloir que je fasse boucler le village par l'armée. Je ne plaisante pas. »

Blaise se jeta sur son calepin et gribouilla, le téléphone coincé entre l'épaule et la mâchoire. Le maire ne s'arrêtait plus, lui prenait des notes. Ils raccrochèrent. Le ventilateur de l'ordinateur ronronnait. Le reporter retourna sur sa page en cours de montage, vira l'article en tête devenu obsolète et commença à taper. Le bruit du clavier rythmait sa réflexion. « Le pic de Bugarach dans toute sa splendeur nacrée ! » Il valida, seul, cette accroche.

22

Sur la roche, les pigmentations noires aux airs d'acné ressurgissent sur un fond blanc. Parfois jauni comme l'hyménium d'un cèpe en période de cueillette.

Nous passons une nouvelle section, un passage tout rond où une corde de 3 mètres pend à nouveau. La montée s'effectue sans crochets le long de la paroi abrupte. Henri, aux allures d'un asticot, se faufile le torse droit, le geste académique. Nous le suivons avec moins de grâce, tournoyant sur nous-mêmes en cherchant à prendre appui avec le pied sur une quelconque prise naturelle. Nous avons l'impression d'être suspendus à un pendule au-dessus d'une zone au fort magnétisme.

Henri nous attend au-dessus, sur un balcon étroit. Il appelle ce passage l'Œil du hibou, « plus poétique, moins bourrin » que le nom officiel, l'Œil de bœuf, donné par le SCM de Stoche. Malgré la rivalité des clubs, les deux hommes ont une grande estime l'un pour l'autre.

« La spéléologie, c'est chacun son trou. Bugarach est l'affaire du SCM », reconnaît-il, agenouillé, en nous regardant nous hisser à son niveau. Ici, notre guide ne sera jamais vraiment chez lui. « Il faut respecter leur travail. Ils sont entrés les premiers. »

Dans cette guerre intestine et viriliste pour savoir qui détient la cavité la plus longue, l'Aude garde des proportions raisonnables en termes de confrontation. « Christophe m'a raconté que, dans des départements limitrophes, ils foutent des portes devant les trous. Des mecs avec qui il avait fait des explorations l'ont menacé de mort s'il y retournait : "Je vais tuer ton chien, je vais te flinguer." Tout ça parce qu'ils avaient trouvé un trou d'une quinzaine de bornes, super-concrétionné. » Dans le Bufo Fret, la guerre est froide, mais respectueuse.

En mai 2001, après plusieurs dizaines de sorties dans les galeries, Christophe avait décidé d'inviter Henri sous le pic. Un honneur pour son vieux compagnon de sortie. Il accepta l'invitation et découvrit les travaux du club voisin, sous le regard plus circonspect de certains de ses membres. Henri n'était pas apprécié de tous, néanmoins aucun n'alla à l'encontre de la décision.

« Stoche est le maître du navire. Il doit avoir dans les 10 000 sorties spéléologiques », énumère Henri. Lui en compte environ 4 000. « Et puis, c'est le cador de la topographie, il en a établi une merveilleuse ici. »

Elle a été publiée en 2010 quand le SCM a jugé que ses explorations touchaient à leur fin, abandonnant le rêve de traverser la montagne. Une nouvelle génération, une autre bande s'en chargerait peut-être, un jour.

Henri poursuit son panégyrique sur le grand frère de sortie. « Stoche, c'est le genre de mec qui mesure le gaz carbonique avant d'entrer dans un trou. »

Le Bufo Fret oscille généralement autour de 1 200 parties par million (ppm) quand l'air naturel en compte 400. Aucun risque de mourir d'asphyxie, mais la prudence est de mise.

« Les montées sont terminées pour l'instant, vous pouvez ranger les longes, la pédale et votre poignée », ordonne Henri.

Nous nous exécutons. À peine commencions-nous à assimiler le vocabulaire et l'utilité de chacun de nos éléments à la ceinture qu'il faut déjà les mettre de côté. Nous avons gravi quatre parois de plusieurs dizaines de mètres. Pas de casse, presque un sentiment de plénitude.

Henri nous recommande de faire très attention au décor que nous n'allons pas tarder à découvrir. Une voûte de quelques centimètres donne une sensation d'extrême fragilité, pourtant elle est certainement aussi solide qu'un pont cimenté. Difficile à estimer. Nous n'osons tester la robustesse des blocs, tout juste les effleurons-nous. La formation de la roche n'a pas de règle. Tantôt saillante, tantôt bubonique, presque lisse.

Nous escaladons une section sur un peu plus d'un mètre avec les mains et avançons debout, dans un grand confort. Nous laissons de côté la galerie des quadrupèdes, une impasse annexe au chemin principal. Quelques passages nous obligent quand même à mettre un genou au sol. Voyant notre incrédulité, bouche et yeux ouverts face aux parois taillées comme de la roche sous-marine, notre guide nous demande de nous projeter plusieurs millions d'années en arrière. Quand l'eau circulait dans les conduits. Certaines failles sont la preuve que les compartiments bougent, ils s'écartent, gonflent ou rétrécissent.

La montagne est vivante.

D'ailleurs, la terre tremble dans cette zone, comme lors du séisme de magnitude 6 à Saint-Paul-de-Fenouillet, à moins de 15 kilomètres de Bugarach, en 1996.

Henri avance tout en parlant. « Ici, vous voyez l'envers du décor. Nous, on s'attache mentalement et affectivement à ce paysage, plus que n'importe qui. Le randonneur ne connaît pas ce rapport fusionnel, il consomme. »

Pour lui, dans la vie, il y a ceux qui ouvrent et ceux qui suivent.

« La majorité des spéléologues aussi sont des consommateurs, à des années-lumière de tels intérêts. Je ne comprends pas le bonheur de ceux qui vont au bout du monde explorer des cavités déjà ouvertes et suivables sur des kilomètres, sans avoir travaillé dessus. »

La spéléologie est une discipline ingrate et rude. Les résultats arrivent après beaucoup d'efforts et d'investissements sur fond d'invisibilité et de manque de reconnaissance. Les explorateurs sont des travailleurs de l'ombre, de vraies fourmis. À la différence qu'ils ne sont pas une colonie, mais plutôt une poignée d'irréductibles, de passionnés de la nature. Pas nécessairement du grand air, puisqu'ils sont prêts à sacrifier un week-end à la maison pour le passer entre quatre murs.

Plus qu'évoluer dans un réseau souterrain, la passion d'Henri est d'en trouver. Il y voit l'excitation de la *terra incognita* des marins du XVIe siècle. À défaut d'avoir connu cette sensation au Bufo Fret, c'est ce qu'il a vécu en ouvrant récemment le Chandelier à Puivert, à une heure de Bugarach. Il a appris l'existence de ce réseau fermé sous Louis XIV grâce à plusieurs sorties et à une rencontre fortuite avec le maire de la commune qui disposait d'archives historiques.

« Pour aimer l'exploration, je pense qu'il faut aimer la quête de vérité. On parle de réseaux souterrains, donc de vérités cachées. Avant notre passage, la cavité n'existe pas, même si elle est là depuis des millions d'années. Ensuite, elle sort de l'oubli et fait partie du patrimoine. »

Alors, il s'engouffre sous terre sans jamais savoir ce qu'il va trouver. Henri sait qu'il vit à contre-courant.

« La société nous pousse à avoir des satisfactions immédiates. Nous, nous ne sommes pas du tout dans cette démarche, nous sommes dans la patience. » Puis il embraye sur une métaphore maraîchère. « C'est comme cultiver un terrain, un arbre sur cinq va tomber malade ou ne rien produire. Il faut cultiver sa connaissance avec beaucoup de patience. »

Nous montons une échelle de neuf marches. Nous songeons aux difficultés rencontrées par l'équipe qui l'a trimballée sur tout le parcours que nous avons déjà effectué. « Là, ce sont des vieux qui n'en pouvaient plus, ils ont mis cette échelle », soupire Henri. Puis nous enchaînons sur un passage où nous devons avancer de profil, à pas chassés, en gardant notre kit à la ceinture. Les murs ont une surface plus plate. Notre file indienne est parfois réduite, voire embouteillée, parfois étirée. Quand la lueur devant disparaît, seul le son de la voix nous parvient. Il n'est qu'à quelques mètres, mais semble loin. Il rassure quand même.

À peine sortis, nous nous retrouvons à nouveau dans un couloir étroit à passer de profil. Les murs s'élargissent parfois en hauteur tandis qu'ils rétrécissent en largeur, ou inversement. L'espace et sa perspective changent constamment. Nous sommes dans le Méandre du couennu, où l'embonpoint n'a pas sa place. Pour franchir la trémie Pearl Harbor non plus.

Cet endroit a été ouvert à coups redoublés de percuteur, laissant un paysage d'éboulis. Nous descendons pour la première fois de notre parcours. Nous le faisons sur les fesses, par sécurité ou facilité. L'effort physique n'est pas épuisant en soi, mais la concentration requise dans l'avancée fatigue, surtout dans ce milieu inconnu. Nous respirons fort.

Henri est un contemplatif. Les paysages et les reliefs le stimulent, tout comme les aventures humaines « Faire de la première » est une explosion de joie collective. Il aimerait la vivre plus souvent, avec plus de monde, loin des ego.

Difficile d'expliquer l'émotion d'une découverte, même toute petite, après des mois passer à la traquer et alors q'elle ne peut être partagée qu'avec les initiés à la vie souterraine. Il évoque un savant mélange de recherche scientifique et d'effort physique dans une dynamique de groupe : « On ne sait jamais ce que l'on va trouver. Nous émettons des hypothèses, puis nous les confrontons au terrain. Si elles sont confirmées, quelle satisfaction ! » Selon lui, cette mentalité est peu courante dans le milieu. Désabusé, il s'est fait une raison : « Aux leaders le rôle de découvrir. »

Fatigué des querelles intestines entre clubs, Henri rêve de relancer les explorations au Bufo Fret.

« C'est quasiment la grotte la plus célèbre de la planète, elle fait partie du patrimoine. Beaucoup dans le milieu considèrent que c'est terminé. Ils se sont cassé les dents, n'ont pas envie d'y revenir. »

Lui prospecte. En spéléologie, il n'a perdu aucune de ses illusions. Il a déjà passé un samedi à jouer de la tronçonneuse pour ouvrir un passage vers un aven, il a marché durant des heures en espérant dénicher un trou souffleur. Seul. Inlassablement.

23

Blaise avait un bon article entre les doigts, pas non plus de quoi casser la baraque. Ces quelques feuillets ne changeraient pas la face du monde et ne feraient pas trembler non plus les sommets de la République déjà englués dans l'affaire Bettencourt. Tout en écrivant, Blaise, lunettes et cheveux en bataille, ne se dévalorisait pas, mais il était lucide. Son article était destiné à figurer en page 16 dans la rubrique de l'actualité de la haute vallée, pour un public qualifié par *L'Indépendant* d'« averti », habitué aux récits paranormaux, aux histoires de trésors et d'histoires de jeux de lumière aux abords du pic. Qui voit, croit. Qui croit, voit. « Disons qu'on est tolérants par ici », pour reprendre les mots de Catherine.

Le web n'était pas encore une priorité des médias. Le papier de Blaise serait dupliqué par la simple force mécanique des rotatives de l'imprimerie calibrées comme une horloge suisse. Après l'accroche, il égrena les craintes de Jean-Pierre qu'il venait de recueillir. « De nombreuses personnes, en France et à l'étranger, ont loué des maisons dans le village en prévision de la fin du monde prévue en 2012 par des sectes. Selon certains “prophètes”, Bugarach fait partie des sites terrestres qui échapperont au grand cataclysme final *(sic !)*. » Jean-Pierre lui avait parlé d'Américains qui auraient déjà réservé leurs billets. Le journaliste le mentionna, l'information n'était pas aisée à vérifier.

« Bref, le village sera sauvé... »

Personne ne mentionnait Bugarach comme refuge de la fin du monde, pour laquelle deux définitions s'affrontaient : apocalypse version « révélation », pour certains ; apocalypse version « déluge », pour d'autres.

Blaise évoquait aussi ces « inconnus allongés par terre en pleine méditation cosmo-sidérale » et ce groupe particulièrement dans le viseur du maire : la Bannière de la Paix. Le rédacteur poursuivit son papier, ses mots traduisaient ses pensées. Les histoires d'ovnis qui se racontaient dans le coin depuis Jean de Rignies lui revinrent soudainement à l'esprit, alors que les repas ufologiques pullulaient dans le secteur ces derniers mois. Il y était souvent question de deux « RR3 » – selon la classification de Hynek reprise par les ufologues – qui se seraient déroulées en 2008 et 2009, à proximité de Bugarach. RR3 pour « rencontre rapprochée du troisième type ». Depuis 1998, un homme racontait avoir vu une soucoupe sertie de plusieurs hublots sur les hauteurs de la montagne. Il disait même en avoir reçu un « message ». Une situation classée RR5. Soit une « entrée en communication avec les occupants d'un objet volant non identifié ».

« On sait que des illuminés affirment – sans plaisanter – que le célèbre pic abrite une base souterraine destinée à accueillir des vaisseaux spatiaux. Quelques-uns en ont même vu atterrir. Les délires ne font décoller que ceux qui y croient », nota Blaise. La mythologie ufologique faisait partie du territoire. Ce tourisme initié par Jean de Rignies et Jimmy Guieu s'était développé à la Maison de la nature. Des groupes d'ufologues venaient faire des relevés de soucoupes volantes toute la nuit au milieu de la pelouse de l'aire de camping. Dans leur viseur, le « Bug ». « Ici, il faut être spirituel et spiritueux, mais même après trois whiskys je n'y arrive pas », constatait Sigrid, la patronne, face à ce spectacle.

Les fanas d'ovnis lui répondaient qu'elle n'ouvrait pas bien les yeux, ou qu'elle n'avait pas le bon regard.

Au début des années 1990, lors d'une exposition scolaire à la Maison de la nature, une coupe géologique du pic avait été représentée pour expliquer sa formation due à un décollement de terrain. La légende indiquait maladroitement « Décollement du Bugarach ». À sa lecture, le public ricanait : « Quand doit-il décoller le pic ? »

Le chef de Blaise basé à l'agence de Carcassonne faisait confiance à son localier qui se gérait seul et avait de la bouteille. Il fut le premier à relire le papier. « Je me suis dit : "Ah tiens, voilà la dernière histoire, la dernière lubie du coin sur cette terre déjà connue pour ses croyances et ses mystères." Mais cette fois-ci, il y avait une inquiétude, ce n'était pas qu'une simple rumeur… Quand un maire parle, ça a du poids. C'est une voix crédible. Après, on suit ou on ignore, par contre on s'y tient. »

Il n'eut rien à redire à l'article qui rentrait dans les clous. Bon ton, bon calibre. Blaise était un pilier de *L'Indépendant,* une « chance » « Modeste, sensible, sans une once de mépris », comme le décrivent ses anciens collègues. « Il ne croyait pas, mais il savait l'importance que cela avait dans la région. Quand il y a une quête de sens, que le monde vous échappe, vous cherchez des explications », reprend son ancien chef.

Surtout, le localier n'en était pas à son premier papier qu'il rubriquait dans la catégorie « Étrange », « Insolite ».

À son arrivée, en 1998, un couple de Bugarach originaire de Franche-Comté, spécialisé dans le lait de jument, lui avait parlé de cette histoire de fameux « garage à ovnis » sous le pic. Un autre homme, non loin, avait cassé des cailloux pour les réduire en poudre et les avaler afin de préparer son corps à la « transformation atomique ».

En octobre 2009, deux frères passionnés d'ufologie et d'ésotérisme avaient fait le trajet depuis la Charente Maritime. L'aîné, âgé de 51 ans, se tailla les veines des avant-bras puis se planta un katana dans le ventre, sur un chemin au pied du pic. L'homme, qui selon les médias était aussi « impliqué dans une affaire de mœurs », avait été retrouvé en sang, le thorax perforé, sur une route. Il avait été secouru, et son frère cadet mis en examen pour « tentative de meurtre ».

Sud Ouest et *Midi libre*, qui traitèrent ce fait divers, rappelaient dans leurs colonnes que Bugarach était « réputé auprès des amateurs d'ovnis et autres phénomènes paranormaux », avec une montagne considérée par des écrits sur Internet comme « refuge souterrain d'une base extraterrestre ».

Naviguant sur les départementales entre le rationnel et l'irrationnel, Blaise maintenait sa boussole. Il savait où s'arrêtait la rumeur et où commençait l'information, il séparait la fiction de la réalité et posait ses balises sur la frontière qui oscillait entre « folie » et « normalité », si tant est que ces mots signifiaient quelque chose. Certaines personnes avaient aussi besoin de rêves et de magie dans une société parfois dépourvue de sens. Il ne jugeait pas.

Il écoutait tout le monde avec la même oreille. Ceux qui étaient perchés sur la ligne de crête du fantasme, ceux qui avaient basculé, ceux qui s'embrouillaient entre voisins depuis des générations sans se souvenir de l'origine du contentieux. La route était parfois longue dans la haute vallée, grignotée par la désertification médicale et jalonnée de services publics à la peine. Les rapports tombaient régulièrement. À une ou deux places près, l'Aude restait l'un des départements les plus pauvres de France.

Le décor était prêt depuis tant d'années, il ne manquait plus qu'une date pour activer le compte à rebours.

Après avoir inséré un encadré sur les théories concernant 2012, dans lequel il évoquait le calendrier maya et les différentes prédictions sur ce « 21 décembre 2012 », aube d'un « nouveau cycle », il sélectionna une photo d'archives du pic enneigé et acheva son texte. En fin d'après-midi, lors de la tournée des casernes, il appela la compagnie de gendarmerie de Limoux à propos de cette histoire. « Oui, on est au jus. »

Les services en lien avec la Direction centrale du renseignement intérieur lui confirmèrent une surveillance étroite dans la haute vallée et aux abords du pic de Bugarach. Parfait pour la chute. « Gendarmes et DCRI sont informés de la situation. » Point final. Il tapa ses initiales. Une habitude. « B C. » Il envoya son « monstre » à Perpignan pour relecture et montage.

En découvrant le papier, la rédaction en chef du journal s'excita. « C'est déjà le carnaval de Limoux ? » rigolèrent-ils devant les ordinateurs.

Ils relurent plusieurs fois les citations de Jean-Pierre Delord.

« Bref, le village sera sauvé... »

Pour la rédaction en chef présente ce jour-là, il fallait faire « monter » ce papier local, pourquoi pas, en une dans l'édition de Carcassonne. L'actualité était un peu molle et cette histoire plaisait beaucoup à la direction. Si l'article était tombé un autre jour, sous un autre nez, il serait peut-être resté en page 16. À jamais.

« On peut chercher et rechercher pourquoi à un moment donné un article prend de l'ampleur. Mais on ne peut pas tout expliquer. La logique ne suffit pas. Un journal, c'est de l'artisanat avec ses problématiques et sa part de hasard », souligne le chef d'agence à Carcassonne qui a connu la fin du bélinographe dans le monde de la presse.

« Un autre temps, un autre rapport au temps. »

Les chefs ajoutèrent leur patte: «Nous reviendrons sur cette information dans une prochaine édition.»

Les secrétaires de rédaction s'occupèrent du titre de l'article: «Bugarach, seul rescapé de la fin du monde!» La une était validée en réunion quelques minutes plus tard. L'artillerie lourde était de sortie: bandeau rouge et gros titre pour la première page.

Journal daté du mardi 30 novembre 2010, numéro 333 de *L'Indépendant*.

«Des sectes l'annoncent pour 2012... Bugarach attend "la fin du monde".»

Trois infos clés vinrent compléter ce titre: un maire «inquiet», un site épargné de l'apocalypse selon des «sectes», et des «illuminés» aperçus sur les flancs de la montagne.

Blaise avait fini sa journée, il éteignit son ordinateur et la lumière de son bureau décoré de l'affiche du film *Nixon*. Il adorait la tronche d'Anthony Hopkins. Le «bon à tirer» tomba et le journal partit dans les rotatives de l'imprimerie de Saint-Jean-de-Védas, près de Montpellier. Dans quelques semaines, il recevrait une première sommation: «Tu as foutu la merde!» Puis une menace de mort.

LA MONTAGNE MISE À NU

24

« Ils arrivent ! Vite, aux abris ! Dans le Bufo Fret, bien entendu ! »

Sur son blog, le SCM réagissait avec ironie à l'article de Blaise au lendemain de sa parution. Comme une traînée de poudre, le papier avait fait en vingt-quatre heures le tour de la haute vallée. Face aux craintes égrenées par le maire, Stoche rappelait dans son billet que Jean-Pierre était invité à venir visiter les dessous du pic de son village. « Ça le changera un peu des prophètes à impulsions cosmo-cellulaires », raillait-il.

« Presse à la noix ! » pensa de son côté Henri en tombant aussi sur l'article de Blaise et la une de *L'Indépendant*. Les autres spéléologues du coin rigolaient, espérant toutefois que cette fumeuse histoire de fin du monde à Bugarach n'irait pas trop loin. La grotte discrète et désormais dégagée devait être préservée des délires déjà suffisamment présents à leur goût. À la sortie d'un été 2010 riche en va-et-vient sur le pic, Christian, le dénicheur du Bufo Fret, avait fait parvenir une lettre à la mairie dénonçant du « guidage touristique sauvage » et l'« utilisation de cette cavité à des fins mercantiles et ésotériques ». Loin des radars, il veillait toujours.

Douze ans après la découverte de l'entrée, les explorations avaient été déclarées terminées et la topographie venait d'être publiée, achevant un cycle d'exploration souterraine par toute une génération.

La sortie de l'iPhone, trois ans auparavant, promettait une révolution à tous les niveaux de la société. Bugarach en était encore écarté, toujours engoncé dans une « zone d'ombre ». Les communications téléphoniques pouvaient être à la peine durant plusieurs jours. Au SCM, Christophe restait attentif à ce que les nouvelles technologies pourraient apporter à la spéléologie. Il entendait parler d'appareils électroniques avec visée laser, de Bluetooth, d'applications. Autant d'outils qui préciseraient les valeurs nécessaires à l'élaboration d'une cartographie. En attendant, l'homme s'en tenait aux basiques.

Armé d'un décamètre et d'une boussole, il avait noté au fur et à mesure des explorations chaque moindre courbe sur son petit carnet, puis relié les points comme une échelle. La longueur, l'azimut, la pente, la hauteur et la largeur. Enfin, il s'était appuyé sur des photos et sa mémoire visuelle pour dessiner au mieux les différentes galeries. Il avait arpenté ce réseau plus de 70 fois qui s'additionnaient à son score de milliers de sorties souterraines au cours de sa carrière. Au total, une quarantaine de personnes avaient pris part à l'aventure du Bufo Fret, pour environ 600 sorties.

Les explorateurs conclurent ces années de recherches et de découvertes par un stage pour dévoiler cette topographie. Ils analysèrent alors la construction des cavités, la géologie, l'hydrogéologie, la faune, la formation du pic, son inversion : « Le Pech de Bugarach apparaît comme une sorte d'île, un lambeau de calcaire gris jurassique et crétacé isolé. C'est un lambeau témoin d'une extension du front pyrénéen quelques centaines ou petits milliers de mètres plus au nord qu'aujourd'hui. »

Les aventuriers audois qui avaient fouillé l'intimité de la montagne découvraient son tracé officiel. Il y avait une certaine fierté dans l'assemblée. D'abord parce qu'ils mesuraient les années de travail accompli. Ensuite parce que révéler un chemin souterrain était une prouesse, là où la mise en valeur d'un sentier de randonnée était facilitée par une vue satellitaire. Ils étaient cependant conscients que le rêve de traverser la montagne s'éteignait, à l'heure où une menace, encore diffuse, naissait.

Dans le centre du village, certains n'avaient pas pris à la rigolade les récentes craintes du maire étalées dans la presse. Ils le firent savoir à Blaise. L'association Le Pic en Colère tira en premier. Au lendemain de l'article sur « la fin du monde », ses membres s'inquiétaient toujours de l'implantation d'éoliennes et déploraient que l'attention soit détournée par le maire. « La population n'est pas préoccupée par des rumeurs, collectées parmi tant d'autres sur Internet, qui prêtent plutôt à sourire », constataient-ils. Si le projet avait été massivement rejeté par les habitants lors d'une enquête publique sur le plan local d'urbanisme (PLU), il avait été validé par un commissaire enquêteur. Jean-Pierre répliqua dans la foulée en annonçant un débat public entre la population et l'industriel.

Puis ce fut au tour de Thierry Bécourt de riposter. Installé dans le secteur depuis 2009, le représentant en France de la Bannière de la Paix partageait son temps entre Quillan et un domaine situé à mi-chemin entre Bugarach et Rennes-le-Château. Il avait fièrement hissé sur ce terrain le drapeau à trois points rouges encerclés sur fond blanc. Le même étendard autour duquel Quetza Sha et José Argüelles s'étaient réunis huit ans auparavant. Originaire de la région lilloise, cet ésotériste aux multiples casquettes avait quitté l'Éducation nationale pour se consacrer à l'astrologie, la « psychologie transpersonnelle » ou encore l'enseignement d'Alice Bailey, figure britannique majeure du mouvement New Age.

Lecteur dès l'adolescence des écrits de Jimmy Guieu, il avait gravi plusieurs fois le pic de Bugarach. À ses abords, il avait mis sur pied des conférences avec Les Amis de la

Salz et travaillait avec des groupes se référant au calendrier maya. Il organisait aussi des réunions pour s'opposer au vaccin contre la grippe H1N1.

Il avait temporairement domicilié la Bannière de la Paix en France à l'adresse de ce domaine près de Bugarach et projetait d'installer officiellement le siège un peu plus loin, sur un autre terrain de 75 hectares pourvu de structures habitables. Visé par Jean-Pierre Delord dans l'article du 30 novembre, Thierry Bécourt rejeta l'accusation de sectarisme pour son mouvement, assurant promouvoir « la protection de la culture comme facteur de paix, l'éducation par les arts, la science et la philosophie ». Il proposa par courrier un rendez-vous avec l'élu. « Le maire de ce village peut compter sur nous dans la lutte contre l'obscurantisme », dit-il à Blaise.

Ce dernier enchaînait les coups de fil dans son bureau de Limoux. Sa rédaction en chef lui demandait de suivre l'« affaire Bugarach » de plus près. Il rappela Jean-Pierre illico.

« Alors, cette fin du monde ?

— En fait, il y a une certaine logique quand on regarde ce qui se passe par ici. »

Blasé, mais alerte, l'édile évoqua le trésor de l'abbé Saunière, le fauteuil du Diable, *Da Vinci Code*, la « base secrète extraterrestre sous le pic ». « C'est un néorural passionné d'eau salée qui est à l'origine des légendes. Il disait percevoir le vrombissement des moteurs d'engins interstellaires provenant des profondeurs de Bugarach », expliqua Jean-Pierre sans nommer Jean de Rignies et ses héritiers. Blaise était lui aussi bien au fait de toutes ces histoires.

L'élu raconta aussi que des randonneurs avaient vu sur le pic un « homme nu en prière ». Habitué à ces faits, il banalisait la scène, tout comme quand il voyait débarquer la « haute société friquée » abusée par des stages dispendieux. Quetza Sha, lui, était reparti bien loin du village.

«Depuis quelque temps, ce que je crains surtout, ce sont ces gens qui croient à la fin du monde. Selon des... comment les appeler? Prophètes? Devins? [...] D'après eux, notre village fait partie des sites terrestres qui seront épargnés par le cataclysme de décembre 2012 [...] Quand ils verront qu'il ne se passe rien, beaucoup seront déçus. Qui sait? Quelques-uns seraient même capables de se suicider. Ça s'est vu ailleurs. Souvenez-vous du Temple solaire.»

Neuf articles furent publiés en trois semaines par *L'Indépendant* et le *Midi libre*. Jamais Bugarach n'avait autant fait parler dans la région. La tempête prit un autre tournant au passage de l'automne à l'hiver. Quand les feuilles mortes se mêlent à la gadoue.

C'était sa première année au bureau de Toulouse pour l'Agence France-Presse (AFP). Emmy faisait sa revue de presse régionale. Elle recherchait ce qui méritait d'être approfondi pour un intérêt national, voire international. Elle venait de suivre, trois mois avant, le procès de Robert Le Dinh. Ce fana d'ufologie était le gourou présumé d'une communauté spirituelle dans le Lot-et-Garonne puis dans l'Ariège. Les adeptes suivaient ses prêches dans lesquels il affirmait notamment qu'ils seraient délivrés d'une proche fin des temps par les extraterrestres. Il avait été condamné en première instance à quinze ans de réclusion criminelle pour viols aggravés, agressions sexuelles, notamment sur des mineures, et abus de faiblesse aggravé. Les victimes avaient été soutenues par l'Union nationale des associations de défense des familles et de l'individu victimes de sectes. Emmy avait aussi récemment couvert la bataille entre les opposants à la réintroduction de l'ours dans le massif des Pyrénées et ses défenseurs. «Ah tiens, pas mal comme histoire», songea-t-elle en tombant sur les articles de Blaise. Ce n'étaient pas les suppositions et les délires sur l'apocalypse qui l'intéressaient.

En 2009, la NASA, déjà avertie de la folie conspiratio-alarmiste avec en toile de fond l'interprétation du calendrier maya, avait démonté point par point les rumeurs de fin du monde et de collision entre la Terre et la planète Nibiru, ou « planète X ». « Tout comme le calendrier accroché au mur de votre cuisine se poursuit au-delà du 31 décembre, le calendrier maya se poursuit au-delà du 12 décembre 2012. Et tout comme votre calendrier reprend son cours au 1er janvier, un autre cycle long commence pour le calendrier maya. »

12, 21 ou 22 décembre, la date précise était d'ailleurs encore un peu mouvante.

Emmy avait surtout été interpellée par les craintes du maire. La problématique de ce village, isolé et débordé par la réputation qu'on lui faisait malgré lui, valait le déplacement. Europe 1 venait de diffuser un billet d'humeur à propos de l'article de Blaise. Elle alla sur place à la rencontre de Jean-Pierre et Sigrid, la patronne du camping. Pour la journaliste, l'intérêt était évident.

« On ne parle que de rumeurs, ce ne sont pas des choses vraies. Mais c'est un petit village avec un maire qui tire la sonnette d'alarme. Il craint la venue de milliers de personnes et veut juste obtenir des moyens de sécurité. Rien que ça, c'est un fait. »

Par le biais de l'AFP, Jean-Pierre n'hésita pas à remettre la pression sur les autorités.

« On est inquiets, on peut voir sur Internet que des illuminés prévoient la fin du monde pour le 21 décembre 2012 et que Bugarach serait l'endroit où il faudra être. [...] Internet est capable de toutes les folies et nous, à 200, on ne va pas pouvoir résister. »

L'agence de presse dégaina dans la matinée du 15 décembre une dépêche sur son fil d'informations, auquel les principaux médias français et internationaux sont abonnés. Le titre : « Avant la fin du monde prédite en 2012, voir Bugarach et ne pas mourir ».

«L'AFP reprend l'histoire de Bugarach ! C'est sérieux maintenant, il va falloir être à la hauteur », s'agitait-on dans les couloirs du siège de *L'Indépendant* à Perpignan.

«Vous avez vu cette info ? On ne l'a pas ? Faut le faire ! » bouillonnaient aussi des rédacteurs en chef et des vigies du web dans des salles de rédaction parisiennes, sans lever les yeux de leurs écrans d'ordinateur. Des petites mains se pressaient de bâtonner et d'éditer la dépêche pour la publier au plus vite sur le site Internet de leur média, avant la concurrence. Les débuts de l'âge d'or du web et du clic à tout prix.

Internet n'avait pas créé l'« affaire Bugarach », il amplifiait. Les journalistes ne l'avaient pas inventée non plus. Ils la diffusaient avec chaque fois un nouvel élément pioché sur la Toile. En fouinant sur les forums, les blogs et les réseaux sociaux, des journalistes déterraient des rumeurs. Elles trouvaient souvent leur source dans une myriade de livres publiés des années auparavant, mêlant ésotérisme et complotisme. Depuis le premier tweet du grimpeur John, la bête grossissait et justifiait dès lors le sujet. C'était un puits sans fond. Chaque article était une nouvelle pièce remise dans le juke-box. La tradition orale devenait écrite. La rumeur, une information. La preuve, une banalité. Le sujet se déclinait à l'infini.

Tandis que Jean-Pierre et Bernard descendaient avec toute une équipe du SCM dans le Bufo Fret, le *Daily Telegraph*, informé par l'AFP, se jetait à son tour dans la brèche. Le quotidien conservateur britannique reprenait la thématique de *L'Indépendant* et de l'agence de presse : une histoire de fin du monde dans un petit village et son maire « prêt à faire appel à l'armée ».

« À en croire les ésotéristes, les extraterrestres, dissimulés dans une gigantesque grotte, attendent tranquillement que le monde s'écroule pour pouvoir s'en aller, emportant avec eux quelques rares veinards, espèrent-ils », notait le média britannique.

Pour donner du corps à son article, le journaliste interviewa une habitante anglaise originaire de Newcastle qui avait acheté la maison de Monique et Jean-Claude. « Il n'y a plus moyen de se balader tranquillement. C'est une région magnifique, sauf que maintenant on tombe sur des gens qui entonnent des mélopées, qui méditent allongés par terre. Chacun a le droit de croire à ce qu'il veut, mais on a l'impression de ne plus être chez nous. »

Le journaliste égrenait aussi les histoires fantasmagoriques du secteur. Celles qui font rêver quand on s'ennuie, que l'on se raconte pour exister. Steven Spielberg se serait inspiré du pic de Bugarach pour *Rencontres du troisième type*. Jules Vernes aurait imaginé *Voyage au centre de la Terre* après un passage dans le secteur. Et d'autres rumeurs à la tonalité différente. Les nazis, puis le Mossad auraient « opéré des fouilles souterraines » aux abords de la montagne. Le président François Mitterrand serait venu en catimini au sommet, déposé en hélicoptère. Selon cette rumeur persistante, il aurait aussi fait forer les alentours jusqu'à plusieurs dizaines de mètres sous terre, en lien présumé avec les services secrets français. L'ancien président avait beau aimer les châteaux cathares et être allé à Rennes-le-Château lors de sa campagne présidentielle de 1981, il ne s'est jamais rendu à Bugarach de toute sa vie, confirme un de ses anciens gardes du corps. Mais en cette fin d'année 2010, le complotisme faisait sourire. Plus farfelu que dangereux. L'insolite générait des titres accrocheurs, comme « Le village français qui survivra à l'Armageddon de 2012 », et de l'audience.

Le manège avec ses néons vifs était lancé à pleine vitesse. France Info, *Le Figaro, France-Soir, Sud Ouest* diffusaient leurs articles et reportages. Dans le monde de la presse, on aime les anniversaires, les décès d'icônes et les comptes à rebours. La BBC, le *Sydney Morning Herald*, Radio Canada revenaient aussi sur les histoires et le millefeuille de croyances dans cette région. Du pic jaillissaient tous les fantasmes enfouis et alimentés depuis des années. Des cathares au Saint-Graal en passant par le trésor des Templiers ou des Wisigoths, ou à celui de l'abbé Saunière. Le tombeau de Jésus-Christ ou de Marie-Madeleine. L'arche d'alliance. Un vortex. Agartha. Une base extraterrestre. La montagne était mise à nu. Elle comblait le malaise d'une existence en errance et à la finalité hors de contrôle.

Deux mois après le premier article de Blaise, Bugarach était dans le *New York Times*.

◆

Il avait traversé l'océan Atlantique et regardé ses flots bleus depuis le hublot. Son poste à Saint-Pierre-et-Miquelon lui avait plu, mais il avait hâte de retrouver un département auquel il était attaché. Le gendarme revenait sur ses terres. Il était né à Narbonne. Au court de sa carrière militaire, Philippe Guisset avait souvent déménagé. Avant son départ des îles, le préfet de l'archipel français, l'avait prévenu : « Faites attention parce que là-bas, dans l'Aude, il va falloir sauver le monde. »

Il n'avait pas compris.

C'est en arrivant à Carcassonne, en prenant la tête du commandement du groupement de gendarmerie, qu'il découvrit les gros titres de la presse locale, française et même internationale. *La Dépêche du Midi*, *Le Figaro*, *Die Welt*.

« Un refuge pour l'apocalypse dans l'Aude ? »

« Bugarach, le village de la fin des temps ».

« Visite à Bugarach, l'appel de la montagne aux ovnis ».

Le lieutenant-colonel n'avait pas mesuré l'étendue de l'« affaire Bugarach ». Lors de sa première rencontre avec sa supérieure, Anne-Marie Charvet, il lui en toucha un mot à la fin d'une discussion, entre deux portes.

« Qu'est-ce qu'on fait avec cette histoire ? »

En poste depuis 2009, la première femme préfète de l'Aude savait qu'elle ne serait plus là en décembre 2012, sa retraite sonnerait avant. Elle avait géré une prise d'otages à Castelnaudary quelques semaines plus tôt, alors pas de panique avec le dossier Bugarach. La Miviludes était régulièrement tenue informée et une surveillance étroite dans la zone avait été mise en place. Les gendarmes avaient constaté de légers mouvements de population et deux groupes de personnes en toge participant à un stage avaient été contrôlés aux abords du pic. Des CSP+ en quête de réponses. Circulez.

Cependant, face à un maire qui alertait les pouvoirs publics, ils se devaient de réagir. D'un commun accord, le lieutenant-colonel et la préfète décidèrent de se rendre sur place, dans ce village isolé que ni l'un ni l'autre ne connaissait.

Ancien parachutiste et chasseur alpin, le gradé monta facilement au sommet de la montagne malgré l'hiver rigoureux. Derrière lui, quelques-uns de ses hommes ainsi que la préfète suivaient. Anne-Marie Charvet aimait la randonnée et ces ambiances masculines ne l'impressionnaient pas. Elle en avait vu d'autres. Chez elle, à Marseille. Elle avait connu l'époque de Bernard Tapie et l'élection de Jean-Claude Gaudin qui l'avait prise sous son aile. Au fil de sa carrière, elle avait gagné un surnom : la Dame de fer du Midi.

Amoureux de la montagne, le patron de la gendarmerie profita de la balade pour admirer le paysage. Une fois en haut, le souffle du vent le bousculait. Il découvrit la falaise dont il estimait le dénivelé à 200 mètres. S'il devait y avoir un suicide collectif, l'endroit, il était vrai, serait idéal. Difficile d'en savoir plus. Il ne trouva aucun indice probant laissant supposer qu'il pourrait se passer quelque chose de grave sur ce joli massif karstique. La préfète et lui firent quelques repérages, prirent des notes, constatèrent la présence de gouffres et de trous souffleurs. Quelques signes cabalistiques y avaient été détectés. Pour eux, il était clair que des gens adeptes de l'ésotérisme, comme ceux qui avaient été récemment contrôlés, pouvaient s'y regrouper pour exercer leurs croyances. Ou s'y cacher. Ils tombèrent aussi sur une belle entrée souterraine entourée de troncs d'arbres griffés. Celle-ci serait à surveiller de plus près. Le militaire avait toujours appris à élaborer une méthode de raisonnement tactique par rapport à une menace définie. Or une question tournait en boucle dans sa tête.

« De quelle menace parlons-nous ici ? »

25

Dans la salle principale de la mairie, le buste de Marianne trônait sur une étagère et Jean-Pierre ne laissait aucun répit à Blaise, qui ne pouvait pas placer un mot. « Tu as foutu la merde ! » À l'autre bout de la ligne, le journaliste pensait que l'élu plaisantait. Ils étaient habitués à se parler sur le ton de la déconne. Mais cette fois-ci, la situation était inédite. Le standard était en surchauffe. Le journaliste entendait le téléphone sonner derrière son interlocuteur. C'était vrai. « Mairie de Bugarach, bonjour ! »

Avec ses lunettes fixées sur l'arête nasale, Brigitte, la secrétaire, croulait sous la rythmique des tonalités métalliques. Certains curieux voulaient réagir, savoir où était situé Bugarach. Venir. Voir. Peut-être croire. Les médias demandaient des interviews à Jean-Pierre, il en accordait à tout le monde, baragouinant parfois en anglais. Depuis l'article de Blaise, de l'AFP et du *New York Times,* il était au cœur d'un maelstrom international. Le maire n'avait pas d'attaché de presse ni de conseillers ou de « dir' cab », il n'exigeait aucune relecture de ses interviews. Il gérait avec son bagout, sa franchise et ses imprécisions. Sa mémoire flanchait quand ça l'arrangeait. Jean-Pierre disait surtout ce qu'il avait envie de dire sur l'instant.

Certains médias étaient déroutés. Le chef du village apparaissait insaisissable dans ce monde émergent où la communication répondait à des codes précis et calibrés.

Avec lui, une blague était une blague si on le voulait bien. Surtout, chacun avait bien le droit d'imaginer ce qu'il voulait. « Jean-Pierre ! Bugarach qui passe à la télé, c'est bien, malheureusement, ce n'est pas pour la bonne raison », lui disaient des habitants dans les ruelles du village.

Il s'en moquait. Pour une fois qu'on parlait d'eux, les invisibles.

Brigitte était fatiguée. Elle faisait déjà plus de 60 kilomètres aller-retour pour venir bosser et depuis quelques semaines, les journées d'ouverture de la mairie étaient chargées.

« Mairie de Bugarach, bonjour ! [...] Non monsieur, vous ne pourrez pas monter au pic en voiture [...] Je ne sais pas le temps qu'il fera jeudi [...] Ah non, ce n'est pas une randonnée d'une petite heure, comptez six heures [...] Ah, je ne peux pas vous dire, je ne l'ai jamais faite, je n'habite pas la commune. »

« Quand ce ne sont pas les ovnis, ce sont des questions sur les conditions climatiques au sommet du pic. Je ne suis pas Météo France », s'exclamait-elle en raccrochant le combiné. Ils n'auraient pas été trop de deux salariés pour répondre aux appels et réceptionner le courrier. Mais une embauche n'était pas à l'ordre du jour. Les moyens étaient limités et l'équilibre du budget d'une commune d'environ 200 âmes était précaire.

Un matin, la boîte aux lettres déborda de plus belle. Ils avaient reçu la copie d'une plainte contre X pour dénonciation calomnieuse par voie de presse. Elle avait été adressée au procureur de la République par Thierry Bécourt. Après avoir proposé une main tendue au maire de Bugarach quelques semaines auparavant, il avait finalement lâché les chevaux juridiques. Il n'en était pas à sa première fois devant la justice.

Entre-temps, les éoliennes prenaient aussi un nouveau tournant. Si le projet avait été validé au conseil municipal, un recours avait été déposé au tribunal administratif. Le maire ne réagissait plus. Ces éoliennes permettraient de générer des retombées économiques, pensait-il. De toute manière, il fallait bien trouver des ressources financières pour faire tourner le village. En attendant, dans les médias, à chaque interview, il continuait de brandir un éventuel appel à l'armée si besoin pour le 21 décembre 2012 et étalait devant l'objectif des photographes de presse ses trouvailles sur les chemins escarpés du pic. Des cristaux notamment.

En boucle, il agitait le spectre d'une possible flambée immobilière des maisons et des terres de son village. Mais personne ne cherchait à acheter. Il répétait aussi ne pas vouloir vivre une tragédie au solstice d'hiver, jour le plus court de l'année. Un Temple solaire *bis repetita*. Malgré son détachement apparent, ses peurs étaient réelles et justifiées selon son entourage proche dans le village. Oscillant entre fascination et inquiétude, Jean-Pierre savait surtout que la nature humaine est indomptable. Impossible de deviner donc qui viendrait se jeter à pieds joints dans le vide de la haute vallée.

26

Un vrai labyrinthe. Jusqu'ici, le chemin était tel que nous aurions peut-être pu progresser sans guide et sans nous perdre. Quelques passages annexes finissaient en impasse, nous aurions pu retrouver l'entrée sans grande difficulté. Ce ne sera désormais plus le cas. Nous sommes au Carrefour. Une grande galerie aux aspects de profondeur des mers, un toit haut, avec des montées et des recoins plus exigus, des issues et des alternatives. Une route A, une route B et même une C. C'est le rond-point du Bufo Fret, la première fois que nous avons à faire un choix dans ce décor ténébreux.

« Attention à la tête ! »

La mise en garde n'est pas pour prévenir d'un danger physique, mais signifie : « Attention à ne rien casser avec vos casques. » L'endroit abonde en stalactites aux allures coralliennes de plusieurs dizaines de centimètres. Les concrétions descendant du plafond, fines et fragiles, sont nombreuses et par endroits nous flirtons avec elles. Au bout de ces piques pointues, nous admirons une forme de goutte d'eau translucide, mais dure comme de la roche. Certaines, plus grisâtres, pendent comme des toiles d'araignées dans une maison hantée. Une chauve-souris passe.

Henri s'assure que nous ne faisons pas de dégâts lors de cette sortie. Il y tient, c'est comme si les premiers spéléologues qui ont exploré les chemins se présentaient devant nous.

« En face, vous avez la Galerie du disque. »

Tandis que nous contemplons de haut en bas ce premier chemin, son index pointe déjà vers un autre itinéraire.

« Sur la gauche, c'est la Galerie du sable. Il a fallu creuser pour la déboucher. C'est un passage de plus de 1 000 mètres. Il donne quasiment sur les falaises extérieures. Des ossements de bouquetins ont laissé supposer qu'il y avait autrefois une ouverture directe sur l'extérieur. Mais son dégagement aurait mis à mal l'intégrité des lieux. Les explorateurs ont préféré ne pas aller plus loin », affirme Henri, le rictus grave.

Parfois, la raison peut l'emporter sur les rêves de découverte. Ici, elle permet de préserver dans son état originel une cavité, loin de visiteurs trop nombreux ou trop malhabiles.

Nous prendrons la troisième route, celle qui mène au Grand Balcon. Mais pour l'heure, place au pique-nique. Devenue un repère temporel, la faim explique beaucoup la fatigue. Henri regarde sa montre. « Pour des débutants vous avancez bien. Je m'étais fixé comme objectif que l'on soit ici à midi et demi, c'est réussi. »

Nous accueillons avec une certaine fierté son compliment.

Midi et demi. Coupé du soleil et de nos téléphones portables, nous avons perdu la notion de l'heure et du temps. Nous savions simplement que chaque avancée effectuée dans ces boyaux nécessiterait une durée similaire en sens inverse. À vrai dire, le bleu du ciel nous manque. Une fois que nous sommes assis, le cliquetis métallique de nos équipements s'interrompt. Nous ouvrons nos kits. Une odeur se dégage de nos sacs, visiblement chahutés, des aliments ont pris une nouvelle forme.

L'autre nom du Carrefour aux allures de sous-sols du *Temple maudit* d'Indiana Jones est la « Salle à manger ». Nous déjeunons en silence, posons quelques questions et laissons Henri développer, se dévoiler.

« Tu nous as dit que tu avais fait analyser le pic au pendule…

— Oui, la médium a détecté des vides autour du sommet. On en connaît un sur le sentier de randonnée. Il a été bouché en 2012 afin que des gens n'y descendent pas. Il y a aussi un trou souffleur avec un courant d'air monstrueux au centre du pic. Cela signifie qu'il y a forcément un passage. Je suis persuadé qu'on peut tripler les galeries.

— Tu nous disais avant d'entrer qu'il n'y avait rien d'anormal là-dessous. Mais tu crois aux énergies du pic ? »

Il nous regarde droit dans les yeux.

« Un jour, lors d'une manœuvre d'entraînement aux secours, il m'est arrivé quelque chose d'étrange ici. Il y avait un poste de commandement d'où nous gérions les communications entre l'intérieur et l'extérieur du trou. Moi, j'étais dehors, la transmission n'a jamais marché, ni dans un sens ni dans l'autre. Les ondes ne passaient pas.

— Ça ne t'est jamais arrivé ailleurs ?

— Jamais. Est-ce une concentration en fer ? Peut-être. Je m'interroge aussi sur l'énergie cosmo-tellurique de la montagne, cette liaison entre le ciel et la terre. C'est de l'ésotérisme ce que je vous raconte là.

— Mais l'ésotérisme n'a rien de scientifique…

— On est à une époque où la science pure et dure est une forme de religion, elle ne reconnaît pas ce que je suppose ici. Pour moi, la science est plus complexe que cela, elle touche des domaines encore inexplorés. C'est ce que j'en pense, je reste prudent. »

Sa voix résonne. Quand elle cesse, c'est le grand vide sonore. Nous entendons nos mâchoires mastiquer nos sandwichs. Les heures passées dans ces couloirs intemporels avec Henri ont créé un lien encore inexistant ce matin au réveil. En petit comité, confiant, il ne craint pas d'être jugé. Il déroule le fil et le fond de sa pensée.

« Pourquoi les cathares se sont installés dans la région, à votre avis ? Pour moi, c'est dû aux énergies… Ils avaient une certaine spiritualité, une vision alchimique de la vie.

C'est encore de l'ésotérisme, mais je ne discrédite pas la recherche. Au contraire. »

Henri ne veut surtout pas être mis dans le panier des « illuminés » : « Étymologiquement, ce sont ceux qui ont la lumière. Aujourd'hui, ils sont considérés comme des délirants. »

Il sait que des personnes aimeraient croire à l'impossible dans ces entrailles et au sommet. Sans avoir été hermétique à l'hypothèse des ovnis à Bugarach, il ne jure sur ce point que par le terrain et la preuve. Accompagnant un ami qui l'y incitait, il est monté sur le pic un soir de pleine lune, sans frontale, à l'époque où l'« affaire Bugarach » prenait de l'ampleur.

« On trébuchait sur les cailloux. Je me les suis gelées pendant une heure sur le sommet. "Merde, y'a pas d'ovnis", me disait mon ami. C'était n'importe quoi. » Une autre fois, il a accompagné un auto-stoppeur obsédé par les réseaux souterrains dans une concession minière, près d'Arques. « C'était un individu connu dans le coin. Il m'avait contacté pour une sortie spéléologique, il voulait s'initier. On y est allés durant quatre heures. Il me sortait plein de théories. Il disait être le Christ cosmique. Je n'ai jamais trop compris. Mais niveau technique, il ne se débrouillait pas trop mal. »

Nous ne sommes plus en mouvement et le Bufo Fret se rappelle à nous. Insensible, mais bien présent. Nous grelottons un peu. Il y a encore vingt ans, ce problème était moins gênant pour les spéléologues. Ils s'éclairaient avec une lampe à acétylène. Durant les pauses, ils la mettaient entre les jambes, elle les réchauffait. Nos frontales n'ont aucun pouvoir calorifique. Une autre époque.

Tout en faisant quelques gestes avec les bras pour nous revigorer, nous écoutons Henri se replonger dans les prémices de 2012. Une de ses amies, avec qui il cueillait de l'ail des ours, l'avait présenté à une sophrologue et luminothérapeute installée depuis peu à Bugarach, Corine. Notre relais avec Henri. Le Relais de Bugarach était d'ailleurs le nom du magasin qu'elle tenait avec son compagnon et qu'elle avait ouvert quelques mois avant le premier article de *L'Indépendant* parlant du village comme d'un refuge de l'apocalypse.

Le courant passa rapidement avec Corine. Tous deux trouvaient que ce pic avait quelque chose de mystérieux. Elle souhaitait découvrir l'intérieur de la montagne, il l'y mena jusqu'à l'Arche noire située dans la Galerie du sable, où elle lui fit une remarque surprenante. Qu'elle justifia à peine revenue au Relais. Elle prit dans sa bibliothèque un des chefs-d'œuvre de Jules Verne, *Voyage au centre de la Terre*. Pour elle, c'était clair, une illustration du livre ressemblait en tout point à cette arche souterraine

Jules Verne et Bugarach. De toutes les histoires que l'on racontait sur ce village, c'était celle qui plaisait le plus à Henri. L'écrivain serait venu sur cette terre, lui rendant hommage à travers un personnage de son roman *Clovis Dardentor*, le capitaine Bugarach, maître du navire l'*Argelès*. Une supposition alimentée par un vitrail de l'église de la commune orné d'un bateau, à des dizaines de kilomètres du premier port, alors même qu'après la Vialasse et le Linas, le troisième et dernier des hameaux s'appelle les Capitaines. Aucune trace écrite ni preuve n'atteste la venue de l'écrivain nantais, seule une tradition orale qui se perpétue.

Comme il était plus hermétique aux autres légendes du pic, les événements de 2012 n'ont pas fait revenir Henri sur sa position. Ils l'ont conforté dans un autre aspect de sa personnalité : son rejet de l'autorité. « Ils m'ont fiché », assène-t-il, soudain en colère. Une relation conflictuelle scellée à une époque où l'homme avait laissé pousser ses cheveux jusqu'aux épaules.

En 1979, Henri posait sur son balcon à Limoux, fier de son uniforme du 13e bataillon des chasseurs alpins de Chambéry. Henri savait que tôt ou tard il passerait à la moulinette du service militaire. Il avait entendu Coluche rire dans un sketch de ces mecs « qu'on embauche comme ça, un an, pour les faire chier, puis après qu'on rend au chômage ».

Le natif de Carcassonne préféra choisir lui-même à quelle sauce il serait mangé. Singulier, il voulait aussi se distinguer. « Hors de question d'aller dans leurs casernes, se répétait-il, les appelés sont des abrutis. Quand les gens de base sont soumis à une autorité, ils deviennent complètement cons. »

Il s'était porté volontaire auprès des chasseurs alpins, en insistant dans son cursus sur ses années de spéléologie et sa pratique régulière de l'escalade à Fontainebleau quand il travaillait aux PTT. Il fut envoyé à Modane, dans la vallée de la Maurienne, de quoi lui rappeler sa bien-aimée haute vallée de l'Aude. Il donnait des cours d'escalade à ses compagnons de chambrée. Cela aurait pu être épanouissant pour l'enfant qui ne trouvait pas sa place, l'ancien brimé des cours de récréation, mais il n'admettait pas un des principes de base de l'armée : l'obéissance aux ordres. Henri comprenait la discipline, pas l'autorité et ses excès. Pour ce futur régionaliste, qui s'entichait des éléments les plus anarchistes du contingent, le point d'orgue de cette détestation était le salut au drapeau. D'autant plus quand cela avait lieu à 4 heures du matin en plein hiver.

Il se rebella à sa manière. Il parlait peu, uniquement avec des gens marginaux puisque lui aussi était considéré comme tel, au point d'être entraîné dans des bagarres par d'autres appelés. Un jour, un lieutenant lui dit : « Vous êtes volontaire, mais vous n'avez pas l'esprit de section. » Henri le traduisit par : « Tu ne te soumets pas aux ordres les plus stupides. »

Salarié des PTT avant son service, habitué à gérer d'importantes sommes d'argent, il fut placé au secrétariat en qualité de trésorier de la compagnie de casernement. Puis il devint responsable de l'armurerie, enfermé des week-ends entiers, condamné à voir les cimes alpines et la Croix des Bergers uniquement depuis sa fenêtre. Il admirait ces montagnes, rêvait de les arpenter. Mais non, il était cloisonné. Une torture, sans échappatoire.

Jusqu'à ce matin ordinaire où un de ses supérieurs l'appela une énième fois au téléphone.

« Tout est en ordre ?

— Tout est en ordre, mon capitaine, répondit-il.

— Allez vérifier combien il y a de fusils sur l'étagère du fond et de combien de boîtes de munitions vous disposez. Vous avez deux minutes. Exécution. »

C'était la troisième fois de la matinée qu'il lui donnait le même ordre. La mèche était consumée, Henri explosa.

« Va te faire foutre, sale facho de merde ! »

Depuis le combiné, le gradé entendit le fracas des armes, les crosses défoncer les caisses et les vitres de l'armurerie. Les cris. Le déchaînement total d'un homme hors de contrôle. Une forme de délivrance après tant de mois à obéir à des lois qui n'étaient pas les siennes. Un exutoire sans issue.

Après cet épisode, Henri fut envoyé en cuisine. Pas à la préparation où il aurait pu cracher dans les plats de ses supérieurs, mais à la plonge. Lors d'une permission, il partit pour Paris. Il décida de la prolonger d'une semaine. À son retour, ils le mirent en prison. Où il acheva son service.

« J'ai passé un mois en taule avec des bourrins, le Français moyen abruti. J'ai fait le dos rond, j'ai attendu la libération. Je ne me suis pas retourné quand je suis sorti, ça je m'en souviens. "Et allez-vous faire foutre." L'armée s'est terminée en jus de boudin. »

Son récit nous a un peu réchauffés, lui est bouillant.

Debout au milieu du Carrefour, sa voix rebondit en écho dans cette vaste pièce. Il nous fixe. Son regard n'est pas agressif, mais décidé. Il n'avait frappé personne, il avait juste passé sa haine sur les armes. Il rejetait la soumission à des ordres incongrus, au drapeau, à la hiérarchie, à l'autorité.

Il fait un nœud avec l'épais lacet de son sac étanche. Nous l'imitons. La pause est terminée, nous allons reprendre notre marche ou, plutôt, notre ascension en direction du Grand Balcon. Nous ressortons les longes et le matériel pour escalader et continuer à nous élever dans les étages de la montagne. « Il y a dans ce sport une forme d'idéal, de dépassement. C'est un truc militaire, le dépassement de la douleur, du danger. Finalement, les militaires me touchent. »

Il réfléchit quelques secondes.

« En fait, j'aurais pu être dans l'armée. »

27

Ordre du Temple solaire. Il y avait des mots qui déclenchaient en lui comme une décharge dans le cerveau. Un tilt. Les larges pales de l'hélicoptère tourbillonnaient dans le ciel. Le vrombissement dans la cabine obligeait les passagers à se parler à l'aide de micro-oreillettes. Le pic de Bugarach pointait le bout de son nez. Il le trouvait somptueux. Il scrutait les courbes de la montagne, ses creux et ses aspérités. C'était sa première fois face à ce bloc rocheux échoué au milieu d'une terre de légendes qu'il savait génératrice de mystères et de fantasmes. De François Mitterrand à Steven Spielberg en passant par les histoires de trésors cachés et d'ovnis.

En lisant les craintes de Jean-Pierre étalées depuis plusieurs mois dans la presse, le président de la Miviludes, Georges Fenech, avait décidé d'organiser aux beaux jours un déplacement aérien à Bugarach, baptisé « mission d'exploration ». Il avait choisi le mois de juin alors qu'une réunion avec la préfète devait se tenir dans la foulée à Carcassonne. Anne-Marie Charvet avait donné son feu vert.

Via les remontées des services de renseignements et d'associations antisectes locales, la Miviludes était en alerte sur le secteur depuis plus d'un an, avant même la parution du premier article de Blaise. En avril 2010, elle avait remis son rapport sur le néo-chamanisme, la mouvance New Age et les dérives thérapeutiques. Depuis, elle travaillait sur la

« résurgence de mouvements et discours apocalyptiques » autour de la date de 2012.

Ce nouveau rapport allait être rendu au Premier ministre François Fillon dans les prochains jours, après le survol en hélicoptère et la réunion. Il serait question de Bugarach.

Georges Fenech voulait frapper fort. Le timing était réfléchi.

À ses côtés dans la cabine se tenait la préfète. Il la trouvait inquiète, mais il n'en était rien. Oui, elle avait eu des remontées de quelques mouvements de population dans les parages, mais Anne-Marie Charvet gérait. Elle voulait montrer qu'elle était une préfète de terrain. Elle avait déjà fait face à des rave-parties de plusieurs centaines de participants. Alors, pour elle, une « fin du monde » était sensiblement la même chose. Les amplis survoltés par la musique techno en moins. L'histoire était cyclique : à chaque crise économique, politique ou sociale, sa prophétie cataclysmique.

L'hélicoptère tournait autour des cimes, en passant audessus du passage de la Fenêtre, pour rejoindre le versant nord du col du Linas. Georges Fenech parlait dans le micro en jetant des regards attentifs sur les chemins de randonnée. « On pourrait ignorer ce phénomène en disant que "ça va passer", mais je surveille ça depuis très longtemps. Ce qui m'inquiète, c'est de revivre la tuerie-suicide de l'ordre du Temple solaire dans la forêt du Vercors. Il faut l'éviter », expliquait le président de la Miviludes à la préfète.

Le magistrat lyonnais traquait les sectes depuis des années. Il avait notamment instruit le plus grand procès contre l'Église de scientologie en France. Ancien député UMP du Rhône, proche du président Nicolas Sarkozy, il avait vu sa dernière élection en 2007 invalidée par le Conseil constitutionnel après l'examen de son compte de campagne. Il avait fait l'objet d'un an d'inéligibilité. Quelques mois plus tard, il avait pris la tête de la Miviludes. Il restait marqué par le drame du Vercors.

Le 23 décembre 1995, deux jours après le solstice d'hiver, les corps de seize personnes carbonisées et disposées en étoile, un sac-poubelle sur la tête, furent retrouvés par la gendarmerie au lieu-dit du Puits de l'Enfer, à Saint-Pierre-de-Chérennes, dans une clairière. Trois enfants faisaient partie du macabre décompte. Toutes les victimes étaient membres de la secte millénariste et ésotérique de l'ordre du Temple solaire fondée à Genève dans les années 1980. L'événement fit immédiatement écho à d'autres massacres similaires survenus en Suisse et au Canada, quelques mois plus tôt. Les deux fondateurs et gourous de ce mouvement, un homéopathe belge considéré comme un « médecin de l'âme » et un ancien bijoutier français, tous deux inspirés par l'occulte et les Templiers, avaient péri dans l'incendie d'un chalet helvète. Pour leurs adeptes enrôlés et souvent issus de milieux bourgeois, la mort était un « transit vers la planète Sirius », une nouvelle vie loin d'un monde au bord du gouffre, leur promettait-on. Mais au bout, seule la mort se présenta, comme dans le Vercors. Au Puits de l'Enfer, des revolvers 357 Magnum et des fusils 22 Long Rifle, du Valium et du Témesta, avaient été retrouvés à proximité de la clairière. Toutes les victimes portaient un ou plusieurs impacts de balles. La France était sous le choc. Suicide collectif ou assassinats ? Un très long procès s'ouvrirait, rythmé par des expertises, des contre-expertises et où l'irrationnel tiendrait un rôle majeur. Surtout, le phénomène sectaire débarquait sur le devant de la scène. À la suite de quoi un Observatoire interministériel des sectes fut créé en 1996. Il devint rapidement la MILS puis la Miviludes en 2002, sous la houlette de Georges Fenech à partir de 2008.

Georges Fenech regardait à travers les vitres de l'hélicoptère. Il ne parlait plus. Il le savait, Thierry Bécourt de la Bannière de la Paix était dans le coin, sur ces terres sauvages et reculées de la haute vallée. Les deux hommes se connaissaient depuis des années, comme deux vieux lions qui s'étaient déjà affrontés sous les lustres de la 17e chambre du tribunal de Paris.

En 1995, à la veille des événements dans le Vercors, le rapport d'une commission d'enquête sur les sectes avait été publié : « Un phénomène qui, bien que difficile à appréhender, semble se développer. » Une première. En préambule, les parlementaires annonçaient qu'aucune définition juridique du mot « secte » ne serait donnée, en raison de la « conception française de la notion de laïcité ».

Cela n'empêcherait pas de traquer les dérives des mouvements à travers un faisceau d'indices : déstabilisation mentale, atteinte à l'intégrité physique, exigences financières exorbitantes, ou encore rupture avec l'environnement d'origine. Dans ce rapport, l'ordre du Temple solaire était mentionné. Avec l'aide des Renseignements généraux, les parlementaires avaient également établi une liste de 173 groupes et développé dix critères de dangerosité justifiant une vigilance à leur égard. Dans les « mouvements sectaires de moins de 50 adeptes », un institut de « psychanimie » mettant en avant une « guérison ésotérique » était épinglé. À sa tête, Thierry Bécourt. Quand il découvrit son nom à la télévision, l'homme entra dans une colère noire. Une guerre sous perfusion de testostérone éclata.

Thierry Bécourt mit sur pied la Coordination des associations et des particuliers pour la liberté de conscience (CAP LC) et en devint le président. Il chercha alors inlassablement à dissoudre les associations qui luttaient contre les sectes en France. Baignant dans les réseaux ésotériques aux accents complotistes, il voulait défendre « la pensée et les médecines alternatives » à tout prix. Pour lui, l'absence de définition juridique du mot « secte » était une porte d'entrée vers un monde qu'il qualifiait d'« arbitraire ». Il fut également le bras droit de l'Omnium des libertés qui disait défendre les « individus victimes de discrimination en raison de leur choix spirituel ». Considéré comme une association pro-sectes, il avait été fondé par un homme qui deviendrait, quelques années plus tard, le leader d'un groupe politico-sectaire d'extrême droite, les Brigandes, basé dans l'Hérault.

Au sein de ce conglomérat, la tragédie de l'ordre du Temple solaire a toujours été qualifiée de « meurtre d'État ». « Cela a été monté de toutes pièces. Ils avaient tout préparé. Ils ont organisé un suicide collectif pour parler des sectes », selon Thierry Bécourt.

En 2007, il se présenta aux élections législatives sous la bannière du parti la « France en action » (FEA). Georges Fenech, lui aussi en campagne, dénonça des « liens existant entre certains des candidats de la France en action et des organisations à caractère sectaire », notamment l'ordre du Temple solaire, le mouvement raëlien, la scientologie, la kinésiologie, Moon et Krishna. Thierry Bécourt et d'autres candidats de la France en action – dont un condamné la même année pour des propos antisémites – attaquèrent pour diffamation Georges Fenech. Ils furent eux-mêmes condamnés par la 17e chambre correctionnelle de Paris pour procédure abusive. Puis Thierry Bécourt s'opposa publiquement à la nomination de Georges Fenech à la tête de la Miviludes.

Les deux hommes se connaissaient donc bien. Aux deux extrêmes, sur un même ring. Dans cet épais brouillard où le mot « liberté » est malmené. Ils se suivaient à distance.

En 2009, Thierry Bécourt s'installa dans la haute vallée isolée. Il avait quitté les terrils du Nord pour les abords du pic de Bugarach. L'année suivante, le comité international de la Bannière de la Paix, dont il était le représentant en France, remit une médaille à José Argüelles, l'homme de la « Convergence harmonique » et théoricien de 2012, qui avait réuni du monde en 1987 au mont Shasta en Californie et quelques personnes sur le pic de Bugarach autour d'Elizabeth Van Buren. Les deux mouvements étaient liés.

« La Bannière de la Paix investigue le coin – avec tendance sectaire. Rappel sur apocalypse du 22/12/2012 », était-il noté dans le cahier Clairefontaine rouge du conseil municipal de Bugarach à la date du 26 novembre 2010.

José Argüelles rendit son dernier souffle en mars 2011. Quelques mois plus tard, ce fut au tour d'Elizabeth Van Buren. Ils ne verraient pas 2012. La mort est souvent mal fichue.

Georges Fenech signala le nom de Thierry Bécourt à la préfète, sans connaître l'étendue précise de ces liens dessinant une nébuleuse tentaculaire. Il mentionna aussi d'autres groupes présents dans le secteur et connus de la Miviludes, notamment Les Amis de la Salz, basés dans le domaine perdu et caché de Sougraigne, l'ancien antre de Jean de Rignies.

De son hélicoptère, il pointait aussi la présence de yourtes « très prisées des sectes écolos », assurait-il. Georges Fenech se situait sur la ligne dure de la traque. « Rien d'interdit là-dedans, mais c'est bien la preuve que quelque chose est en train de se passer ici », expliquait-il.

Ces yourtes étaient un éco-hameau faisant partie d'un projet expérimental autour de l'éco-construction et de la permaculture, suivi par un comité de pilotage. Elles avaient été installées sur un terrain de 3 hectares au village de Cubières-sur-Cinoble à quelques virages du pic de Bugarach, « haut lieu énergétique », selon les porteurs du projet. Lors d'une réunion préliminaire, l'un d'eux avait parlé de faire payer une participation aux rencontres pour le projet en « NEME », nouvelle énergie matérielle d'échange.

Depuis 2009, ils étaient dans le viseur de l'antenne locale du Centre contre les manipulations mentales (CCMM), une association de lutte anti sectes. Un de ses enquêteurs, craignant une « vaste escroquerie », décida d'« alerter du risque ». Il envoya une fiche aux préfets de l'Aude et des Pyrénées-Orientales, laquelle circula au sein des services de renseignements, des gendarmeries et remonta jusqu'à la Miviludes. « Les acteurs identifiés en qualité de partie prenante dans ce projet ont créé plusieurs sites Internet. Ils apparaissent pratiquement tous sur de nombreux autres sites consacrés à la santé, au bien-être. Ils se présentent comme psychothérapeute, animateur psycho-énergéticien, animateur dans le bien-être, le ressourcement, cartomancienne… », indiquait la note. Le projet provoquait de la méfiance. Le mot « secte » avait notamment été tagué en différents endroits de ce village.

Transie, la maire de Cubières-sur-Cinoble, Sylvie Romieu, ne saisit, elle, jamais le lien entre cet éco-hameau, des risques sectaires et, par extension, le 21 décembre 2012. « Je ne comprends pas qu'on confonde la présence de ces yourtes avec cette histoire de fin du monde à Bugarach », déplora-t-elle.

Dans son petit village où l'école était déjà fermée, elle espérait que « cet habitat léger, accessible aux gens ayant peu de moyens, dans un cadre réglementé, intègrerait une population déjà installée ». Pour elle, c'était une manière de redonner un élan humain et financier à sa commune. Mais le projet capota peu de temps après la visite de Georges Fenech. « On était au bon endroit mais au mauvais moment », se désolait-elle encore des années plus tard.

Le tour d'hélicoptère était terminé. Une fois la zone survolée, la réunion se déroula à la préfecture de Carcassonne devant de nombreux médias. À l'issue de cette rencontre, une dizaine de « mouvements à connotation sectaire » et une vingtaine de « personnalités emblématiques » furent suivis attentivement dans le secteur. Les journalistes publièrent leurs papiers.

« Sectes : le Bugarach sous surveillance ».

« L'Aude, terre d'élection ésotérique, reste fertile pour les dérives sectaires ».

À la sortie de la réunion, Georges Fenech continua sa « mission d'exploration » et fit un tour dans le Haut Vallespir, à deux heures de Bugarach. Il y constata la présence de bunkers et de galeries souterraines construits des adeptes de Ramtha en prévision de 2012. Cette mouvance, formée dans les années 1980 par la gourelle américaine Judy Zebra Knight, oscillait entre survivalisme, thèse apocalyptique et complotisme acharné.

De retour à Paris dans le VIIe arrondissement, le président de la Miviludes remit dans la foulée son rapport à François Fillon. Il revenait sur l'ordre du Temple solaire, les mouvements apocalyptiques, Ramtha, 2012. Et Bugarach.

« Le village de Bugarach semble être actuellement le point de rassemblement de nombreuses personnes, pour la plupart adeptes du New Age, persuadées que cette commune de l'Aude sera épargnée au moment du déclenchement de l'Apocalypse.

« Plusieurs "explications" circulent autour de ce site : puissante force magnétique, caractère ésotérique qui le fait surnommer la "montagne sacrée", existence mythique d'une vie souterraine, passage vers des mondes inconnus ou des civilisations disparues, abri d'une base extraterrestre, lieu d'enfouissement de l'arche d'alliance. [...] Le site de Bugarach semble donc être un site à surveiller, et ce, plus particulièrement à l'approche de l'année 2012, notamment au regard de possibles troubles à l'ordre public constitués par d'importants rassemblements de personnes », détaillait le document officiel.

Un soir, la préfète Anne-Marie Charvet, qui avait mis en place une cellule de vigilance, passa un coup de fil à son colonel de gendarmerie : « Faites attention, surveillez bien le secteur, qu'il n'y ait pas trop de mouvements ! »

28

Son nom sortait dans la presse comme un bouquet de pleurotes après la pluie. « Jean d'Argoun ». C'était un pseudonyme. « Concernant la théorie de la fin du monde en 2012, il semblerait que son origine soit à chercher du côté des écrits du fameux Jean d'Argoun : il fait du Bugarach une montagne sacrée, lieu d'une prochaine révélation », expliquait *La Dépêche du Midi*. « Au point de départ de la prophétie, il y a naturellement un oracle : Jean d'Argoun », relayait de son côté le magazine *Ça m'intéresse*. L'homme était présenté comme médium, ufologue et auteur ésotérique, lui qui disait être entré en contact avec un vaisseau au sommet du pic, une nuit de 1998.

En 2001, il avait publié *La Montagne sacrée*, qui avait fait rire les spéléologues, Christophe et sa bande. C'était son troisième livre. Depuis, son nom s'affichait sur les devantures des boutiques ésotériques des deux Rennes via les DVD d'une boîte de production low cost et des ouvrages assortis encore pour certains du prix en francs. Cent vingt francs pour celui qui évoquait l'« heure du jugement » et du « salut » annoncée par un émissaire appelé le « Grand Monarque », puis 15 euros pour ses films amateurs à la caméra tremblante : *Nous venons du futur* ou *Bugarach – La montagne magique*.

Pas de quoi franchement vivre pour un homme dont la retraite tardait à se présenter. « Beaucoup de personnes dans cette région ont été témoins de choses extraordinaires, certaines en parlent, d'autres se taisent. Mais il faut reconnaître que la recrudescence du phénomène ovni est évidente, liée au phénomène d'émergence vibratoire », disait-il devant l'objectif.

Face à la déferlante médiatique, il arrêta ses films et ses circuits initiatiques autour du pic qu'il organisait de temps en temps pour quelques centaines d'euros. C'était un petit business pour arrondir les fins de mois et faire rêver des gens baignant dans le formol du doute et de l'ennui.

Il n'était pas le seul. Chaque été, différents stages étaient proposés à Bugarach, sur son pic et dans ses galeries. « Un voyage au centre de la Terre, parcours exceptionnel, celui de l'accouchement par rapport à nous-mêmes », pour 617 euros la semaine. Ou encore un « voyage initiatique de guérison et de co-création, afin de placer au sommet du Bugarach sa pièce du puzzle de l'Humanité », 300 euros les trois jours.

Il y avait une demande et l'homme qui approchait de la soixantaine n'en cherchait pas les raisons. En apprenant que son pseudo sortait partout, le dealer de rêves préféra ne plus retourner à Bugarach dès 2011. Il ne mit plus jamais un pied dans la haute vallée, même ses quelques connaissances perdirent sa trace.

Il vivait à Trappes dans les Yvelines et n'avait pas de quoi se payer une connexion à Internet. L'homme restait discret. Si on parlait de lui, lui ne parlait pas. Il refusait toutes les sollicitations des médias qui lui parvenaient. En fait, Jean d'Argoun communiquait principalement par voie postale.

« Chers Messieurs,

« Je ne suis qu'un auteur de récits fantastiques dans le sillage de Jimmy Guieu. Je n'ai aucune autre prétention [...] Je ne retournerai probablement jamais dans cette région, car mon état de santé ne me permet plus de gravir la moindre montagne. »

Il regrettait d'avoir été lu au « premier degré » et que des « groupes sectaires se soient servis [de lui] pour donner de la légitimité à leurs discours et à leurs actions ». « Un auteur n'est pas responsable de ses lecteurs », arguait-il comme défense ultime.

« Bien à vous. Bonnes recherches. »

Cette même année 2011, face à une ambiance qu'il qualifia de « puante », Thierry Bécourt quitta lui aussi définitivement les lieux. Il abandonna son projet de siège pour la Bannière de la Paix sans jamais lâcher son combat pour la défense de « groupes attaqués comme sectes ». De leur côté, Les Amis de la Salz furent contrôlés une fois par la gendarmerie. Sans incidence. Ils continuèrent de mener leur vie au domaine et d'organiser des conférences. Leurs affiches étaient parfois déchirées : « Pour les mauvaises langues du coin, on est une secte. »

◆

L'apocalypse version *Loft Story* était en marche. Le pic était scruté par les caméras du monde entier. La mairie comptabilisait 2 000 connexions par jour sur son site, une surchauffe inédite. Dans les ruelles, certains habitants préféraient se tenir loin des micros. Ils étaient épiés dans leurs jardins, dans leurs champs, sur leur pas de porte. Ils avaient suivi du regard les survols en hélicoptère, entendu les alertes de la Miviludes, regardé l'arrivée des premiers camions satellites. Les reporters qui amalgamaient le pic et le village en une seule et même entité débarquaient à Bugarach à la recherche d'« illuminés » ou d'habitants inquiets. Sur place, ils découvraient une commune calme enveloppée dans le silence rude d'un hiver qui jouait les prolongations. Et un pic imposant.

Tout était fermé. Les habitants n'avaient rien à dire. Du moins sur la « fin du monde ». La fin du mois éventuellement, mais la porte restait souvent close. Une poignée de locaux branchés sur l'ésotérisme et le New Age, principalement des néoruraux, faisaient fonctionner le SAV. Corine, au Relais de Bugarach, répondait avec son compagnon Patrice aux questions du *Guardian*, du *Daily Telegraph* ou encore de *Sud Ouest*.

« Cette histoire de fin du monde me dépasse un peu. Nous sommes dans l'expectative. Selon moi, nous assisterons plutôt à la fin d'un système mondial », disait-elle.

« Cela n'a rien à voir avec la fin du monde, expliquait aussi Patrice. Les militaires cherchent évidemment quelque chose. Il y a tout le temps des avions et des hélicoptères au-dessus du pic. »

Les journalistes prenaient des notes sur leurs calepins. Pour eux, la vie virtuelle était presque plus palpitante. Des groupes Facebook se créaient pour relayer le phénomène et lançaient des appels au rassemblement le 21 décembre 2012 à Bugarach sur un ton humoristique. Les apéros Facebook étaient à la mode et pris au sérieux par les autorités qui se déclaraient démunies face au « phénomène ».

Au printemps précédent, l'arrestation de Dominique Strauss-Kahn à New York avait permis aux habitants de Bugarach de souffler un peu. Loin des caméras, la traditionnelle fête du 15 août s'était achevée bras dessus, bras dessous, sur la place du village, au son des *Lacs du Connemara*. Ce soir-là, ils étaient déguisés et unis pour oublier le feu des projecteurs, à l'abri des regards et dans le creux de la chaleur d'un été caniculaire. Sous les étoiles, les enfants avaient aussi fait leur spectacle et se délectaient des barquettes de frites noyées dans le ketchup. La soirée était un succès. Bernard était aux anges. Jean-Pierre riait.

Demain serait un autre jour.

◆

Tranquillement, Jeannot nettoyait sa terre pour la remettre en culture. À bientôt 80 ans, il ne s'arrêtait jamais de travailler. Trois ans auparavant, il conduisait encore le bus du ramassage scolaire. Ses larges épaules étaient dénudées et délimitées par un débardeur saillant, le pic dans son dos, sa fidèle tronçonneuse en main. Des journalistes crapahutaient dans le village. Des vidéastes aussi, professionnels et amateurs. Beaucoup voulaient recueillir les réactions d'un habitant ou d'un « illuminé », les deux en un dans l'idéal. Ce village était presque trop calme pour monter un sujet. Micro tendu, un homme s'approcha de Jeannot. Il accepta de répondre aux questions sur la « fin du monde » et sur son village « présumé sauvé ».

« Il parait que ce sera la fin du monde en 2012...

— Tous les jours, c'est la fin du monde pour quelqu'un, répondit l'ancien.

— Et pour Bugarach ?

— Il ne va rien se passer. »

Jeannot ne pouvait plus chanter depuis qu'il avait pris un arbre sur la tête une vingtaine d'années plus tôt et était resté plusieurs heures dans le coma. Ses cordes vocales ne résonnaient pas comme avant. Sa voix caverneuse était quand même nette. L'intervieweur se régalait avec ce truculent personnage et enchaîna.

« Et vous, pensez-vous qu'il y a une base souterraine sous le pic ?

— Mais comment voulez-vous qu'il y ait une base souterraine sous ce pic ? Qui aurait construit ça ? La nature, oui ! Il y a une grotte. C'est tout. »

Régulièrement, les habitants découvraient depuis leurs canapés un nouveau reportage sur eux, à la télévision, à la radio. Ils apprenaient quel voisin avait témoigné, ce que le maire avait dit de nouveau, ou quel groupe ésotérique était passé devant leurs fenêtres.

« Prenons à présent la direction des Corbières, plus précisément du village de Bugarach, 200 habitants et beaucoup d'agitation depuis qu'une rumeur dit que ce village sera le seul à échapper à l'apocalypse en 2012 », introduisait Jacques Legros, présentateur joker du *13 Heures* de TF1. Ce jour-là, c'était au tour de Renée de passer sur le petit écran.

De son côté, BFM TV, la jeune chaîne de télé de la TNT qui s'était lancée avec beaucoup d'improvisation, commençait à avoir le vent en poupe. Avec son modèle de « priorité au direct », de duplex, d'éditions spéciales, elle avait détrôné sa concurrente I-Télé et s'imposait dans les foyers français et les autres rédactions. « Hot news », « hard news », BFM TV donnait le tempo. Poussée par la fièvre de l'information en continu, elle envoya ses journalistes à Bugarach. Ce fut au tour de Bernard de s'y coller. Il avait accepté de filer un coup de main à Brigitte au secrétariat de la mairie et avait accueilli l'équipe de tournage pour répondre à quelques questions. Le Relais de Bugarach devenait aussi un arrêt obligatoire. Au moins, on y voyait des photos d'ovnis.

La mairie aussi en proposait, sur le ton de l'humour. Elle vendait des cartes postales où une soucoupe volante avait grossièrement été ajoutée sur une photo du pic. Sur un autre photomontage, un alien était inséré au milieu du sentier de randonnée. Deux clichés faussement signés au dos de David Vincent, en référence à la série américaine des années 1960 *Les Envahisseurs*. Les cartes postales avaient leur petit succès et il fut décidé d'en monter le prix de 45 centimes à 1 euro. Probablement l'unique bénéfice financier retiré par le village de cette histoire.

Au milieu du brouhaha grandissant, le conseil municipal devait gérer les affaires quotidiennes, comme le loyer impayé depuis quatre mois d'un logement social, mais le 21 décembre chargeait l'ordre du jour. Les élus votaient quasi unanimement contre les demandes d'événements ayant un lien avec la « fin du monde ». Pas de concert, pas de conférence, pas de rassemblement. Entre-temps, la justice avait annulé définitivement le projet des éoliennes.

L'avenir du Bufo Fret était également discuté. Le SCM et le comité départemental de spéléologie demandaient d'inscrire le réseau au plan départemental des espaces, sites et itinéraires. Classer le pic et en améliorer ainsi sa signalisation était aussi dans les tuyaux.

En coulisse, des habitants étaient saturés de la présence médiatique et en faisaient part à Jean-Pierre. « Ce sont les journalistes, les vrais envahisseurs », entendait-il. Même Bernard de La Villardière était venu déambuler dans leurs ruelles, comme il le faisait dans la jungle colombienne ou les cloaques thaïlandais. « Bonsoir, la fin du monde c'est pour bientôt, le 21 décembre 2012 », déclamait la star de M6, mèche au vent dans le Faubourg, l'ancienne rue des *peluts*. Des Japonais avaient débarqué dans le village, des Australiens aussi. Le monde entier connaissait Bugarach. Le sujet était abordé sur des plateaux de télévision aux États-Unis. Sur CNN.

« Moi, Laurent Ruquier m'a réveillé à 5 h 30 pour son émission sur Europe 1. Je n'ai pas répondu », rigolait comme souvent Jean-Pierre.

Un jour, le téléphone portable de la mairie sonna. Bernard répondit.

« Bonjour, c'est France Inter, on voudrait vous poser quelques questions, vous êtes disponible ? »

Bernard n'écoutait pas France Inter. Il préférait RFM, parfois Skyrock.

« Non, ça ne m'intéresse pas, désolé. On raconte trop de conneries sur le village.

— Vous serez en direct, vous direz ce que vous voudrez.

— D'accord. »

Il raccrocha, ne sachant pas trop dans quoi il s'était fourré. Le téléphone sonna à nouveau quelque temps plus tard. Il allait être en direct. « Ne quittez pas, on fait des essais de son. » Trois, deux, un.

« Nous sommes en direct avec Bernard, un monsieur de Bugarach dont on dit que c'est le refuge de la fin du monde. Que ressentez-vous franchement ?

— Bonjour. Oui, pour moi, c'est de la foutaise, il ne va rien se passer, puisqu'il n'y a rien de spécial ici !

— Mais est-ce que les prix de l'immobilier ont augmenté dans votre village ?

— Non. Peut-être que certains ont essayé de pousser un peu les prix, mais c'est toujours à vendre. »

La discussion fut finalement courte, cordiale. À peine le téléphone raccroché, Bernard reçut des coups de fil d'amis de Montpellier, de Toulouse, d'Albi. Ils l'avaient entendu à la radio. Sur France Inter en plus. La classe, Bernard !

Le jour J approchait à grands pas.

◆

Un nouveau préfet arrivait de Vesoul. En remplacement d'Anne-Marie Charvet, il avait été nommé à la tête de l'Aude alors que la région venait d'être meurtrie par les attentats de Mohamed Merah à Montauban et à Toulouse. Le plan Vigipirate était écarlate. Éric Freysselinard avait attendu que la préfète lâche son siège. Elle avait voulu suivre la crise terroriste jusqu'au bout. « Vous rentrerez dans mon lit quand je partirai. En attendant, vous restez dans la chambre », lui avait-elle jeté à la figure.

Ce nouveau préfet de 50 ans, élancé, à la coupe de cheveux impeccable, découvrait l'Aude. Rapidement, il reçut un dossier territorial dans lequel il y avait une fiche : Bugarach. Il savait qu'il était attendu sur le sujet et ne pouvait pas se permettre la moindre erreur sur une histoire aussi incongrue, d'autant que la découverte du corps sans vie d'un homme qui se rendait au village était en train d'agiter les médias. Il rencontra son colonel de gendarmerie, un ancien parachutiste et chasseur alpin, Philippe Guisset. Lui non plus ne voulait pas connaître la déroute :

«Si j'ai un mort, ma mission est un échec.»

Il fit au préfet un état des lieux de l'«affaire Bugarach».

Un village de 200 habitants, une montagne de 1 230 mètres, des galeries souterraines, une terre de légendes et quelques hippies. Un calendrier maya. Un maire inquiet qui en appelle à l'État. La Miviludes en alerte. Un phénomène médiatique mondial. Aucune secte structurée et installée à Bugarach même, mais des mouvements survivalistes pourraient se manifester.

Le préfet écoutait attentivement. Il faudrait évidemment se rendre sur place, faire l'ascension de cette montagne, rencontrer le maire. Le colonel Guisset acquiesça.

Éric Freysselinard renchérit: «Il faut imaginer toutes les options. On ne peut pas se planter. Une crise éclate généralement de façon imprévisible, mais là, elle est prévisible. Nous serions impardonnables. Comme pour une manifestation, nous avons la date et le lieu. Pas d'organisateurs certes, mais si un journaliste se foule la cheville, ce sera un événement planétaire.»

La mission devenait limpide. Il ne devait rien se passer le 21 décembre à Bugarach.

Ils commencèrent à réfléchir à un plan de bataille, imaginant les pires menaces. Côté communication, il fallait arrêter de parler des sectes, ne pas alarmer, calmer les craintes du maire, couper court la curiosité d'éventuels touristes et répéter que personne ne comptait se rendre sur zone ce jour-là, tout en continuant de surveiller en parallèle les mouvements de population.

Côté dispositif tactique, les sommets du pic et ses galeries, notamment le Bufo Fret, étaient une source de préoccupation. Des gens pourraient s'y cacher ou dissimuler n'importe quoi. Il faudrait déployer des gendarmes spéléologues et trouver une équipe locale qui maîtrisait ces souterrains pour les fouiller et les sécuriser.

Le Spéléo secours français, le GRIMP et le peloton de gendarmerie de haute montagne (PGHM) pourraient aussi être mobilisés afin de quadriller les sentiers, les galeries et les sommets.

« Si on veut éviter le pire, nous devrons tenir le périmètre et le terrain. Ça risque d'être lourd en termes de personnels et de moyens. Ceux du seul groupement de gendarmerie de l'Aude ne seront pas suffisants », reprenait le patron de la gendarmerie qui, en passionné des cimes, rappelait dans la foulée que la montagne était aussi un espace de liberté.

Dans la même veine, Internet était un vecteur d'inquiétude. Il s'y racontait un tas d'histoires. La Toile devait être investie. Une standardiste de la préfecture surveilla les réseaux sociaux et les blogs pour y multiplier les appels à la vigilance dans les commentaires. Elle gardait également un œil sur les cailloux prélevés sur le pic et proposés à la vente entre 15 et 75 000 euros sur eBay et leboncoin. Un jour, alors qu'elle balayait des pages et des pages sur Internet, elle tomba sur une citation d'un homme qui critiquait les autorités. Il s'agissait d'un spéléologue local. Interviewé par *La Dépêche du Midi*, il commentait une « hypothèse de travail » de la gendarmerie qui consistait à obstruer les entrées des grottes du pic en prévision du 21 décembre.

« Il est question d'une toupie de béton acheminée par hélicoptère pour condamner les cavités. Cela mettrait par terre douze ans de travail pour des causes bidon alors qu'il suffirait de mettre trois tracteurs en travers. Les autorités sont en train de mettre en place un dispositif totalement disproportionné. À croire que nous vivons aujourd'hui dans un État semi-policier basé sur le contrôle des gens ! »

Elle fit un copier-coller du lien vers un document et le surligna en rouge.

◆

Blaise roulait sur l'autoroute. Un œil sur la bande d'asphalte, l'autre sur sa jauge de vitesse. Il n'écoutait plus l'autoradio. Sa copine somnolait. C'était la fin du week-end. L'A61, Toulouse direction Carcassonne, était un peu chargée. Son téléphone sonna. Il décrocha rapidement. Sa copine lui tenait le téléphone sur l'oreille, tout en baissant le volume de la radio de l'autre main. Dans ce genre de situation, il est préférable de ne pas être cardiaque, surtout à 130 kilomètres/heure. La secrétaire de l'agence de Limoux le prévenait que quelqu'un avait appelé au bureau de la rédaction et lâché d'une voix sèche: « On va tuer Blaise. »

Dans les menaces de mort, les auteurs s'emmerdent peu avec le style.

Jean-Pierre avait pris le même tarif. Il est vrai, des efforts de forme en plus. Au recto, c'était une jolie carte postale d'une calanque avec ses voiliers au mouillage dans une eau turquoise. Bandol, Sormiou ou peut-être Sugiton. Mais personne n'invitait le maire à venir passer du bon temps dans les petits paradis de la Méditerranée. Au verso, la menace se dévoilait.

« Cher Monsieur, afin de nous préparer à la fin du monde, nous venons à Bugarach pour procéder à certains rituels, dont un sacrifice humain. Nous investirons la montagne en toute discrétion. Les Entités sont exigeantes et vous devez rester discret. N'en parlez pas autour de vous, sans quoi on viendra chez vous prendre votre famille et mettre le feu! »

À son retour à Limoux, Blaise appela Jean-Pierre. Ils restèrent laconiques. Ils savaient bien ce qui se racontait autour d'eux. Des rumeurs de coup monté par des petites mains, un journaliste localier et le maire d'un bled paumé, réunis dans l'ombre d'un « nouvel ordre mondial ».

« Face à une perte de repères, l'irrationnel grandit », se désolait Blaise. L'affaire prenait une pente glissante.

◆

Sous pression médiatique, Éric Freysselinard dévoila finalement le dispositif de sécurité. Par arrêté préfectoral, le pic de Bugarach et ses galeries souterraines seraient classés zone interdite entre le 19 et le 23 décembre. Des barrages de gendarmerie seraient installés aux entrées et aux sorties du village pour filtrer les allées et venues. Les habitants se déplaceraient munis de laissez-passer. Les rassemblements festifs, les rave-parties et les apéritifs géants seraient interdits. Jean-Pierre, mis sous pression par le préfet, répétait sur les chaînes d'information en continu et dans les journaux : « Je lance un appel à la planète : Ne venez pas à Bugarach. »

Depuis quelques jours, il montrait des signes d'inquiétude, notamment auprès de Blaise.

« Qui sait si un taré ne va pas tirer sur la foule ? Les pires, ce ne sont pas les "bizarres" qui appellent au téléphone, ou qui écrivent. Non, les pires, ce sont les silencieux, les déterminés : ils peuvent venir ici incognito, camouflés, armés. »

Dans une note confidentielle envoyée de la préfecture le 12 décembre 2012 au ministère de l'Intérieur et aux directions générales de la gendarmerie et de la police, la fréquentation était alors estimée à 1 500, voire 2 000, personnes dans la nuit du 21 au 22 décembre. « Ces chiffres ne pourront être fiabilisés qu'au dernier moment. Quand bien même peu de curieux se rendraient sur place, la présence massive des médias oblige à prévoir un dispositif répondant à toutes les hypothèses. »

Des centaines de journalistes étaient accrédités pour le jour J. Et s'il ne se passait rien, tant pis, ça se raconterait aussi.

29

Nous regardons la voie, elle longe une paroi très escarpée, la plus haute jusqu'à présent. Henri nous trouve en forme, nous allons donc poursuivre dans ce réseau qui semble sans fin. Il aimerait nous emmener jusqu'à la Vallée blanche qu'il avait atteinte avec Corine. « C'est un des plus beaux endroits du réseau, peut-être verrez-vous un ovni, moi je n'en ai jamais vu », sourit-il.

Nous nous rééquipons, le bruit du cliquetis métallique résonne. Nous laissons aussi un des sacs, inutile pour le peu de chemin que nous allons parcourir, avec une légère réticence à abandonner des affaires sans surveillance. Vieux réflexe. Nous transférons quand même les clés de la voiture et le portefeuille dans le sac porté. Maintenant que le pique-nique est passé, il n'y a plus rien d'intéressant dedans.

Henri repart aussi fringant qu'en début de journée. Remémorer son fait d'armes du service militaire semble avoir regonflé son énergie. Pour notre part, nous sentons nos muscles refroidis.

L'escalade se fera en trois temps. Une première ascension suivie d'une section plane contre une paroi glissante et en dénivelé, sans autre prise que la corde de vie à laquelle se longer, pour finir par une seconde grimpée. Soit une vingtaine de mètres dans un vaste espace. La même situation à l'air libre, avec la lumière du jour, ne serait certainement pas appréhendée de la même manière. Mais l'obscurité, la méconnaissance du sol, son instabilité, mêlées à la fatigue, compliquent la donne. À l'instar de l'entrée dans le Bufo Fret, tant que le premier à se lancer n'a pas passé une étape, les autres attendent. Nous regardons Henri s'y attaquer. Il est agile, assuré, rapide. Il évolue tel un personnage de jeux vidéo, déplaçant son corps de plateforme en plateforme.

« Homme libre », annonce-t-il alors qu'il est déjà arrivé en haut. Perché à plusieurs mètres, il essaye de discerner nos gestes, l'agencement de notre matériel. En nous éloignant du sol, nous tentons d'apercevoir son visage. Cela nous aurait rassurés qu'il soit plus proche de nous. Soudain une botte glisse, la main terreuse s'accroche, désespérée, à un vulgaire caillou. Le harnais fait son travail. Le bruit de quelques pierres dévalant la pente nous serre la gorge. Parfois bloqués, nous suons à grosses gouttes. Constatant notre difficulté, notre guide prodigue des conseils. Comme la paroi, il est abrupt. Notre perception est sans doute exacerbée par un esprit confus. Il gueule : « Mets ta longe courte ! C'est pas ça la courte, celle-là ! »

Le passage plat au milieu semble le plus compliqué. L'un après l'autre, nous ne parvenons pas à trouver une position confortable. Tantôt face au vide, tantôt en lui tournant le dos, accrochés à la ligne par des bloqueurs.

« Écoute-moi ! Tourne-toi, regarde où tu mets les pieds », crie Henri à l'un de nous.

La difficulté nous impressionne. En forçant sur les muscles des bras, nous réussissons à nous hisser jusqu'à lui. Une fois l'épreuve derrière nous, il tente de nous rassurer. « Vous psychotez tout seuls… Mais ça va sinon. J'ai amené quelques journalistes dans cette grotte avant 2012, ils ne se débrouillaient pas tous aussi bien que vous. »

Nous l'écoutons, essuyant notre front. Il reprend le récit des « événements ».

Au fil des semaines, Henri était devenu ami avec Corine et Patrice. Il passait régulièrement au Relais de Bugarach. L'endroit accueillait des touristes, des curieux et une multitude de journalistes. Certains y achetaient quelques produits : une veste en laine pour ceux qui n'avaient pas anticipé le vent frais, une huile essentielle à offrir, ou une bouteille de la cuvée Bugarach.

Entre quelques verres et trois interviews, Corine et Patrice montraient parfois des clichés de soucoupes volantes devant le pic qu'ils stockaient précieusement dans leur ordinateur. Ils en auraient presque oublié d'encaisser l'argent. Corine faisait également la promotion d'un appareil qu'utilisait selon elle la NASA pour stimuler la circulation sanguine.

Au milieu, Henri. Il n'avait jamais vu autant de journalistes et de caméras dans sa vie. Timidement, il engageait la discussion avec certains d'entre eux. Il voulait se faire une idée sur ces personnes qui écrivaient, commentaient, filmaient l'actualité. Il était souvent critique vis-à-vis de la presse, un monde méconnu pour lui. Comme l'était la vie souterraine pour les reporters.

Alors, quand le spéléologue proposait à quelques-uns de les emmener dans le cœur de la montagne, tous sautaient sur l'occasion. En premier lieu, les équipes de télévision. Si les entrailles étaient le lieu de tous les fantasmes, le prétendu garage à vaisseaux spatiaux, il fallait les dévoiler en images. Ils découvraient surtout un monde boueux, mouillé, où les grosses caméras d'épaule Beta étaient mises à mal dans les couloirs étroits. Henri guidait et donnait son avis devant l'objectif. Quand une équipe lui demanda ce qu'il pensait du dispositif de sécurité envisagé, il exprima le fond de sa pensée : « Les autorités ne comprennent rien à la spiritualité. »

Lorsque le reportage fut diffusé, ses camarades de sortie lui tombèrent dessus. Avait-il besoin de donner son avis sur autre chose que les souterrains ? Henri se fichait bien de leurs remontrances. Pour lui, dans le milieu de la spéléologie, on ne croyait en rien. Il leur reprochait un « cloisonnement de l'esprit ». « Vous êtes dans les systèmes de pensée, vous expliquez le monde avec des œillères », leur répondit-il.

Eux ne voulaient pas entrer dans le débat. De toute façon, ils savaient qu'Henri était têtu et ne faisait que ce qu'il voulait. D'autres pointaient sa personnalité controversée.

Rebelote quelques semaines plus tard.

Agacé par la tournure que prenait l'« affaire Bugarach », il assuma une position frontale dans *La Dépêche du Midi* : « Ils sont en train de mettre en place un dispositif totalement disproportionné. À croire que nous vivons dans un État semi-policier basé sur le contrôle des gens. »

« Je n'ai pas été appelé pour participer aux opérations dans la grotte. Ils m'ont mis sur la touche, mais j'ai quand même eu droit à un laissez-passer grâce au Spéléo secours audois. J'étais un de ceux qui connaissaient le mieux la cavité donc ils n'avaient pas intérêt à se passer de mes services.

— Et tout a commencé avec cette phrase sur la spiritualité ?

— Ils n'aiment pas qu'on les critique, les flics. Pour eux, c'est une insulte. Ce sont les représentants de l'État, les maîtres après Dieu ; devant eux, tu fermes ta gueule. »

Il regarde en l'air en même temps qu'il parle et revient à notre visite. Une courte déviation mène vers le Grand Balcon. Un rideau de concrétions nous accueille. Sac au sol pour être le moins épais possible, nous prenons soin de les éviter. Fines, elles font la hauteur de la cavité, un peu plus de 2 mètres, rétrécies vers leur milieu. Elles ont la silhouette d'un sablier. Certaines, plus épaisses, rondes et en cascade, semblent avoir été sculptées à la manière d'un temple indien.

À l'air libre, les nuages laissent parfois imaginer des formes et des visages. C'est aussi le cas de ces roches. Sur l'une, on croirait voir une tête de dinosaure. Cela s'appelle une paréidolie, une illusion d'optique créée par le cerveau. Des chercheurs japonais affirment que ce phénomène psychologique est plus développé chez les personnes atteintes de névrose. Henri en plaisante. « Bugarach, c'est un peu comme le Loch Ness, un mec a vu une tête de monstre bizarre et c'est passé à la postérité. »

Il jongle constamment entre humour, science et ésotérisme. Il s'arrête de rire et regarde ces joyaux.

« Ces concrétions font des boucles et donnent l'impression de voir des animaux, comme du corail. Le corail, c'est du vivant, entre le minéral et le végétal. Une concrétion comme celle-ci a peut-être dans les 400 ans. Tu peux la péter en une fraction de seconde. Maintenant que le climat s'assèche, ça ne repoussera pas, c'est terminé. »

En admirant d'extraordinaires « carottes », nous prenons conscience que ces beautés sont en voie d'extinction. D'autres concrétions mortes sont en passe de devenir du mondmilch, du lait de lune, une sorte de pâte molle et blanche. C'est le stade ultime de la concrétion, décomposée mais humide, témoin d'un climat qui varie.

Nous nous sentons comme dans un magasin de porcelaine. Henri nous enjoint de mesurer nos gestes avec prudence : « C'est une responsabilité de trouver une grotte à concrétions, je préfère aller où il y en a peu pour ne pas courir le risque d'en briser. Sans compter les personnes qui voudraient en rapporter en souvenir, ou les gamins qui mettent les doigts dessus. »

Nous détournons nos phalanges de la tentation.

Il raconte qu'aux États-Unis un à deux ans sont nécessaires pour obtenir l'autorisation d'entrer dans certaines cavités et, une fois à l'intérieur, il faut porter des chaussettes spéciales pour ne pas abîmer le sol. Comme sur le site de Lechuguilla, au Nouveau-Mexique, un des plus grands réseaux souterrains du monde, long de plus de 200 kilomètres. Cet endroit renferme des cristaux de gypse géants, de plusieurs mètres de haut. Ce réseau a aussi la particularité de se trouver au-dessus de gisements de pétrole.

« Vous savez ce que les entreprises pétrolières veulent faire ? demande-t-il, exaspéré, sans attendre notre réponse. Elles veulent forer en travers. Pour visiter l'intérieur, il faut s'inscrire longtemps à l'avance, se mettre presque à poil. Tout est super contrôlé, avec un ranger. Et les grosses compagnies feraient ce qu'elles veulent ? »

Pour l'heure, la grotte de Lechuguilla est encore protégée par une loi fédérale.

Henri s'agace vite. Son coup de gueule est stoppé net par une stalagmite émergeant comme un cactus au milieu de nulle part. Il tente d'expliquer sa colère. « Ce monde a perdu la raison. Nous nous éloignons de l'authenticité. »

Parfois notre guide fume. Pas pour le plaisir, mais pour la science. Il a toujours un paquet sur lui quand il cherche de nouveaux passages. Devant l'entrée d'une cavité, il allume une clope et expire la fumée pour voir si elle est dissipée ou aspirée par un courant d'air. À cet instant précis, il fume surtout intérieurement. Et nous avons du mal à le suivre.

V

UNE ŒUVRE COLLECTIVE

30

De mémoire d'animateurs de colonies, on n'avait jamais vu autant de flingues au mètre carré. Surtout dans un centre de vacances. Sig-Sauer, Glock et fusils d'assaut trônaient non loin des toboggans déserts. Des lunettes infrarouges et des jumelles thermiques complétaient le décor, à côté de cordes et de mousquetons. Les gendarmes, les cavaliers de la Garde républicaine, le PGHM d'Osséja, des renforts de gendarmes spéléo d'Oloron-Sainte-Marie, le Spéléo secours français et les sapeurs-pompiers du GRIMP avaient pris position à La Ribambelle. Pour faire face à la venue d'éventuelles personnes menaçantes, le peloton d'intervention interrégional de Gendarmerie (PI2G), antenne régionale du GIGN, avait aussi été mobilisé. Une présence qui ne serait pas signalée aux médias.

Situé dans les fourrés entre Bugarach et Rennes-le-Château, ce spot était idéal pour installer le poste de commandement opérationnel des jours à venir : dortoirs, cantine, champs pour les hélicoptères et le pic en arrière-plan. La pension était complète. Les spéléologues l'avaient négociée, ainsi que le remboursement de leurs frais de déplacement. Sous la houlette du préfet et du lieutenant-colonel, ce camp fortifié relié à la gendarmerie de Limoux était planqué à l'abri des regards. Près de 150 hommes étaient déployés sur le terrain. Avec une grappe de renforts pour faire des roulements de jour comme de nuit ou intervenir en cas d'alerte.

Un poste médical du SMUR et une cellule médico-psychologique furent également montés, activables en cas de nécessité. Le procureur de Carcassonne mit sur pied des espaces dédiés à d'éventuelles gardes à vue et envoya des élèves avocats sur place. La Croix-Rouge et la protection civile ne devaient plus tarder.

La « fin du monde » était pour dans quarante-huit heures. Les barrages se dressaient sur la D14 après Rennes-les-Bains. Côté est, les camions satellites et autres véhicules de presse bombardaient dans les virages en lacet et les passages vertigineux des gorges de Galamus. BFM TV, I-Télé, TF1, France 3, NBC News arrivaient.

◆

C'était son jour. Tout le monde avait le droit à son quart d'heure de gloire. Sylvain attendait patiemment l'équipe de journalistes en espérant qu'ils seraient bien là. Ils le lui avaient promis.

Sylvain les avait rencontrés pendant l'été. Depuis quelques mois, ils filmaient un documentaire sur les « montagnes sacrées », entre Bugarach et le Mexique, en prévision du 21 décembre 2012. Ils avaient parlé avec un ermite, un présumé passeur de crânes de cristal ou encore Corine du Relais de Bugarach. D'interview en interview et de rencontre en rencontre sur la place principale de Rennes-les-Bains, ils étaient tombés sur Sylvain. Il leur avait parlé d'un « vaisseau de la Vierge Marie », de « réseaux reptiliens », d'un projet de « cité de lumière » et d'un obscur lien avec Bill Gates. Les reporters avaient conclu qu'il y avait quelque chose à faire. Ils ne pouvaient pas le laisser dans la nature. Si Sylvain le voulait, la production lui donnerait une place de choix dans leur film.

Né en 1969 à Nantua dans l'Ain, Sylvain avait beaucoup déménagé. Après un long passage à Bourg-en-Bresse, il était parti pour le Québec quelque temps, pour revenir en France en 2009 et s'installer à Rennes-les Bains, puis à Arques l'année suivante. Il avait été attiré par l'Aude, qu'il trouvait magnifique. Il souhaitait s'y établir depuis plusieurs années déjà, rêvant de s'acheter un jour le château de Puivert ou le manoir de Belcaire.

À son arrivée, il découvrit le pic de Bugarach qui représentait pour lui un « haut lieu cosmo-tellurique, ésotérique et ufologique où des vaisseaux extraterrestres et autres apparitions mariales sont régulièrement observées par des personnes contactées ». Comme lui, assurait-il. Comme d'autres. Dans la haute vallée, il n'était pas le seul dans la brèche.

Il avait gravi plusieurs fois la montagne et s'était également rendu dans ses galeries. Il avait même parlé avec des spéléologues. Il disait avoir vu dans ces profondeurs une « vallée verdoyante » avec un « gros diamant aux reflets arc-en-ciel » et des êtres venus d'ailleurs. Un peu médium, un peu guérisseur, il vivotait. Il passait de temps en temps rendre visite aux Amis de la Salz et avait lu toute la littérature ésotérique du secteur. Il aimait les BMW, mais écumait le secteur en stop ou à vélo. Il s'appelait Sylvain Durif, mais se présentait comme le « Christ cosmique » ou le « Grand Monarque », en référence aux écrits d'Elizabeth Van Buren repris ensuite par Jean d'Argoun.

Poussé par des connaissances, il avait accepté de se faire filmer par l'équipe audiovisuelle. Non loin de son logement, ils avaient tourné une première séquence en plein cagnard lors d'un rassemblement dans des huttes de sudation amérindiennes. Tous les participants, en transe, transpiraient à grosses gouttes sous l'effet de la chaleur mêlée à la mescaline. Un monde en couleurs augmentées. La séquence était parfaite, le *Las Vegas Parano* de la haute vallée. Mais il faudrait de nouvelles images avec Sylvain, à l'hiver, à l'approche du jour J. Ils reviendraient, lui avaient-ils promis.

Et ils étaient bien là, devant lui, dans un froid glacial, la voiture chargée de caméras, de perches, de micros. Ils voulaient filmer une nouvelle scène, un bouquet final où il jouerait de la flûte de pan dans la petite église de Bugarach. N'habitant pas la commune, Sylvain n'avait pas le précieux laissez-passer imposé par la préfecture, mais les journalistes l'embarquèrent dans leur voiture en lui disant que ça passerait. Cheveux frisés, rouflaquettes et ample pull en laine à capuche rouge et jaune, il monta dans le véhicule qui s'élança à l'assaut du bitume pour rejoindre la D14 embouteillée, entre les paraboles et les gyrophares. La radio crachait le billet d'humour d'un imitateur :

« L'actualité, vous le savez, c'est cette fameuse prévision maya, plus que quelques jours avant la fin du monde. On n'est pas bêtes, on sait que ce n'est pas vrai. Mais ils nous foutent le doute, ces couillons de Mayas. »

◆

Le village se barricadait. Bernard courait partout. Il bouillonnait. Il portait des barrières, déroulait des cordons et avait scotché sur une planche en bois à l'entrée du village la vingtaine d'arrêtés municipaux et préfectoraux concernant les zones d'« action » et d'« interdiction ». Il avait reçu un coup de téléphone du cabinet de la préfecture.

« Il faut que vous installiez aussi des toilettes sèches et un barnum pour les points presse du préfet.

— Comment voulez-vous que je fasse ça ? avait-il répondu tout en montant en pression.

— Avec vos services techniques…

— Les services techniques, c'est moi. Un. Tout seul. Faudrait peut-être avoir les pieds sur terre, venez faire un tour à Bugarach voir comment fonctionne un village ! »

Il était hors de lui. Des agents finalement envoyés sur place installèrent un barnum loué 15 000 euros par la préfecture dans l'aire de camping de la Maison de la nature de Sigrid. Elle aussi était en rogne. Elle avait l'habitude de fermer en hiver, or, en raison des « événements », son établissement avait été ouvert sur ordre du préfet et servirait de salle de presse. Problème, le wifi n'était pas assez puissant et Bugarach était toujours situé en « zone d'ombre ». Alors que Sigrid sortait des frites du congélateur, des techniciens furent dépêchés en catastrophe pour régler la connexion.

Les checkpoints étaient dressés et les premières voitures se présentaient aux contrôles. Une, puis deux, trois. Dix. Cinquante. Les rangs des journalistes grossissaient à vue d'œil. En début d'après-midi, ils se déplaçaient en nuées. La mairie n'avait plus la capacité de les accueillir dans la pièce principale. Jean-Pierre organisa une conférence de presse sauvage sur le parvis. Sa silhouette était noyée dans un bloc de caméras.

« Vous allez vous filmer les uns les autres, c'est sans intérêt, lança-t-il.

— Vous êtes connus dans le monde entier, le flatta une journaliste.

—Vous savez, tout cela est éphémère. Dans une semaine, ça n'existera plus.

— Vous avez déjà vu des ovnis ? demanda un autre reporter.

— Oui, j'ai vu des choses qui brillaient dans le ciel… des étoiles. »

Après quelques minutes d'intervention, il essaya de s'extirper de la nasse, suivi par des micros. « C'est vous, la fin du monde, ce n'est pas la peine de me suivre, car je finirai par vous balancer en l'air », s'emporta-t-il en marchant à vive allure.

Les journalistes emmitouflés dans de gros manteaux furent stoppés net. Ils repartirent à l'affût dans les ruelles environnantes. Ou au Relais de Bugarach pour boire un café en écoutant quelques fans du New Age. « Si l'armée a interdit les accès au pic, c'est pour que personne ne soit témoin de ce qui va s'y passer », pouvait-on y entendre.

Les ovnis et Jules Verne étaient au programme. Les journalistes prenaient des notes et discutaient entre eux.

« C'est quoi ton angle, toi ? »

Le dispositif de sécurité fonctionnait en cercles. *L'Enfer* de Dante revisité avec des mailles allant du plus proche au plus éloigné pour éviter un afflux de personnes qui viendraient par curiosité, croyance, survie ou communion. De l'infiniment grand à l'infiniment petit. De l'international à Bugarach.

Ces derniers mois, la pression médiatique était devenue trop forte. Les autorités déroulaient leurs plans de bataille en prévision de tous les scénarios possibles. Elles voulaient aussi prouver à un maire qui criait à l'inaction des pouvoirs publics que l'État pouvait mettre le paquet.

Pour autant, les ultimes remontées des Renseignements généraux n'indiquaient aucun mouvement suspect vers la haute vallée. Les dernières notes venaient de toute la France, de toutes les préfectures, notamment de Paris. Les ambassades et les polices étrangères avaient été interrogées. Tout comme les compagnies aériennes, de bus et les loueurs de voitures. Une surveillance s'était également opérée dans les gares et les aéroports. Personne n'était en route. Il n'y avait absolument aucun mouvement de foule en direction du pic.

« Qui va venir à Bugarach un vendredi 21 décembre 2012 ? C'est le trou du cul du monde », lança un haut fonctionnaire à ses collègues.

Contrôle, filtrage, renseignement. Une fois que l'on avait passé le premier cercle, un deuxième barrage permettait de vérifier et de trier les déplacements vers le village. Enfin, l'ultime et dernier cercle était la zone d'interdiction : le pic, ses sommets et ses grottes. Stoche et le Spéléo secours français fouillaient quotidiennement les sous-sols avec les gendarmes spéléologues d'Oloron-Sainte-Marie. Les uns avaient la connaissance des lieux, les autres la technique. La topographie de Christophe était très précieuse. Il n'aurait jamais imaginé un tel public pour ses récents travaux.

Avant de partir sur le terrain, les aventuriers locaux montaient sur l'estrade de la salle de spectacle du centre de vacances, devant plusieurs dizaines d'uniformes, avec une banderole du Spéléo secours français en fond. Au moyen d'un rétroprojecteur, ils montraient la cartographie, puis dépliaient les plans des cavités sur les tables.

Le Lac, le Carrefour, le Grand Balcon, la section Pearl Harbor, la Galerie des petits gris ou encore celle des intraterrestres… Les 5 kilomètres du Bufo Fret étaient passés en revue, mis à nu, les cordes des cheminées enlevées, les points d'ancrage détrônés, les échelles ôtées. S'enfoncer dans ces réseaux était une chose, en sortir vivant en était une autre. Aux entrées des différents trous, ils accrochaient régulièrement du fil de nylon transparent pour voir si des gens passaient. En revenant, ils constataient que leurs installations étaient au sol.

Les pompiers du GRIMP patrouillaient également tous les jours sur les sommets et dans le Bufo Fret afin de s'assurer que personne ne s'y aventurait pour faire du spiritisme ou organiser une cache survivaliste. Les nombreux spécialistes des milieux souterrains tombèrent sur des stocks de bois. Ils craignirent alors qu'un feu ne soit allumé, provoquant avec les trous aspirants de l'hiver un véritable piège étouffant. Cinq personnes furent délogées des souterrains.

Le Bufo Fret fut finalement cadenassé, son entrée barricadée par des barrières métalliques, et son souffle retenu. Les sommets et les cimes étaient inspectés par les gendarmes de haute montagne. L'hélicoptère de la gendarmerie, doté d'un équipements de vision nocturne dernier cri, décollait de jour comme de nuit depuis La Ribambelle, où logeaient tous les soirs Stoche et ses amis spéléologues. Dans les chalets, l'ambiance entre les militaires et les spéléologues était excellente, entre airs de guitare et jeux de cartes après des dîners copieux, mais personne n'oubliait la mission.

Parfois, un simple silence suffit pour déclencher l'inquiétude. Il n'allait rien se passer. Il ne devait rien se passer. Il ne se passerait rien. Comme depuis toujours à Bugarach. Ce n'était pas une manifestation avec des organisateurs ni un rassemblement. C'était hybride, inconsistant, informe. Il n'y avait aucune revendication. Juste une date, un lieu. Un pic. Vaguement un horaire. Des centaines de caméras. Et une peur. Celle de la nature humaine dans ce qu'elle a de plus archaïque.

◆

Le plan était parti pour fonctionner comme sur des roulettes. Après quelques minutes d'attente, la voiture arriva devant le contrôle de gendarmerie, le laissez-passer placé en évidence sur le tableau de bord. Un uniforme s'approcha de la vitre.

« Vous travaillez tous pour une équipe de tournage ?

— Oui », répondirent-ils.

Sur la banquette arrière, Sylvain ne bronchait pas.

« Allez-y. »

Une fois la voiture garée dans le bourg, rien ne se passa comme prévu. Alors que Sylvain commençait à jouer de la flûte devant l'église face à leur caméra, ses notes attirèrent une nouvelle caméra, celle d'une équipe japonaise. Puis une autre. Puis des photographes et des micros.

◆

J – 1.

Un jour copier-coller de la veille, sauf que le préfet et le maire devaient tenir une grande conférence de presse. Sous le barnum fraîchement installé par Bernard, l'air était humide, froid et terreux. Les chaises s'enfonçaient dans la boue. Une centaine de journalistes étaient face à eux. Les flashs crépitaient. Le préfet Freysselinard, costume sombre et cravate violette, installa Jean-Pierre à sa droite, une manière de le tenir sous son autorité, espérant qu'il ne sortirait pas un mot de trop. Si le maire faisait part de ses craintes dans la presse, il n'avait jamais montré d'inquiétude quand il s'exprimait auprès du préfet. Éric Freysselinard avait préparé une blague depuis quelques jours. Il la balança en introduction pour détendre un peu l'atmosphère.

« Nous sommes ici par la grâce des Mayas qui n'ont pas su prévoir la fin de leur monde, mais ont prévu la fin du nôtre. »

Dans l'assemblée, quelques rires s'échappèrent. Puis il exposa le dispositif de sécurité en prévision du jour J.

Il savait qu'il serait titillé sur un dispositif jugé démesuré. « Il est adapté aux risques provoqués par l'engouement, principalement médiatique. Je ne l'aurais pas décidé, on aurait pu me le reprocher. »

Il assumait la surveillance aérienne, les barrages routiers, l'interdiction d'accéder au pic, les grottes barricadées et les 150 gendarmes sur le terrain. Tout en taisant ceux en réserve, le spot de La Ribambelle et le déploiement d'une unité d'élite. En revanche, si des avions de chasse passaient dans le ciel, cela n'avait rien à voir avec les « événements », l'endroit était à proximité d'un couloir d'entraînement militaire.

Les questions de la presse fusèrent. « Cette fin du monde, c'est une bonne blague de monsieur le maire ? demanda un journaliste. Est-ce que monsieur le maire regrette ? »

Jean-Pierre s'emporta : « La fin du monde, c'est vous qui l'avez créée, pas moi. »

Le préfet chercha à déminer la situation en parlant plutôt d'une alchimie sur une terre de légendes.

« La responsabilité de l'État est d'assurer la sécurité de tous sans se poser de questions. L'État n'a pas à porter de jugement. Ne pas gérer l'événement ou le non-événement au motif qu'il serait futile ou peu crédible n'aurait aucun sens », rappela-t-il.

Pour preuve, ces dernières heures, un homme avec un pistolet taser avait essayé à plusieurs reprises d'entrer dans la commune. Un autre avait tenté la même chose avec une batte de base-ball. La rumeur de la présence de Gérard Depardieu à Bugarach n'était toujours pas confirmée, mais faisait parler.

« Je ne crois pas en des foules importantes. Nous verrons demain », reprit Éric Freysselinard.

« Notre village mérite autre chose et je vous invite à le découvrir dans d'autres circonstances, sous le soleil », conclut Jean-Pierre, le visage usé.

Après quarante-cinq minutes de conférence, tout le monde sortit de la tente. Le porte-parole du ministère de l'Intérieur, venu discrètement sur place, en prenant soin d'éviter la presse pour ne pas donner une dimension nationale à l'événement, s'approcha du creux de l'oreille du préfet : « Tu t'en es bien sorti. Cette salle était un vrai pot de pus. »

Les journalistes, eux, étaient déjà partis un peu plus loin. Ils fondaient sur un homme. Une mêlée était en formation. Le préfet et le maire ne comprenaient pas ce qui se passait. Ils s'approchèrent. Un homme tenait en haleine les médias du monde entier. Il disait être le Grand Monarque, le Christ comique, Oriana ou encore Merlin l'enchanteur. Le préfet s'étonna. Il demanda à Jean-Pierre s'il habitait à Bugarach.

C'était Sylvain, un habitant d'Arques qu'il voyait souvent se déplacer en stop ou à vélo sans éclairage sur la D14 et qu'il évitait parfois de justesse la nuit. Un homme qui marchait beaucoup, seul. Et qui venait de temps en temps sur le pic.

«Il est charismatique et aujourd'hui il a du monde autour de lui pour raconter sa connerie. Les journalistes ont l'air babas. Ils ont trouvé leur perché, donc tout va bien. Ils vont le ponctionner jusqu'au bout», pensa Jean-Pierre en regardant la scène.

«Comment a-t-il pu arriver jusqu'ici», s'interrogea de son côté le préfet.

Cet engouement médiatique soudain n'était toutefois pas pour lui déplaire. Il gagnerait un peu de répit avec les journalistes grâce à ce Grand Monarque. En plus, il devait préparer son intervention en duplex avec Claire Chazal pour le JT de TF1. Il commençait à être rompu à l'exercice. Il était déjà passé chez Jean-Jacques Bourdin, Yves Calvi, sur CNN. Chaque fois, il évitait au maximum de parler des sectes, de Ramtha notamment.

Toutes les caméras et tous les micros étaient braqués sur Sylvain. Dans le jargon, on appelle ça un «bon client». Il était en train de sauver la mise aux reporters en quête d'«illuminés» pour nourrir leurs sujets. En une minute, il était devenu leur messie. Certains rédacteurs étaient interloqués. Humoriste, comédien, provocateur ou véritable «illuminé»? D'autres enregistraient ses dires avec une certaine compassion. «Est-ce vraiment nécessaire de faire subir un tel sort à une personne qui a l'air fragile?» se demandait Emmy de l'AFP au milieu de l'attroupement.

Mais les télévisions continuaient d'affluer. Sylvain enchaînait les interviews, prenait le temps de répondre à chaque personne. «Les extraterrestres sont présents physiquement ici, affirmait-il en pointant du doigt la montagne. Il y a une base militaire, des bases intraterrestres et extraterrestres. C'est la réalité.» Il évoquait les mayas, mais pas de cataclysme le 21 décembre 2012, sinon d'amour.

«Il est bon, lui. Il nous sauve la mise», se réjouissaient des journalistes en repartant à la recherche d'autres témoignages, sachant qu'il serait difficile de faire mieux.

La boîte de production qui l'avait amené jusqu'ici laissa tomber la séquence envisagée. En voyant les articles et les tweets tomber en cascade sur leur homme, son visage propulsé sur les chaînes, Internet et les réseaux sociaux, ils décidèrent même de le supprimer de leur documentaire.

Le village s'endormit sous une fine pluie enveloppée de brume. Quelques réverbères à la lumière orangée permettaient de distinguer la montagne. Dans les champs, les paraboles des camions étaient pointées vers elle. Des gendarmes de la Garde républicaine sillonnaient les rues alors que des duplex pour faire vivre en direct cet « événement planétaire » se prolongeaient.

Les bandes autoréfléchissantes des véhicules de gendarmerie et le flash des minettes se percutaient dans le panneau de signalisation « Bugarach », à l'entrée du village.

Demain serait le dernier jour.

31

Le calme est effrayant. Le silence entre nous dure parfois quelques minutes, mais à ce stade, ouvrir la bouche est une perte d'énergie inutile. Nous préférons nous économiser, rester à l'affût des dangers potentiels et à l'écoute des conseils. Après avoir longé des forêts de concrétions, certaines allant du sol au plafond, nous atteignons un passage étroit d'environ 5 mètres de longueur. Au milieu, une crevasse s'ouvre sur le vide. Un gouffre vers l'inconnu. Une maladresse peut virer à la catastrophe. Henri prend les devants.

« Faites gaffe, les gars, il n'y a pas de main courante.

— On passe à droite ?

— Non, c'est glissant, prends à gauche. »

Cette voie conseillée par Henri est irrégulière. Les histoires qu'il a évoquées lors de notre apprentissage expéditif nous reviennent en tête. « Les accidents restent rares, *mais...* » Pour franchir ce trou, nous allons progresser sur la pointe des pieds d'un côté et sur les fesses de l'autre. En soi, l'exercice serait simple s'il n'y avait pas cet espace en dessous, que notre esprit voit béant, et surtout si nous ne savions pas ce qu'engage une opération de secours. Nous visualisons le chemin parcouru depuis notre départ et s'éveille l'envie de le rebrousser à toute vitesse.

Nous passons sans encombre, mais avec le sentiment de pomper dans nos réserves de sang-froid.

« Si on tombait, là, comment ça se passerait concrètement ?

— On se séparerait. L'un de nous resterait avec la victime, un autre sortirait pour aller chercher les secours. Il faudrait attendre qu'un infirmier ou un médecin arrive afin de déterminer le dispositif à appliquer, s'il y a besoin d'une civière, par exemple. De toute façon, c'est clair, net et précis, sous terre, il ne faut pas se faire mal. »

Nous nous regardons. Nous pensons la même chose. Imaginer la civière passer par les orifices et les dénivelés que nous avons franchis nous rend nerveux.

Nous touchons du doigt les risques de la spéléologie, son engagement. Nous ne sommes pas des mordus de ce sport, juste des journalistes curieux venus chercher des réponses. Comprendre. Voir de nos propres yeux ce que ce pic de Bugarach a sous le capot. Pourquoi fascine-t-il autant ? Pourquoi des galaxies de personnes gravitent-elles autour depuis des dizaines d'années ?

Au fur et à mesure que nous avançons, nous découvrons surtout un homme, bien que nous voyions plus souvent son sac à dos que ses yeux. Henri est notre boussole dans ces boyaux. Au fil de notre descente sous la terre, l'homme nous révèle plusieurs facettes de lui. Après avoir privilégié une approche scientifique en début de journée, il a peu à peu glissé vers l'ésotérisme dans certaines de ses explications.

Si la Vallée blanche en vaut la peine, allons-y et finissons-en. L'air extérieur commence à nous manquer. Avant de bifurquer vers notre destination finale, nous devons traverser une partie de la Galerie des grosses piques. Le sol pentu est à nouveau glissant même s'il nous semble sec, d'où le piège. Nous devons avancer de profil en laissant le vide dans notre dos. Pour nous accrocher, nous disposons d'un rideau de concrétions sur la paroi. Elles sont solides et suffisamment espacées pour que nos mains puissent se faufiler et s'y cramponner, comme aux barreaux d'une prison. Physiquement et mentalement, nous ressentons de la fébrilité. Les mouvements sont plus confus, tremblants, brouillons, précipités.

La semelle d'une botte dérape. Un genou à terre, l'autre jambe partie en arrière, les avant-bras sous tension, nous nous agrippons aux barreaux comme s'ils étaient notre ligne de vie. Le corps chauffe. L'esprit est englué dans l'inconfort et la peur. La crainte de lâcher prise accentue la détermination à garder les mains serrées. La peau sur les os métacarpiens est tendue. Nous voulons rester en vie.

« Ça ne sert à rien de flipper. Il faut juste rester concentrés et regarder où vous mettez les pieds. Il n'y a aucun danger si vous vous tenez bien aux concrétions », assure Henri qui n'a presque pas besoin de ses mains pour franchir cette étape. Ses gestes sont fluides, lui est un vrai funambule.

Nous faisons une pause. Nous sommes essoufflés. Nous mangeons sucré, buvons de l'eau, reprenons notre respiration, un peu de force.

« Vous perdez de l'énergie inutilement en paniquant.

— On est débutants, on découvre.

— Ah, la puissance de l'esprit. »

Nous le relançons sur ses débuts à lui, ses premiers pas dans les mondes souterrains, avec son mentor Henri Salvayre. Inconsciemment, nous avons besoin de revenir vers son côté plus rationnel, sans doute parce qu'il nous rassure, mais il embraye sur une autre voie. Celle dans laquelle la science seule, selon lui, n'explique pas tout.

« Le problème est que chacun voit midi à sa porte. Avec une formation scientifique, tu ne vois que des phénomènes scientifiques ; avec une formation politique, tu ne vois que des phénomènes politiques. C'est l'esprit spécialisé. Il faut une vision de synthèse mélangeant l'histoire, l'écologie, la politique. Pour comprendre.

— Pour comprendre quoi ?

— Comment ce monde fonctionne !

— Et quel rapport avec la spéléologie ?

— La spéléologie est une branche de la science géographique. Nous sommes des découvreurs de la géographie cachée. Au niveau symbolique, on révèle le caché. Un vrai spéléologue est passionné par la vérité, par ce qui n'est pas visible. »

Quand Henri n'est pas sous terre ou dans les jardins, il navigue des heures sur Internet à la recherche d'une « vérité ». D'une « autre vérité ». Il empile des dizaines de documents ainsi que des liens vers des sites tendant à prouver une « manipulation des masses ». Un basculement éclair s'abat sous nos yeux.

« D'ailleurs, ce n'est pas exclu que l'État fasse des recherches ici, mais de façon clandestine. »

Cette phrase claque comme le crochet d'un boxeur.

« Tu y crois vraiment ?

— Moi, je ne crois à rien de ce qu'on nous raconte.

— Comment ça ?

— Par exemple, je crois que les élites veulent effacer la mémoire des peuples. »

Uppercut.

« C'est pas complotiste, ça ?

— On dit de moi que je suis complotiste et donc d'extrême droite. Je laisse parler. Nous sommes à un basculement de la civilisation où droite et gauche ne veulent plus rien dire.

— Donc les théories du complot te conviennent ?

— Dans l'explication des phénomènes, je comprends les complotistes. Moi je suis complotiste dans mon analyse, mais pas dans ma position. »

Il assume d'être en rupture. Nous comprenons soudainement mieux pourquoi il ne fait pas l'unanimité dans le milieu de la spéléologie locale. Henri en est conscient. Tant pis. Il sait aussi qu'il n'est pas seul dans l'univers conspirationniste avec l'ésotérisme comme possible porte d'entrée. Il parle vite, avec assurance, ponctue ses phrases d'un fiévreux « Vous me suivez ? » Physiquement, oui.

« Je ne veux pas me faire prendre par la négativité, la révolte permanente. J'essaye d'être dans la compréhension de l'autre. Mais nous arrivons à la fin d'un cycle et, comme à la fin de chaque cycle, nous vivons une situation chaotique. Surtout dans cette société matérialiste. Les gens ont besoin de repères spirituels. Ce phénomène va s'amplifier dans les années à venir. »

Pause. Nous n'avançons plus. La descente emprunte des passages de plus en plus critiques. Notre dépendance totale vis-à-vis cet homme pour ressortir à l'air libre, ce milieu inconnu, la fatigue et la tournure de la discussion donnent le tournis. L'un de nous deux doute. Henri est parti gonflé à bloc sur le transhumanisme. « La nature humaine a voulu tout maîtriser. Le sol avec les engrais et les pesticides. Et maintenant, on veut modifier l'être humain. Oui, là-dessus, je suis ultra-complotiste. »

Henri reprend dans son rictus habituel.

« On me dit qu'on descend du singe, moi je dis qu'on descend de l'autruche. »

L'humour ne fait plus le même effet. Ses propos sont équivoques, son caractère est complexe. Henri n'a plus confiance en quoi que ce soit. Il est pris dans un tourbillon, et nous avec. La cavité rocheuse est étouffante. Le guide place la banderille finale sur celui de nous deux qui tanguait depuis plusieurs minutes face à ces propos.

« Ceux qui dirigent le monde veulent modifier l'ADN humain pour nous rendre esclaves. Je suis convaincu de cette hypothèse complotiste qui est sur les rails depuis longtemps. C'est le summum de la manipulation de l'être humain sur la nature. »

Il enchaîne, il débite. Des mots fusent, explosent.

K-O.

Silence.

« Allez, on reprend !

— Henri, désolé, je ne sens pas la suite.

— Comment ça, tu ne la sens pas ?

— Les derniers passages m'ont crevé. Je suis rincé.

— On est juste à côté de la Vallée blanche !

— Allez-y tous les deux, sans moi. Je vous attends ici, ce n'est pas grave. Je préfère me reposer avant le retour. »

Nous nous séparons. Et ce n'est pas pour aller chercher les secours.

32

Henri s'était levé tôt. Au fond de lui, il ne voulait pas en rater une miette. Après un petit déjeuner avalé à la va-vite, il enfila une doudoune sans manches, un pantalon de montagne et vissa son bob beige sur la tête avant de sauter dans son estafette. À l'intérieur, le froid était saisissant et le pare-brise embrumé. Il regarda son visage dans le rétroviseur.

Quand il mit le contact, la radio s'alluma. « Si la fin du monde arrive, je serais moi aussi victime. Mais je vous le confirme, elle n'aura pas lieu. »

C'était le président François Hollande au micro d'Europe 1. Il revenait tout juste d'un déplacement en Algérie. Henri changea de station. De la musique résonna dans l'habitacle. *Voyage, voyage* de Desireless. « l'Hiver » des *Quatre Saisons* de Vivaldi aurait presque été de meilleur augure.

Henri ruminait un peu. Il savait que Christophe était positionné à La Ribambelle avec les gendarmes et des cadors de la spéléologie. Son ami d'adolescence protégeait le trou et prenait part depuis plusieurs jours aux opérations pour sécuriser le Bufo Fret. Lui avait été mis à l'écart. En prenant les virages qui tournaient autour du pic pour descendre dans le centre du village, il croisait des colonnes de camions et de motos cross de la gendarmerie aux roues boueuses. Grâce au Spéléo secours de l'Aude, il avait tout de même obtenu son laissez-passer qu'il avait apposé sur le tableau de bord. Mobilisable en cas d'urgence, il avait indiqué qu'il serait sur place dès le 19 décembre. Logé chez Corine, il allait la retrouver au Relais de Bugarach. Le lieu qui servait de point névralgique à la presse internationale n'avait quasiment pas fermé de la nuit et devait déjà grouiller à cette heure matinale.

Il se gara non loin de la mairie. Il n'avait jamais vu autant de voitures, de camions satellites, de camping-cars et de monde dans les rues de Bugarach. Surtout en plein hiver. C'était un vrai défilé, une fourmilière. Toutes les caméras et tous les appareils photo étaient braqués sur la montagne. Une odeur de feu de bois s'élevait dans un ciel chargé alors que le bruit incessant des pales d'un hélicoptère survolant la montagne résonnait. La voiture de la poste et celle du boulanger tentaient de se frayer un chemin au milieu des véhicules garés en vrac sur la chaussée. C'était bien le jour J. Le vendredi 21 décembre 2012 à Bugarach. « Ça ira mieux demain », pensa-t-il.

Il remonta la rue principale. Une guirlande de Noël pendouillait à la façade de la mairie et des posters s'effritaient sur les panneaux communaux. Des militants du Front national étaient venus coller des affiches de Marine Le Pen quelques heures avant la « fin du monde ». Elles avaient été arrachées, laissant réapparaître les vestiges de l'élection présidentielle du printemps précédent. Du Front de gauche notamment. Ici, Jean-Luc Mélenchon était arrivé en tête au premier tour. Puis 73 % des votes exprimés s'étaient reportés en faveur de François Hollande au second.

Henri continua de marcher, observant les personnes interviewées par une flopée de reporters. « Ah, tiens, il est venu, lui », se disait-il en lançant un petit regard, un rapide coucou. Les voitures étaient en train de labourer le champ transformé en parking réservé à la presse. Le long du chemin, des pancartes « À vendre » ou « Maison et terrain sous vidéosurveillance » étaient placardées sur les façades de quelques demeures. Le boom de l'immobilier redouté n'avait pas eu lieu.

L'effervescence était médiatique. Il y avait des journalistes japonais, belges, brésiliens ou encore russes. L'information circulait de bouche en bouche : 303 journalistes étaient aujourd'hui à Bugarach, représentant 84 médias et 18 nationalités différentes. L'Allemagne, elle, comptait trois équipes de télévision.

« Le dernier jour... de la grande farce », titrait *L'Indépendant*. « À demain », avait choisi de son côté *Midi libre*. C'était « Dernier jour ? » pour *La Dépêche du Midi*. Les unes des journaux étaient exposées devant les caméras qui pompaient de la batterie, les smartphones aussi. Les réseaux Internet ramaient, les journalistes galéraient à capter la connexion. Le wifi et les prises de courant étaient convoités.

Bugarach était aujourd'hui *the place to be*. Les rédactions avaient envoyé leurs têtes d'affiche pas les couturières et les couturiers de l'ombre. Pour le compte de *L'Indépendant*, c'étaient les journalistes de Perpignan qui géraient l'affaire, envoyés en équipe pour la semaine. Ils n'avaient d'ailleurs pas eu de mal à trouver un hébergement, alors que le journal annonçait les hôtels et les gîtes pris d'assaut depuis des semaines.

La rédaction en chef avait proposé à Blaise de participer à l'événement, il avait décliné. En fidèle localier, il était parti pour un reportage au gymnase L'Olympie de Limoux. Un curé y organisait le repas de la « faim du monde » pour toutes les classes sociales confondues. Des sans-abri aux plus argentés, des gens qu'on ne regarde plus à ceux qu'on regarde trop. Le journaliste se rendrait le lendemain à Bugarach, quand le village serait retombé dans le calme sourd qu'il connaissait depuis toujours ; un dernier lien fragile, comme le toubib d'une société alitée et désarticulée. Ici, quand un médecin généraliste part, son cabinet prend la poussière et les médecines alternatives peuvent récupérer des maux d'hier. Quand un journaliste disparaît, les réseaux sociaux prennent le relais.

Henri faisait son propre reportage de son côté. Il voulait immortaliser cette journée, il prit en photo des équipes de télévision. Les duplex n'avaient presque pas marqué d'interruption.

« Où en est-on ce matin ? Quelle est l'ambiance ? »

Une journaliste, les chaussures terreuses, répondit vivement : « Bugarach se réveille tout doucement et pour le moment, pas de grand rassemblement. »

Mais un rien pouvait créer une curiosité : un défilé avec des tambours, des cheveux longs, un homme en tenue paramilitaire, ou Sylvain devenu en deux jours une star, une nouvelle figure de la pop culture tombée dans les limbes féroces de Facebook et Twitter. La même question était posée dans tous les micros. Toutes les langues.

« Et vous, vous y croyez à la fin du monde ? »

Les habitants saturaient. Certains avaient mis un écriteau pour dire qu'ils refusaient les interviews, d'autres s'amusaient à les monnayer. Quelques-uns avaient dressé un petit stand avec du café et des gâteaux. Jeannot était terré chez lui, accoudé à sa grande table en bois. Il jouait avec Anne-Marie aux Triominos. Ils sortiraient peut-être. Si le ciel venait à se dégager. Ce n'était pas gagné. Même vingt ans après la crue, la pluie faisait toujours la loi. La présentatrice météo de France 2, Nathalie Rihouet, avait annoncé des averses soutenues et des bourrasques entre les Pyrénées et le Massif central.

Alors qu'elle prenait son petit déjeuner, Renée avait été dérangée par une énorme caméra, un journaliste japonais zoomait sur elle à travers ses vitres. Elle s'en offusqua. Au Faubourg, l'Oustal d'Al Pech avait fermé ses portes et il était inutile d'insister. Monique et Jean-Claude préparaient une petite fête dans leur pavillon sur les hauteurs avec quelques amis. Quant à Bernard, il prévoyait une surprise pour l'après-midi.

La mairie n'était pas ouverte. Une affichette avait été collée par Brigitte : « La mairie sera exceptionnellement fermée le 21 décembre 2012. » Il était devenu difficile, voire impossible, de mettre la main sur Jean-Pierre.

Bernard déplia un déguisement de père Noël. Il regarda par la fenêtre de chez lui. Un journaliste était assis sur le capot de sa Peugeot 309 grise et Sylvain jouait de la flûte sur le banc de pierre devant sa porte.

Des gens couraient, s'arrêtaient. Une vie en accordéon. Soudain, une voiture de la préfecture avec le gyrophare allumé déboula. C'était le préfet, il arrivait de La Ribambelle. Éric Freysselinard avait troqué son costume de la veille pour des vêtements plus chauds et plus adaptés. Dès sa descente du véhicule, il enchaîna les interviews. La télévision chinoise, France Info, RTL, Reuters.

Henri regardait la scène, puis, timide comme à son habitude, il entra dans le Relais et perça la foule pour capter l'attention de Corine, très occupée. La machine à café fonctionnait à plein régime dans une cacophonie intense. Les journalistes et les équipes de tournage s'entassaient. En surchauffe. Plus tôt dans la matinée, une panne de courant avait jeté un froid. Une radio locale était en direct. Le préfet devait y prendre la parole. En voyant Henri, Corine lui fit un petit signe amical.

Sur Internet, les tweets concernant Bugarach tombaient les uns après les autres. Des rédactions avaient ouvert sur leurs sites des live consacrés à la « fin du monde » pour suivre le non-événement planétaire. On y mêlait en temps réel traits d'esprit, sens du spectacle, informations, messages rassurants de la NASA et du CNRS.

« Personne ne sait exactement quand et comment Bugarach et ses quelques soixante-huitards en rupture de vie citadine se sont trouvés mêlés à cette affaire d'almanach guatémaltèque. Dans le dédale des blogs ésotériques, il faudrait des années pour retrouver l'auteur de ce coup de génie. Or on n'a plus le temps », écrivait *L'Express*.

◆

À 8 650 kilomètres à l'ouest de la haute vallée de l'Aude, le soleil n'était pas encore levé, mais une grande journée s'annonçait dès que les premiers rayons feraient leur apparition. Ce 21 décembre 2012, Quetza Sha de l'Ordre solaire de Chichén Itzá et Michel, son traducteur, étaient déjà réveillés. Ils étaient partis à 2 heures du matin en bus avec un groupe de Français pour atteindre les ruines mayas d'Uxmal dans le Yucatán. Ils participeraient au pied de la pyramide à une grande cérémonie, en présence d'aînés mayas, devant un public venu de nombreux pays. Rythmé par les feux, les danses et le bruit des hochets, cet événement devait notamment activer les « sites sacrés » où des cristaux avaient été stratégiquement semés ces trois dernières années. Cela générerait une nouvelle fréquence dimensionnelle, promettaient-ils : une « nouvelle ère ». Du Mexique au Pérou en passant par Bugarach.

Jean-Pierre avait balancé ces cailloux à la benne.

◆

Henri n'arrivait pas à trouver sa place. Cette journée était fade. Il suivait le spectacle qui se déroulait sous ses yeux, mais avait du mal à cerner ses émotions. Les journalistes n'étaient pas hautains, contrairement à ce qu'il craignait. C'était autre chose, il ressentait un fond de mélancolie mêlé à une pointe d'énervement. Tout le monde parlait du pic de son enfance, des galeries où il passait une partie de sa vie, de son Bufo Fret où il rêvait de poursuivre les explorations. Il se sentait dépossédé, ignoré, mis à l'écart. Un peu comme quand son père le déposait devant les grilles de l'école.

Des journées qui avaient toujours été trop longues et que plus rien ne viendrait changer. Des coups de klaxon le tirèrent de ses pensées. Des journalistes partirent en trombe.

33

C'est allé très vite. Il y a d'abord eu des phrases bien construites, des bribes diffuses et la conversation qui se fracasse dans la caillasse, laissant s'échapper une petite bouillie de mots. Un simple murmure éclairé par les ultimes rayons de leurs lampes. Ce moment où l'on devient inaudible et imperceptible l'un pour l'autre. Quand plus personne ne se comprend.

Puis la vibration des voix s'est éteinte, faisant place au silence qui déboule avec rage dans ce qu'il y a de plus obscur et effrayant. Cet instant où l'on en vient à s'agiter frénétiquement dans le néant.

« Dans l'espace, personne ne vous entend crier », affichait à une autre époque le film *Alien*.

Sous terre, la sentence est la même.

Nous sommes partis à trois, me voici seul.

◆

Nous sommes partis à trois, nous voici deux.

Dans les films, se séparer dans un milieu inconnu, c'est toujours le moment où l'on se dit que les protagonistes sont d'une bêtise sans nom. Henri meurt d'envie d'atteindre la Vallée blanche. Elle est toute proche, moi aussi je voudrais y parvenir. La fatigue, l'éclatement du groupe et les derniers passages auraient pu m'en dissuader.

Nous descendons à la diagonale avec Henri. Le plafond est bas, un chemin en surplombe un autre. Nous prenons celui du dessus, moins exigu. La crevasse est trop étroite pour que l'on puisse dégringoler. Chaque pas m'éloigne de mon partenaire resté derrière. Chaque seconde est doublée puisqu'il en faudra autant pour le rejoindre. Cette désunion accroît l'aspect labyrinthique du réseau.

« C'est encore loin ?

— Non, on doit juste passer cette difficulté, on y sera en cinq minutes à peine. »

◆

Je n'étais pas préparé à l'expérience de la solitude dans les entrailles du Bufo Fret, assis au milieu de cette petite pièce calcaire, une frontale comme seule bouée de sauvetage, les mains plantées dans une terre sèche, des barreaux de concrétions scellant l'isolement.

Le temps se dilate.

Cette crypte ne laisse rien transparaître, ni sortir, ni pénétrer. Ici, une seconde devient une éternité quand l'air respiré est étouffant. Le spectre du type dégagé d'une cavité en kit IKEA se projette contre les parois des quatre murs, comme le flash hypnotique d'un stroboscope.

« Ah, la puissance de l'esprit », dirait Henri.

◆

Henri est en opposition sur la paroi, le dos contre celle de gauche, les bottes contre celle de droite. En dessous un vide d'au moins 3 mètres s'ouvre. Il avance facilement, la hauteur m'étourdit.

« Henri, je ne sais pas trop...

— Si tu ne le sens pas, on arrête, mais c'est juste après. »

Une botte glisse. Je la repositionne contre la roche, le cœur battant.

« Tes bottes ne sont pas adaptées. »

À cet endroit, ce détail pourrait devenir dramatique. Dépité, je préfère abandonner. Henri n'insiste pas. Il reprend sur la dangerosité de la spéléologie et se moque des « soi-disant aventuriers ». Ceux qui ont des téléphones satellites pour appeler un hélicoptère quand les événements tournent au vinaigre. « Sous terre, il faut des heures pour nous secourir, répète-t-il. Nous sommes discrets, on ne nous voit pas dans les médias. Invisibles, totalement. Pourtant, nous sommes les vrais aventuriers du XXIe siècle. C'est nous, personne d'autre. »

Il jure avoir repoussé ses propres limites dans l'engagement physique et le danger. « J'ai déjà passé quinze heures d'affilée dans un trou où, même après 200 mètres, on n'aurait pas pu me sortir en cas de pépin. Moi, j'étais à 3 kilomètres… »

Je n'ai aucune envie de vivre ne serait-ce qu'une infime partie de ce qu'il a réalisé. Je veux surtout retrouver mon ami. Nous faisons demi-tour. Je ne reconnais absolument pas l'agencement de la roche. Soudain, Henri s'arrête.

« Merde, je ne sais plus si on vient de la droite ou de la gauche. »

◆

Si le début d'une histoire nous maintient debout, la fin nous tombe souvent dessus.

Cette expédition dans le Bufo Fret est muée dans les derniers mètres en une exploration dans le psychisme d'un homme mis à nu par deux inconnus, gratouillant cette dernière faille où le complotisme se plaît à s'engouffrer.

Le canal du doute. Sans limites et sans issues.

Nous voulions comprendre la réalité, plonger dans la caverne, loin des illusions et de l'agitation du monde extérieur, sans juger notre guide, le caricaturer ou lui trouver des excuses. Henri a eu le courage de se dévoiler, de parler de ses fêlures, de sa haute vallée oubliée par une presse qui s'en est moquée, tout en allant plus loin. Peut-être pour voir où deux journalistes bousculés poseraient la balise du point de non-retour. Son verso complotiste déchiquette la confiance dressée par son recto scientifique. Un jeu de miroirs cruel dont il est le seul personnage, comme si l'un devait forcément anéantir l'autre. Il ne peut pas empêcher ma déception. Il était notre guide. La fatigue, la peur et ses derniers mots m'ont désorienté.

J'éteins la lumière de ma frontale.

Juste pour voir.

◆

Les deux voies convergeaient plus loin. L'une des deux était plus ardue, nous avons pris la plus simple. Nous remontons le passage en diagonale, bas de plafond. Henri a retrouvé le chemin, comme un chien flaire sa piste.

Ce type ne laisse personne indifférent, c'est un fruit organique, pas une de ces pommes de supermarché avec leurs étiquettes. Il est celle tombée de l'arbre, noircie et cabossée. Le personnage n'est pas lisse. Au contraire, son caractère est saillant, comme les traits de son visage, comme cette roche du Bufo Fret. Il n'a pas peur de creuser ces boyaux, d'y fouiller, de les faire péter. Il pourrait avoir plusieurs vies, elles ne lui seraient pas suffisantes pour y parvenir. La société aussi, il aimerait la faire péter. Ou qu'un quelconque élan collectif le fasse.

Pourquoi, il ne sait pas.

◆

J'allume ma lampe en catastrophe, me lève, marche, sifflote nerveusement pour me sentir en vie.

Il faut peut-être prendre Henri comme il est.

Henri n'aime pas l'autorité, les politiques, les chasseurs, l'armée, les impôts, l'administration, les vaccins, la police, les médias, les masques, le compteur Linky, l'été, le tourisme de masse, les petits boulots qui font crever, la médiocrité, les factures qui prennent à la gorge, le capitalisme, les dominants, les smartphones, les banquiers, les grandes surfaces, les lendemains qui burinent la face.

Il peut balancer tout ça dans le vide, d'un seul et même bloc. Comme une allumette dans la garrigue. Il dit avoir déjà cramé sa carte d'électeur. Ça a duré une minute. Le feu l'excite. Les extrêmes l'interpellent. Parmi eux, il y a ceux qui agitent les braises sur le lit du malaise: populistes rances et prédicateurs d'un obscur monde meilleur. Ceux qui veulent vivre ensemble, entre eux. Parfois, dans la lueur de l'ennui, Henri se branche sur les monologues d'un complotiste.

Et s'endort, allumette en main.

◆

Henri est dans l'impasse.

Issu d'un milieu plutôt favorisé, cet homme fait partie de cette classe qui a perdu ses repères, noyée par les slogans et les concepts marketing qui appauvrissent la langue, la vident de son sens. Lui, il veut rester entier. Et puis, à part le mot « baby-boom », il ne comprend pas l'anglais.

Dans ce panorama diffus, sa référence est la Commune de Paris, l'histoire d'un rêve détruit, humilié, anéanti. La grande désillusion. Celle d'Henri a commencé en 1981.

Lui et ses parents étaient euphoriques devant la télévision; il avait décidé de partir en train à Paris fêter la victoire de François Mitterrand. Place de la Bastille, il avait escaladé la colonne de Juillet en braillant: «Putain, ça y est, le peuple a gagné!» Gagner le droit de rejouer. Alors il avait rejoué durant des années, surtout pour les écologistes et un dernier coup désabusé pour Jacques Chirac en 2002. Puis ce fut la fin du passage dans l'isoloir le dimanche.

Pur produit des fractures dans une France multivitesse, Henri ne vote même plus blanc, il s'abstient. Il n'est pas seul, il est cet électeur que beaucoup de candidats aimeraient capter. Mais personne n'est un simple bulletin de vote, un profil type ou un échantillon représentatif de la société. Il vit dans l'attente et la colère. Un glacial samedi de novembre 2018, il a craqué, il a pris le chemin des ronds-points. La rue, ce n'est pas son truc, mais il voulait voir et surtout être vu, gilet fluo sur le dos. Puis la désillusion a repris de nouveau ses droits.

Parfois, il s'énerve, s'isole. Il passe de la haine à l'amour, car il aime aussi.

Il aime la spéléologie, l'honnêteté, le souvenir de ses parents, la discipline, sa copine, se dépasser, rire, l'Histoire, la haute vallée, la vigne de son père, les rires, les animaux, sa chienne en particulier, un bon vin ou une bière bio, l'artisanat, les fleurs, le Bufo Fret.

Dans sa grotte, l'homme reste unique. Il est comme sa montagne: sauvage, isolé, insaisissable, déroutant, clivant, inclassable.

◆

J'entends des voix.

◆

Je n'avais pas l'impression que nous avions autant marché depuis notre séparation. J'espère que mon copain n'a pas bougé.

Henri saisit mon malaise de l'avoir laissé seul. « C'est certain que, quand on est deux, on est plus forts. Ça, les militaires l'ont compris. Les Templiers aussi étaient toujours en binôme. Au combat, tu es plus efficace. »

Soudain, nous apercevons le rayon de sa lampe frontale. Dans quelques secondes, nous serons de nouveau unis.

34

Les voitures ne cessaient de se présenter aux barrages des entrées et des sorties du village. Les gendarmes se montraient un peu plus détendus. Ils avaient même laissé passer quelques personnes venues défiler pancartes en main.

Eux roulaient en direction du pic depuis un moment. Deux hommes, deux frères, la vingtaine, originaires de Côte-d'Or. De la Bourgogne à Bugarach, il y a une trotte. En arrivant, ils tombèrent sur le checkpoint de la D14, au niveau d'un transformateur électrique décoré d'une peinture représentant le système solaire. Les gendarmes s'approchèrent du véhicule et en ordonnèrent l'ouverture pour une vérification. Ils restèrent interloqués, ne pensant pas découvrir cela. Le coffre contenait des masques à gaz et des machettes. Les frères furent immédiatement interpellés.

Alerté par le lieutenant-colonel Philippe Guisset, le préfet en parla au porte-parole du ministère de l'Intérieur. Celui-ci lui répondit : « On va le dire à la presse, ça va les nourrir. »

L'AFP fut mise au courant et publia sa dépêche en quelques minutes.

« Bugarach : deux personnes interpellées avec machettes et masques à gaz. »

L'information était reprise par BFM TV, *Le Point* ou encore le *Huffington Post* et insérée dans les live. Une aubaine. Il se passait enfin quelque chose à Bugarach. Pour les autorités, ces deux frères venaient aussi donner une légitimité au dispositif de sécurité. Tout le monde était gagnant.

Les klaxons avaient tiré Henri de ses pensées. Il regardait un défilé de vieilles voitures, des deux-chevaux, qui tournaient dans le village. Des personnes étaient venues déguisées en extraterrestres, d'autres enroulées dans du papier aluminium, avec des masques ou du maquillage. Dans ce spectacle, Henri était un fantôme. Seuls les plus anciens le reconnaissaient. Il était le fils de René, l'ancien instituteur du village pendant la guerre.

Très vite, quelques manifestations s'enchaînèrent. Cette « fin du monde » était une belle vitrine pour des revendications. La Confédération paysanne accompagnée de quelques moutons, des opposants aux projets d'éoliennes et à celui d'un aéroport défilaient dans la rue principale. « Bugarach, Notre-Dame-des-Landes, solidarité » ou « Des moutons, pas des avions », scandaient-ils. La préfecture avait donné son autorisation à ces regroupements.

Une seule manifestation avait été interdite ce 21 décembre. Des dizaines de maires des environs souhaitaient organiser un rassemblement pour montrer que Bugarach n'était pas une région de sectes et voulaient protester en parallèle contre les villages de yourtes qui se montaient dans le secteur. Mais pour la préfecture, les élus risquaient de rappeler aux médias des lieux et des problématiques qu'elle tentait de garder hors des radars depuis des mois : ces histoires de yourtes et de tipis New Age dans les fourrés aux abords de Bugarach, ou encore la présence de Ramtha dans le Haut Vallespir.

Chez lui, Bernard avait le sourire aux lèvres et son déguisement de père Noël sur le dos. Il sortit retrouver ses copains de l'association Les Amis du Pic. Avec eux, Bugarach allait prendre des allures de carnaval sur les rythmes de Jennifer Lopez et de Psy. Le tube viral *Gangnam*

Style dépassa ce jour-là le milliard de vues sur YouTube. Un record. La « magie » d'Internet. La « fin du monde » devenait une fête de village, comme un traditionnel 15 août, mais en plein hiver. Bernard aimait la musique, la ripaille et les copains. Ce 21 décembre 2012 tombait à point nommé.

« Ça y est, c'est le carnaval de Limoux ! » pensa Henri en voyant débouler des habitants déguisés. Au milieu de la foule, le préfet était interrogé sur les deux hommes interpellés avec des machettes et des masques à gaz. Après vérification, ils furent relâchés. C'étaient des petits rigolos venus tester le dispositif de sécurité. Les cellules de garde à vue resteraient vides.

Alors que l'atmosphère se faisait plus légère, une voiture de la préfecture arriva dans le village. Henri reconnut la personne qui en descendit. Georges Fenech. L'homme politique avait appelé le préfet pour lui annoncer qu'il comptait venir pour répondre à quelques questions des journalistes. Il n'était plus président de la Miviludes, il avait été élu député UMP du Rhône et était devenu président du groupe d'étude sur les sectes à l'Assemblée nationale. Il avait voulu suivre cette affaire jusqu'au bout et apporter son soutien à Jean-Pierre Delord et au préfet Freysselinard. En arrivant, il les salua, tout en constatant de ses propres yeux les impressionnants moyens mis en œuvre.

« J'en ai géré des crises… mais des comme celle-ci, c'est une première, lui dit le préfet.

— Oui, gérer la fin du monde c'est inédit », répondit-il.

Devant les micros, Georges Fenech affirma ne pas regretter d'avoir tiré la sonnette d'alarme. « La présence des pouvoirs publics et des médias permet de faire reculer tous ces prophètes de l'obscurantisme qui agitent des peurs irrationnelles », assura-t-il.

Selon lui, grâce à la Miviludes et à l'action des autorités, on avait « sans doute désamorcé quelques tentatives suicidaires » et empêché la présence de survivalistes.

Auprès de l'AFP et de médias locaux, il insista. Pour lui, il était « évident » que ce pays cathare rempli de mystère et de légendes était propice aux « mouvements de population », aux « constructions illicites », aux « conférences » et aux « séminaires » à tendance ésotérique. Puis, en guise de conclusion, il appela à une vigilance toujours renouvelée contre la menace sectaire, notamment dans ces régions.

Ce fut un des derniers grands coups de projecteur médiatique sur la problématique des sectes en France. Ce 21 décembre 2012 à Bugarach s'apparentait presque à un coup de grâce. La Miviludes s'apprêtait à entrer dans une longue léthargie. La menace sur le territoire était dorénavant terroriste. Pas sectaire.

Alors que la fête commençait à battre son plein, Jean-Pierre et le préfet firent une dernière conférence de presse, moins suivie que la veille. Des journalistes avaient déjà quitté le secteur. Mille personnes avaient été comptabilisées dans le village. Aucun afflux ni incident majeur n'était à déplorer. Il ne s'était rien passé le 21 décembre à Bugarach. Le dispositif avait été « dissuasif », l'opération était un succès. Jean-Pierre rêvait de vacances.

◆

Les nuages étaient de plus en plus épais, la pluie était parfois fine, parfois plus lourde. Un gendarme était seul à ce poste d'observation. Il attendait, quand il entendit des bruits dans les sous-bois. Il aperçut des silhouettes. Les personnes venaient du sentier de randonnée qui reliait les sommets au col du Linas. Leurs chaussures étaient barbouillées de boue.

« Bonsoir, messieurs. L'accès est interdit. Vous arrivez d'où ?

— On a fait une petite balade, nous nous sommes approchés du pic.

— Et vous n'avez pas rencontré de gendarmes ?

— Non. Et vous, vous avez croisé du monde ?

— Non, personne. En même temps, tout le monde est dans le centre maintenant. Vous allez où ?

— À Bugarach.

— Bon, allez-y, redescendez avant qu'il ne fasse nuit. Bonne soirée, messieurs. »

Ils se saluèrent. Quelques minutes plus tard, ce gendarme reçut un message via son talkie-walkie. Un collègue du PGHM venait de se blesser au cuir chevelu après une mauvaise chute, il avait glissé sur un rocher. Ce fut le seul blessé de cette journée. Le lieutenant-colonel put enfin souffler. « Si la seule personne que j'évacue en hélicoptère est un mec de chez moi, ça va », songea-t-il, alors qu'il était sur le qui-vive depuis l'aube. Il ne connaîtrait pas la déroute. À La Ribambelle, un de ses hommes l'aborda.

« Vous avez vu, mon colonel, il ne s'est rien passé. C'est à se demander pourquoi on a fait tout ça ? »

Le colonel sourit, mais au fond de lui, il n'avait pas la réponse.

◆

En début de soirée, un vent puissant de plus de 80 kilomètres/heure se leva. Il faisait froid, il recommençait à pleuvoir. Le Relais de Bugarach était plein comme un œuf et la rumeur d'une rave-party en formation dans un champ commençait à tourner dans les bouches. C'était vrai. Mais elle fut immédiatement repérée par l'hélicoptère et les équipements nocturnes, puis neutralisée. Initialement, elle devait se dérouler comme depuis des années à Cubières-sur-Cinoble, sur un terrain qui avait l'habitude d'en recevoir. Un temple de la culture techno et de la *free party*. Fin du monde ou non, ici les basses résonnaient depuis les années 1990 au rythme d'*Aliens*, des Bordelais de Total Éclipse, ou de *H202* de Droid Sector.

Personne ne vibrerait ce soir. Il n'y aurait pas de communion en transe, ni de rythmes fiévreux dans lesquels un DJ aurait incorporé en fines ondes à peine audibles les «chuchotements» du pic de Bugarach, telles des créatures intelligentes s'accrochant soudainement à des tripes transpirantes. Il n'y aurait pas de théâtre cosmique avec le ciel pour unique horizon et des éclairs d'extase jaillissant au milieu du feu et de la cruauté du monde. C'était le rêve du grimpeur britannique John. Il aurait eu toute sa place ce soir-là, dans une autre vie, un autre espace-temps, d'autres circonstances.

Sur le plan musical, Guillermo, le confident d'Elizabeth Van Buren, celle qui avait propulsé Bugarach sur le devant de la scène, avait eu plus de chance. Il était venu à Bugarach ce 21 décembre, envoyé par une revue ésotérique espagnole. Quelques mois plus tôt, sa musique New Age avait été choisie pour voyager dans l'espace à bord de la navette spatiale *Endeavour* de la NASA, à côté des chansons de Louis Armstrong et de John Lennon. Il avait déjà élaboré des musiques qui étaient diffusées sur des chaînes à bord de long-courriers pour relaxer les gens qui avaient peur en avion. Alors, si une autre vie existait dans l'univers, peut-être apprécierait-elle ses distorsions.

À l'abri de la pluie, dans la pièce principale de la mairie, sous le portrait de François Hollande, Jean-Pierre, le préfet Freysselinard, le procureur de Carcassonne et les élèves avocats entendaient les messages laissés sur le répondeur du standard par des olibrius. «Bonne fin du monde, Bugarach!» Quand la tempête baissa en intensité, ils partirent à La Ribambelle passer une dernière nuit. Jean-Pierre resta dans son village. Il était rincé.

Magnétique ou non, le pic avait attiré du monde autour de lui.

Le village s'était fait voler son panneau d'entrée dans la commune pour la quatrième fois de son histoire et le Bufo Fret avait vu disparaître sa petite échelle à l'entrée du souffle.

Henri observait les premiers camions lever le camp, laissant des champs dévastés par des traînées de pneus. Entre deux services de bières, Corine lui glissa qu'elle était invitée le lendemain dans un restaurant de Rennes-le-Château. Quelques personnes organisaient un « pot-au-feu des survivants ». À table, il y aurait un éditeur local. Peut-être accepterait-il de publier les mémoires de son père, René. Corine essayerait de lui en toucher un mot. Henri lui adressa un sourire, un geste de la tête. La vie de René sortirait peut-être des cartons.

Chez Monique et Jean-Claude, la fête commençait à battre son plein. Monique avait obtenu des laissez-passer pour leurs amis de la vallée. Elle avait acheté des lanternes thaïlandaises. Ils sortirent sur la terrasse de la maison, la plus proche du pic. L'air était froid. Ils échangèrent un regard, rigolèrent et, dans un décompte organisé à la hâte, lâchèrent leurs lanternes dans la brume nocturne. Sous le vent puissant, les lumières s'envolèrent immédiatement. « Voilà, comme ça, ils les auront eus leurs ovnis », s'exclama Monique, les bras en l'air pointés vers les nuages.

Les éclats orange montaient dans le ciel, comme flirtant avec les sommets de la montagne impassible.

La fin du monde n'avait pas eu lieu.

Bugarach était élevé au rang du souvenir, de l'absurde, du sourire, de la légende. Une œuvre collective qui avait furtivement existé parce que tout le monde avait eu envie d'y croire. Ne serait-ce qu'une petite seconde. Comme un tour de magie.

35

Nous nous retrouvons comme un couple qui ne se serait séparé qu'une nuit, conscients d'avoir fait une bêtise. Sans rien transmettre des émotions qui nous ont agités dans ce laps de temps, restant uniquement factuels.

« C'était beau, mais nous avons préféré ne pas aller plus loin, Henri trouvait que mes bottes n'étaient pas adaptées. J'ai senti le danger, je commençais à fatiguer. Ça va, toi, pas trop seul ?

— Ça va. Je vous ai entendu partir au loin. C'était bizarre.

— C'est bien pour une première, les gars. On peut rentrer. »

Nous rangeons au ceinturon le Basic et la pédale tout en dégainant le descendeur. La progression s'est faite en montée, nous allons procéder à des séquences de descente en rappel pour rejoindre l'air libre. Rien que de penser aux feuilles de buis tombées à l'orée du Bufo Fret, nos esprits sont requinqués. Nous ne nous enfonçons plus dans la caverne. Le second passage par la Galerie des grosses piques, ainsi que la crevasse semblent être désormais des formalités. Nous avons déjà franchi ces obstacles et commençons à désacraliser l'endroit.

Le décor n'a pas bougé, mais il change d'aspect à nos yeux. L'angle de vue ou une certaine familiarité avec les lieux modifient notre perception. Nous laissons des merveilles géologiques derrière nous pour l'éternité. Ce petit monde tapi, source de tant de fantasmes. C'est un enchantement d'avoir pu l'approcher intimement.

Nous n'avons pas atteint la Vallée blanche, par fatigue, par peur aussi. De toute façon, la fin était écrite. Nous étions voués à tomber sur un cul-de-sac. La montagne ne se traverse pas. Ce rêve des premiers explorateurs somnole toujours, le mystère laisse place au rêve. Et tant que le pic n'aura pas été entièrement disséqué, il y aura toujours des voix pour parler de vaisseaux spatiaux, des oreilles pour écouter ces histoires, des esprits pour chercher l'occulte.

Après le Grand Balcon, nous atteignons la première descente, ce passage en trois temps qui nous a mis un coup à l'aller. Ce matin, Henri a été rapide dans son enseignement du rappel. À l'heure de le mettre en pratique, il l'est tout autant. Descendeur dans la paume, nous essayons d'imiter son geste pour l'ouvrir et former un « S » avec la longe autour des petites poulies.

« Pensez à passer la corde dans ce mousqueton. C'est un frein supplémentaire, ça s'appelle le renvoi. Tout ça, je vous l'ai déjà dit. »

Il s'élance. Les bruits de ses mousquetons se longeant et se délongeant sont entrecoupés des mots « corde libre ». En une minute à peine, Henri a fait la première descente et traversé la section plane.

Dans la montée, nous nous sentions soutenus par le harnais ; toute la difficulté du rappel se joue dans le lâcher-prise. Nous devons accepter de nous jeter dans le vide en comptant sur la solidité du matériel. La plante des pieds doit rebondir sur la paroi. Plus le geste est maîtrisé, plus la descente est fluide, agréable, voire envoûtante. À l'inverse, les à-coups agacent et harassent.

Henri ne comprend pas ce qui nous retient. Du pied de cette pente, il répète plusieurs fois les gestes à effectuer et nous enjoint d'être plus légers, moins rigides. « Ne psychotez pas, c'est juste une glissade maîtrisée », tempère-t-il.

Nous récupérons le sac que nous avons laissé au Carrefour, là où nous avons pique-niqué. Une dernière photo de l'endroit, pour ne pas oublier, et nous reprenons notre marche. Nous remontons la trémie Pearl Harbor, passons de profil le Méandre du couennu et descendons la petite échelle.

Le retour se fait silencieusement, nous discernons l'amertume d'Henri. Parcourir le Bufo Fret sans y creuser alimente une frustration. La topographie n'a pas changé depuis une décennie. À l'aller, Henri n'y pensait pas trop. Au retour, ça le mine.

Il aimerait poursuivre l'exploration, il veut y croire. Mais seul, c'est compliqué. Pour commencer, ce trou « appartient » au SCM. Il y a les guerres de clubs, d'ego, une plaie pour un sport qui n'atteint même pas les 7 000 licenciés au niveau national. Ensuite, il y a les collègues qui vivent dans le souvenir de leurs exploits passés, plutôt que de se projeter dans l'avenir. Et il est difficile dans la haute vallée de renouveler le cheptel des spéléologues.

Alors il rêve d'organiser des camps inter-clubs avec la Haute-Garonne ou l'Ariège. Il aimerait motiver des jeunes, casser l'image ingrate renvoyée par la discipline. Mais quand une structure forme quelques espoirs, la réalité sociale de l'Aude les rattrape, comme l'explique Henri : « Dans mon club, on avait un bon ingénieur, il est parti à Genève. Un autre dans la robotique, il a filé à Nice. Ils partent, il n'y a pas de boulot ici. »

Il accuse les politiques publiques de paupériser les régions. Les jeunes fuient vers les métropoles. Il comprend. Tout le monde doit gagner sa croûte. Et il ne comprend pas. Lui a fait le choix d'être attaché à son territoire, de le valoriser. « Je suis régionaliste. Si on avait plus d'autonomie et moins cette dépendance à l'État, on n'aurait pas autant de problèmes », assène-t-il.

Il justifie son accusation en évoquant Salsigne, dans la Montagne Noire, à 50 kilomètres à vol d'oiseau de Bugarach.

Au XXe siècle, le site était la plus grande mine d'or d'Europe. Le plus grand producteur mondial d'arsenic aussi. Cet élément chimique hautement toxique a notamment servi à la fabrication de verres optiques, de produits pour l'agriculture intensive. Il a aussi été utilisé lors de différentes guerres sous forme de gaz de combat ou de défoliant.

En employant 5 000 personnes, ce complexe mine-usine était le cœur économique de l'Aude. De nombreux autres métaux y étaient extraits : argent, bismuth, cuivre, antimoine, plomb, fer. En l'espace d'un siècle, Salsigne a généré 10 milliards d'euros de chiffre d'affaires grâce à la commercialisation de 500 000 tonnes d'arsenic et de 120 tonnes d'or. À la fin de l'exploitation en 2004, ce site industriel de la vallée de l'Orbiel a surtout laissé comme héritage un paysage pollué et d'anciens mineurs atteints de cancers du poumon, de l'estomac ou encore de perforations de la cloison nasale.

Des données environnementales confirment toujours la présence sur le site de divers polluants, de métaux et de cyanure. Et surtout cet arsenic, sans goût ni odeur, contenu dans les sédiments de cette « montagne empoisonnée ». Lors d'épisodes de grosses pluies, des résidus s'écoulent dans les cours d'eau, principalement dans la rivière l'Orbiel puis dans le fleuve Aude, jusqu'à la mer Méditerranée. Selon des scientifiques de neuf laboratoires réunis (Géosciences Environnement Toulouse, Institut national polytechnique de Toulouse, CNRS) qui travaillent depuis peu sur le sujet, la dernière grande crue de 2018 – qui a fait une quinzaine de victimes – aurait libéré 4 à 5 tonnes d'arsenic dans la nature. Sans compter les vents qui dispersent aussi le poison dans le ciel sous forme de poussières contaminées. Quarante-cinq communes seraient concernées par cette pollution, les habitants sont très inquiets et démunis.

En octobre 2019, après des analyses urinaires, 58 enfants de la vallée de l'Orbiel ont présenté des taux d'arsenic supérieurs à la moyenne, avec la présence d'autres métaux lourds chez certains. Davantage dans la prévention que dans l'action, la préfecture de l'Aude et l'agence régionale de santé recommandent régulièrement de ne pas manger de produits sauvages ou cultivés sur place, de se laver fréquemment les mains et d'éviter de laisser jouer les enfants à l'extérieur. Un arrêté préfectoral interdit aussi la baignade dans les eaux de l'Orbiel et de ses affluents. Car dix-huit ans après la fermeture de la mine-usine, aucune opération de dépollution n'a vraiment été mise en œuvre par l'État, sinon des travaux de confinement des déchets et des terres polluées avec de sérieux problèmes d'étanchéité.

Les chercheurs estiment que 12 millions de tonnes de minerais et autres matériaux toxiques – arsenic, cyanure, plomb, zinc – sont encore stockées sur le site et ses abords. Un véritable cocktail explosif pour la santé et la biodiversité. Habitant du secteur, Frédéric Ogé, ancien chercheur au CNRS et spécialiste de la pollution des sols, parle régulièrement dans les médias de « Tchernobyl chimique » tant la vallée de l'Orbiel est l'un des sites les plus pollués de France. « C'est même l'une des plus grandes décharges chimiques du monde », se désole-t-il.

Selon ces scientifiques, la pollution à l'arsenic de la mine de Salsigne n'aurait aucune conséquence sur la haute vallée de l'Aude située en amont des cours d'eau et suffisamment à l'écart d'éventuels vents pollués. Mais le secteur n'en reste pas moins touché par d'autres pollutions du fait de son glorieux passé industriel qui a laissé de nombreuses blessures sociales, sanitaires et écologiques.

À Espéraza, l'usine chimique Efisol qui a fermé en 2006 a été visée par des soupçons de pollution et d'atteinte à l'environnement. D'anciens ouvriers ont eu des cancers suspects.

À Limoux, à 30 kilomètres de Bugarach, des centaines d'ouvriers de l'industrie de la chaussure Myrys ont respiré de la colle pendant des années, avant de se retrouver au chômage. Enfin, à Quillan, l'ancien fleuron Formica a généré dans les années 1990 une importante pollution des eaux due aux phénols et au formol dans les eaux. La célèbre usine de stratifié, qui a fermé en 2003 et dont on s'arrache aujourd'hui les meubles à prix d'or, avait remplacé dans les années 1950 les chapelleries. Polluantes, elles aussi. Ces usines utilisaient du mercure pour travailler le feutre. Un produit qui a eu des effets sur l'environnement et la santé mentale des ouvriers. D'où l'expression populaire « travailler du chapeau » pour pointer la folie ou les troubles psychiques d'une personne.

Henri va souvent faire de la spéléologie dans les environs de Salsigne, à Trassanel ou à Cabrespine. Sa terre est polluée, il préfère ne pas y penser. Peut-être qu'ici comme ailleurs, si on a les yeux rivés sur le ciel ou le nez pointé vers les profondeurs, c'est parce qu'on a les pieds sur un sol souillé. Le spéléologue embraye sur son échappatoire, son rêve de reprendre les explorations au Bufo Fret et ses travaux en cours. Dans son club, ils sont quelques-uns à travailler sur le réseau du Chandelier à Puivert. Ils ont créé une seconde entrée afin de faciliter une hypothétique évacuation. Là-bas aussi, il s'engage, comme une ritournelle, pour se sentir en vie.

« On est descendus à 30 mètres en rappel, s'emballe-t-il, un truc de fou ! Une mère poule n'y reconnaîtrait pas ses petits. Là, depuis 43 sorties, on creuse et on remplit des sacs.

— Ce n'est pas rébarbatif ?

— On est barjots, hein ? »

Nous descendons en rappel l'Œil du hibou. Nous aussi, nous trouvons cela plus poétique que l'Œil de bœuf. Et comme disait Henri en début de parcours, c'est une expérience avec des gens, le ressenti est différent selon les personnes avec qui l'on est. Et nous, nous sommes avec lui. Nous ne revenons d'ailleurs plus sur les sujets clivants. Nous posons très peu de questions, demandons à peine quelques vérifications avant chaque rappel. Surtout le dernier, cette longue cheminée d'une quinzaine de mètres. Arrivés en bas, nous reconnaissons cette corde qui pend. « Vous pouvez ranger le descendeur, vous n'en aurez plus besoin », lâche Henri quand le second de nous deux pose les pieds au sol.

Le retour semble plus rapide, cette sensation, quand on est à la moitié d'un parcours, que sa seconde partie passe toujours plus vite.

Nous voici déjà au Lac. Nous y retrouvons les failles étroites de la matinée, annonçant la dernière difficulté : la reptation dans le tunnel d'introduction et de sortie du Bufo Fret. Inutile de nous dire d'accrocher la longe du sac afin de le traîner derrière nous, nous l'avons fait sur les passages de profil et le souvenir de notre entrée est encore vivace.

« Vous attendez que je vous dise quand je suis à l'échelle pour démarrer, un par un. Et ne vous éternisez pas. Rappelez-vous que l'eau a porté des sédiments, le passage est plus étroit. Ça va bien se passer. »

Nous le voyons se lancer. Après quelques secondes, nous l'entendons parler. Il ne s'adresse pas à nous. Il y a un visiteur. Il tentait tout juste de descendre dans la grotte quand Henri en sortait. Ils se sont croisés au pied de l'échelle. Il est remonté. À quelques secondes près, un embouteillage se formait dans le couloir.

« Allez, c'est bon les gars, à votre tour », crie Henri.

Nous savons à quoi nous attendre. Apprivoisé en partie, le passage effraye moins. Cependant nous respectons la consigne, nous ne nous éternisons pas. Les sédiments sous les ongles montrent combien nous grattons pour avancer. La lumière est au bout, des aboiements aussi. Soudain, nous relevons la tête, nous y sommes. Nous sortons épuisés à l'air libre, sous une chaleur écrasante et une clarté étourdissante.

La chienne d'Henri remue la queue et lui saute dessus. Trois personnes attendent pour descendre, deux adultes et un adolescent. Celui-ci frémit à l'idée d'entrer dans la grotte, c'est sa première fois, une forme de rite. Ils n'ont aucun équipement, excepté une lampe frontale. Notre guide leur glisse qu'ils seront vite bloqués. Ils connaissent. Il n'insiste pas.

Nous sentons la sueur coller à nos combinaisons. Sourire sur les visages, une douce euphorie nous attrape. Nous l'avons fait. À peine sortis, nous commentons déjà notre aventure. Dans les sacs, les téléphones portables vibrent. Ce n'était pas un voyage dans le temps ni vers une autre galaxie, juste une parenthèse.

Nous rangeons le matériel. Henri nous dit de ne pas nous embêter, il nettoiera. Nous comprenons qu'il a pris plaisir à être avec nous.

« Vous êtes logés où ?

— On était chez Corine hier, ce soir on dort au camping de Bugarach.

— C'est bien, vous n'êtes pas loin.

— Où vis-tu ?

— Dans la maison qui appartenait à mes grands-parents. C'est à une demi-heure en voiture.

— Comment s'appelle le village ?

— Alet-les-Bains, c'est réputé parce que Nostradamus y a vécu.

— *Le* Nostradamus ?

— J'habite à 4 mètres de sa maison.

— C'est prouvé ?

— On n'a pas de preuve écrite, mais l'occitan n'est écrit que depuis le XIXe siècle. Cela vient de la tradition orale. Pour les historiens, ça ne vaut rien. Pour moi, c'est valide. Si les gens en parlaient, ce n'est pas n'importe quoi. »

Nous redescendons le petit sentier de randonnée jusqu'aux véhicules. Après sept heures passées sous terre, nous allons quitter Henri, un inconnu ce matin. Nous n'avons pas le temps, ou ne le prenons pas, de l'inviter à boire un verre. À cette heure de la journée, il faudrait descendre à Rennes-les-Bains, le premier bistrot est à un quart d'heure en voiture. Il nous montre une revue de spéléologie. Il nous dit qu'à l'occasion ce serait bien de revenir faire une nouvelle descente dans le Bufo Fret. Nous lui suggérons d'y aller ensemble avec Christophe. Il n'a pas vu son copain d'adolescence parti dans le club rival depuis un moment, mais ils s'appellent de temps en temps. Il nous donne son numéro pour le contacter. « Il rejette totalement l'ésotérisme. Mais attention, c'est une pointure, le meilleur du département. »

Nous feuilletons son magazine spécialisé. À la fin d'un article sur le Bufo Fret figure une liste avec l'identité de tous les explorateurs. Dans les dernières lignes, un prénom a été ajouté au crayon à papier et avec une écriture microscopique, comme s'excusant d'être là. « Henri ».

Nous nous engageons à organiser une prochaine expédition. Chacun monte dans sa voiture. Un coup de klaxon en guise d'au revoir.

Nous aurions peut-être aimé qu'il soit plus doux par moments, plus pédagogue, moins déroutant dans ses positions. Les humains sont comme ils sont et non comme ils devraient être. Les montagnes aussi.

V

DERNIÈRES LUMIÈRES

36

Nous nous arrêtons dans la rue principale, sur le parking non loin de la mairie, et nous découvrons mieux le village que lors de notre arrivée la veille ou ce matin même quand nous attendions Henri. Il est bientôt 19 heures, nous avons passé une grande partie de notre journée sous terre. C'est bon de sentir la vie autour de nous. Deux gamins courent avec des pistolets à eau, traquant des touristes. « J'en ai vu un par là, suis-moi. » Sous un soleil éclatant que seules les soirées d'été produisent, des effluves de grillades se mêlent à une chaleur épaisse, mais agréable. Il y a aussi l'odeur de l'herbe fraîchement coupée. C'est finalement celle du bitume morcelé et encore chaud qui nous replonge dans nos propres enfances en zone pavillonnaire ponctuée de vacances à la campagne. Chacun sa madeleine de Proust.

Nous serpentons dans les ruelles jusqu'à la place du village, à côté de la petite église, où une halle couverte, flambant neuve, s'impose. Elle a été inaugurée en 2016. Des dizaines de gens sont réunis autour d'un barbecue et d'une petite scène musicale. C'est soir de fête à Bugarach. Nous envoyons un message à Corine : « Nous sommes sortis du Bufo Fret ! Nous sommes vivants et avons passé un merveilleux moment. Merci. P-S : nous avons transmis ton bonjour à Henri. »

Nous nous approchons, un peu timides, du point névralgique. Nous commandons une assiette, un verre et partons nous mêler à la foule. « Moi, c'est Bernard. Enchanté. » Bobine enjouée, c'est un gars du village qui est parti des dizaines d'années avant de revenir ici en tant qu'employé communal. C'est la quille pour lui. Il reste cependant très actif avec son association Les Amis du Pic. Ensemble, ils ont modifié la course de la Ronde des Cimes pour un trail sur le pic. Il a aussi lancé il y a une vingtaine d'années la journée citoyenne : des habitants œuvrent une demi-journée pour améliorer Bugarach. Ils peignent, bouchent des nids-de-poule ou ont planté une allée de rosiers contiguë à la mairie.

À Bugarach, tout le monde connaît Bernard. Il nous dresse un état des lieux de sa commune.

Sous nos yeux, sur la place de ce village totalement isolé, il y a des touristes, des Européens d'une quinzaine de nationalités différentes, des natifs du coin, des néoruraux historiques et des nouveaux néoruraux, ceux qui ont gagné un surnom : les « réfugiés du Covid ».

Les logements se vendent « très bien » en ce moment. Cinq ou six maisons ont été achetées ces derniers mois. Ces « néo » ont les mêmes étoiles dans les yeux que ceux des années 1970. Comme les *peluts* de l'époque, ils cherchent le calme, l'air pur, le rêve, la liberté. Certains donnent des cours de yoga en ligne, d'autres organisent des stages détox ou proposent des séances de magnétisme pour les animaux. D'autres encore veulent découvrir une vie plus simple en lien avec la nature, une activité maraîchère et éventuellement faire un peu de fromage de chèvre.

Une chose est certaine : le macadam, c'est la mort. Leur bonheur n'était plus possible en ville, dans les open spaces éclairés comme des abattoirs à poussins, dans le métro et les réunions sans prise de décision, ce quotidien effréné et rythmé par le bip, bip, bip des caisses automatiques dans la France crispée d'Emmanuel Macron. Pour eux, la vie serait ailleurs. Dans l'Ardèche, le Perche, le Morvan, le Périgord. Dans l'Aude aussi, pourquoi pas.

À Bugarach, la population est en augmentation. Il y a aujourd'hui 236 habitants, dont environ 20 % de natifs, et assez d'enfants pour maintenir la classe unique de l'école maternelle ouverte. Et, par ricochet, assurer la survie du village. Ici, on guette la natalité comme la reproduction précieuse et fragile des oiseaux sur le pic. Ce « pic qui nous fait de l'ombre, vous voulez dire ! », comme se moque Bernard avec humour, est, lui, en souffrance. Depuis 2017, la montagne est un site naturel classé au même titre qu'un monument historique. Mais rien ne peut empêcher son érosion naturelle ni sa détérioration venue de l'extérieur. Près de 10 000 personnes font son ascension chaque année. Car la montagne continue d'exercer son pouvoir d'attraction.

Des sommets du pic à l'aire de camping, outre les amoureux de la nature, le site continue d'attirer par des adeptes de chamanisme, de naturopathie, des habitués des rassemblements *Rainbow Family,* quelques ufologues, des disciples d'une alimentation crue ou des amoureux des huttes de sudation. Sans oublier ceux qui recherchent une « énergie particulière » en lien avec une connexion « cosmo-tellurique ». Des échappatoires à une société qu'ils ne veulent plus suivre, qu'ils ne veulent plus vivre. Parce que l'attrait du mystère est parfois plus envoûtant qu'une réalité écornée. « Certains appellent pour réserver en disant qu'ils font un stage sur les fleurs. Moi je dis "OK". En fait, ce n'est pas tout à fait ça. Les gens ont du mal à dire qu'ils viennent faire un séjour sur les énergies », explique Sigrid, la patronne du camping.

Les locaux regardent tout cela de manière perplexe. Ils ont déjà connu ces histoires, ces envies. Les rêves aussi sont cycliques. Après tout, le tourisme fait vivre. Selon la mairie, la moitié des emplois de la commune y sont liés. Et puis, qui sont-ils pour juger ? Ils voient bien également cet espoir dans les yeux des néoruraux qui s'installent ici par vagues, à chaque « crise », avec leurs cartons débordant d'utopies qui s'effritent pour certains au fil d'hivers trop longs. Ce ne sont pas les premiers, ce ne seront pas les derniers. Un destin à la campagne fait souvent fantasmer ceux qui n'y ont pas grandi. Sur les bancs, les plus âgés regardent cette vie et n'ont toujours pas bien compris le principe du yoga kundalini.

2012 n'a pas transformé Bugarach en Lourdes New Age ni en Disneyland cosmique, comme cela est à craindre. La commune vit toujours avec une agence postale ouverte le matin, une classe d'école maternelle et sans boulangerie, ni médecin ou pharmacie. Entre cohabitation et solidarité, les habitants s'organisent. Grâce aux maraîchers et aux éleveurs locaux, le village a retrouvé une certaine autonomie. L'eau du robinet provient du pic. Non chlorée, traitée aux UV, elle est de très grande qualité. La commune pourrait en perdre la gestion en raison de la dernière réforme des collectivités territoriales.

La « fin du monde » n'a pas non plus généré de grosses retombées économiques. Les offices de tourisme du département tentent de capitaliser un peu sur la montagne et les « événements », mais en restant sur le fil ténu de la rationalité. Les mots « mystères » et « légendes » sont préférés à « ovnis » et « énergies ».

Le maire du village apparaît dans la rue.

Nous nous approchons à tâtons. Crinière blanche, bretelles, ample jean, son bagout est tout-terrain, son regard amusé comme celui d'un gosse, mais méfiant comme celui d'un animal. « On nous a oubliés ici, vous savez. » Il a été réélu lors des dernières élections municipales. Il occupe le siège depuis bientôt quarante-cinq ans. Des journalistes, il en a connu. Comme les présidents de la République. Il a vu les portraits défiler dans sa mairie, de Valéry Giscard d'Estaing à Emmanuel Macron, mais il ne saurait dire ce qui a vraiment changé. Pour lui, « on finira tous sous la terre et en attendant on la crève». Il a souvent parrainé la candidature d'Arlette Laguiller à la présidentielle et aime se déclarer aujourd'hui «pire qu'un Gilet jaune». Est-ce son dernier mandat? Il fait une moue, la joue gonflée d'air. Il n'en sait rien.

«Bon et donc, c'est quoi votre problème à vous?» nous épingle-t-il, la mine bougonne.

Jean-Pierre a encore plein de projets pour son village, notamment une maison multigénérationnelle. Il aimerait aussi reprendre la main sur la communication de son village, ouvrir une salle consacrée à la faune et à la flore, avec un volet dans une autre pièce sur les légendes et les grands mythes populaires, une structure sérieuse afin de ne plus se faire voler sa parole et son histoire. Jean-Pierre reste lucide, il sait que rien n'arrêtera les gens de «délirer».

«Si on ouvrait intégralement le Bufo Fret, peut-être que certains arrêteraient de fantasmer?

— Oui, le réseau n'est pas terminé, mais pourquoi aller toujours plus loin? Les spéléologues sont obligés de faire péter de la dynamite pour passer dans certains endroits. Donc ça, ce n'est plus de la spéléologie pour moi. De toute façon, on ne pourra jamais empêcher le fantasme, ces histoires de garage à ovnis sous le pic, et j'en passe. Les gens racontent plein de conneries, c'est insupportable. Avec les réseaux sociaux, ça part dans tous les sens. Maintenant, vous avez vu?

— Quoi?

— Les histoires de grand complot mondial! Il y aura toujours des gens qui ont des vérités et qui savent déjà tout alors que vous, vous ne savez rien. Bref, chacun voit ce qu'il veut. Mon voisin ne verra jamais la même chose que l'autre voisin.

— On peut parler de 2012?

— Oui, ce n'est pas tabou.

— Vous avez été victime ou acteur de la fin du monde?

— Certains l'ont pris de manière victimaire, mais moi non. Putain, ça s'est bien passé, c'était marrant finalement, quand vous faites les comptes de l'histoire. Hé, on a vécu ça, les mecs!

— Si c'était à refaire, vous referiez tout de la même manière?

— Oui, sans problème. Je suis prêt à le refaire. Mais pour que les médias mordent à l'hameçon, ce n'est pas si évident. Il faut qu'il se passe vraiment un truc maintenant.

— Au moins, vous avez construit votre légende?

— Oui, mais elle est encore à peaufiner!»

Il claque un clin d'œil et rigole. Impossible de dire où commence la blague et où elle se termine. Si c'était une blague, d'ailleurs. Qu'importe, au fond. Il veille toujours sur son village, ses activités, ses allées et venues. Il sait que son projet touristique de salle accueillant des expositions, accolé à un Parc naturel régional qui protégerait davantage le pic et le Bufo Fret, intéresse et reste moins clivant que des éoliennes.

Christian, le paléontologue amateur, y voit l'espoir d'exposer un jour son mosasaure, trouvé ici il y a près de vingt ans. Personne ne le sait. Le secret est entier, mais il aimerait le transmettre, témoigner pour ne plus laisser les autres imaginer. En attendant, ce monstre n'est qu'un tas d'os éparpillés dans différentes caisses du laboratoire du musée des Dinosaures à Espéraza et à son domicile.

En ce qui concerne le Bufo Fret, la mairie affiche toujours sur son site Internet le message suivant: «Cet ensemble de galeries, non visitables et rendues inaccessibles à tout un chacun pour des raisons de sécurité et de préservation, présente des concrétions et des "salles" importantes.» Point final.

Nous prenons le numéro de Jean-Pierre pour un futur entretien. «Toi, tu as une tête à faire de la trottinette électrique et je déteste ces engins», pouffe-t-il. Nouveau clin d'œil.

Nous continuons notre tour et discutons avec plusieurs habitants. Nous apprenons qu'il y a des « mémoires ». Il y en a toujours dans les communes françaises. Ici, elles portent le nom de Renée, Anne-Marie, Jeannot. Lui n'est pas sorti ce soir, il déteste les rassemblements depuis sa défaite aux élections de 1977 face à Jean-Pierre. Les rancœurs sont tenaces.

On nous parle aussi de Sylvain, le « Christ cosmique », dont la renommée a dépassé celle du village. Il a emménagé à Bugarach après les « événements » et l'a quitté un matin d'octobre 2017, expulsé par les gendarmes pour cause de loyers impayés. Un soulagement pour certains habitants. « Il n'était pas méchant, mais il était devenu un peu parano. Moi, il ne me faisait pas rire. C'était impossible de discuter avec lui », nous déclare-t-on. « Je ne suis pas d'accord, tu pouvais quand même causer, il était abordable, mais complètement barré », répond une habitante. Pour d'autres, « il a vrillé après 2012 ». Annoncé candidat à l'élection présidentielle, puis mort selon une rumeur, il vit aujourd'hui au Sénégal avec un même rêve teinté de bouffées psychédéliques : bâtir une « cité de lumière » et posséder de grosses berlines, des BMW.

Des musiciens s'installent sur la scène. Les premiers accords se font entendre. Certaines personnes se mettent à danser.

Une femme sort de sa maison située face aux halles et signale à une touriste qui remplit sa bouteille à la fontaine, en faisant couler l'eau à côté, qu'il ne faut pas gaspiller. « C'est elle ! C'est Renée », nous signale-t-on. Elle est connue pour dire ce qu'elle pense, une personne à rencontrer. Bientôt nonagénaire, elle a gardé un sourire d'enfant. Depuis sa fenêtre, elle est au courant de tout dans le village. Nous entrevoyons dans son salon une photo encadrée datant de 1990 du pont romain, avant sa destruction par la crue. Le contact est facile, elle a du bagout et beaucoup d'humour.

« L'autre jour, plein de femmes ont débarqué, elles ont fait une ronde et criaient *"love, love, love"*. Bon bé, *"love"*, d'accord. C'est la mode. Elles se donnent des prénoms indiens, se présentent à travers les noms de leurs ashrams.

— Et les touristes qui vous demandent si vous avez vu des extraterrestres, que leur dites-vous ?

— Que s'ils étaient venus la veille, ils les auraient vus ! »

Elle rigole.

Parfois, la haute vallée se désole. Si elle se revendique libre et sauvage, cette terre rurale coincée entre les Pyrénées et la Méditerranée a aussi le sentiment profond d'être abandonnée par l'État, d'être loin, pauvre, seule et oubliée. De devoir survivre dans un désert économique, social et médical, qui laisse la porte ouverte aux dangers.

Face au regain des théories New Age, de l'ésotérisme et de l'engouement pour le néo-chamanisme, le secteur reste sous surveillance. Il existe des craintes de dérives dans des stages « bien-être », des ateliers « féminin sacré », une inquiétude autour de la propagation de discours complotistes, du recours à des médecines alternatives comme une alimentation basée uniquement sur le cru ou rythmée par des jeûnes. L'implantation de communautés est surveillée de près, ainsi que la scolarisation des enfants. Des années après le début de sa léthargie, la Miviludes a été ressuscitée et rattachée au ministère de l'Intérieur, sous l'autorité du Comité interministériel de prévention de la délinquance et de la radicalisation. « Les dérives sectaires sont de nouveau une vraie priorité », annonçait en 2021 Marlène Schiappa, alors ministre déléguée en charge de la Citoyenneté. À ses côtés, Georges Fenech a été nommé au sein d'un conseil d'orientation. Celui-ci a notamment pour mission d'étudier les éventuels points communs entre le phénomène sectaire et les mouvements complotistes, notamment QAnon – venu des États-Unis et dont la secte Ramtha s'est rapprochée – ou des poches survivalistes.

« Aujourd'hui, beaucoup de comportements sont induits par des idéologies sur les réseaux sociaux. Sans être illégales en elles-mêmes, elles peuvent pousser à des comportements extrêmes », explique-t-on à la Miviludes. Une importante veille numérique, en lien opérationnel avec les services de renseignements, établit notamment des « connexions entre des mouvements complotistes et des groupuscules radicalisés, plutôt d'extrême droite, avec un projet politique derrière », selon une source au sein de la Mission.

Nous regardons ce pic, qui coiffe le village, avec une pointe de nostalgie. Un homme s'approche de nos épaules, chapeau de pirate vissé sur le crâne. Il n'est pas du coin, mais il a été attiré par les histoires qui se racontent autour de cette montagne. « Vous savez que, là-dessous, il y a un gigantesque lac ? Et une cathédrale aussi ! Enfin, c'est ce qu'on m'a dit. »

Nous nous dirigeons vers le Faubourg, lieu des dernières lumières quand la nuit tombe un vendredi soir à Bugarach, à l'Oustal d'Al Pech.

37

Le village s'endort. L'Oustal d'Al Pech a fermé dans le bruit et la confusion. Tables, chaises et bancs dehors, des yeux pétillaient, d'autres louchaient dans du verre brisé sur cette terrasse improvisée. Ce bitume abîmé au carrefour de la rue de l'Angle et de la Grand-Rue vivait. Le temps d'une soirée, le Faubourg a résonné « comme aux grandes heures ». Le café sera toujours le repère immuable d'un village. Là où les nouvelles se partagent, les rumeurs se propagent, parfois des couples se forment, des conflits se créent et se résolvent.

Et puis, il y a tous ces petits gestes et phrases d'une certaine chaleur humaine : des bises, des tapes sur les épaules, des moqueries sur la dernière coupe de cheveux ou la chemise achetée. Quand une bourgade perd son bistrot, c'est une partie de ses relations humaines et donc de son âme qui s'échappe.

À cette soirée rythmée par un concert autour d'un marché de producteurs, nous avons rencontré toute une palette de locaux. À la manière d'Henri, ils aiment leur terre, Bugarach. Nous avons discuté, enregistré des numéros, assuré que nous reviendrions. Nous avons aussi parlé avec les membres du groupe de musique et des touristes de passage qui savaient que l'endroit était connu, mais ne se souvenaient plus très bien pourquoi. L'ambiance était bonne, quelques irréductibles ont refusé l'appel de l'oreiller et suggéré qu'on les suive, la soirée ne pouvait pas se terminer sur la porte fermée d'un troquet.

Nous sommes sur le parking, celui qui était occupé par la presse en décembre 2012. Le champ accueille toujours des camions de passage. Cette nuit, il y en a deux. Un immatriculé dans les Vosges, l'autre en Haute-Garonne. Et sans antenne satellite sur le toit.

Dans cette fête improvisée mêlant gens du cru et de passage, tous guettent le ciel. Venir à Bugarach sans le scruter serait une expérience inachevée. Ils regardent les étoiles filantes, au son d'une guitare jouant l'air de *J'veux du soleil.* Certains chantent à tue-tête, d'autres crient, libres de ne pas restreindre les décibels. Ils sont convaincus que les gendarmes de Couiza ne feraient pas une heure de voiture aller-retour pour un tapage nocturne d'une poignée de fêtards.

Un météore passe. Nous l'avons presque tous vu.

Cela fait plusieurs heures que nous sommes avec eux. Un des musiciens, chapeau de paille sur la tête, évoque son attachement à cette région qui « porte des bouleversements », l'histoire des cathares. Nous lui demandons ce qu'il pense des témoignages d'observations d'ovnis au-dessus du pic et de ses alentours.

« Il n'y a pas longtemps, avec une copine, nous avons vu quelque chose dans le ciel. C'était plus gros qu'une étoile.

— C'était peut-être un satellite ou un avion ?

— Non, ça allait trop vite… Et tout d'un coup, ça a disparu.

— C'était quoi alors ?

— Mystère, on ne saura jamais. Ce truc brillait plus fort qu'une étoile. Comme on peut en voir tous les cinq ou dix ans. Ou peut-être tous les soirs si on regarde le ciel tous les soirs. »

Il raconte aussi avoir déjà vu deux lumières dans la nuit, de la puissance d'un projecteur de stade. C'était au château de Montségur, un nid de légendes. Ce dernier bastion cathare est tombé en 1244, plus de 200 adeptes y ont été brûlés sur le bûcher parce qu'ils refusaient de renier leur foi et de revenir dans le giron de l'Église catholique. Un massacre commémoré annuellement par un collectif régional et pour lequel l'évêché de l'Ariège demanda pardon en 2016.

Une trentenaire, cheveux ondulés, confie à son tour avoir vu des choses inhabituelles dans le ciel de Bugarach. « J'ai toujours entendu parler de ces histoires, mais je ne sais pas d'où ça vient. L'an dernier, on sortait du bar et on a vu un triangle lumineux dans le ciel. Ce n'étaient pas les lumières de l'église ni du village. Ce triangle était parfait. On a tous vu la même chose. D'autres gens qu'on a croisés nous ont dit aussi qu'ils l'avaient vu. On ne va pas poser d'hypothèses d'illuminés dessus, on n'a pas d'explications, mais ça interpelle [...] Ah, une étoile filante ! lance-t-elle en pointant du doigt le ciel. Ça c'est vrai au moins ! » Puis le silence s'impose quelques secondes, entrecoupé du chant des insectes. Cigales, criquets ou grillons s'en donnent à cœur joie a cappella. Nous admirons ce massif, les constellations se dessinent au-dessus. Aucune pollution lumineuse ne parasite ce tableau saisissant. Nous étions dedans il y a quelques heures.

L'homme au chapeau de paille reprend avec son accent : « Moi je n'en parle pas aux gens. Je vous le dis parce que vous me demandez. »

◆

À 130 kilomètres au nord-ouest de Bugarach, le rond-point avec une sphère argentée entourée d'anneaux annonce ce qui se trouve derrière des barrières blanches. C'est le Centre national d'études spatiales (CNES) à Toulouse. En 1977, son directeur a mis sur pied le Groupe d'études des phénomènes aérospatiaux non identifiés (Gepan) afin d'étudier ce que le grand public appelle « ovnis ». Plutôt des phénomènes aérospatiaux non identifiés pour ce petit bureau de quatre salariés à temps plein chargés du traitement de plusieurs centaines de dossiers. Leur mission : écouter, vérifier, expliquer, archiver.

Ni bureau d'experts sur la vie extraterrestre ni association d'ufologues passionnés ou de chasseurs de « petits gris », le Gepan – devenu en 2005 Geipan, avec le *i* pour « informations » – a pour rôle d'analyser les témoignages reçus. À sa tête depuis 2019, Roger Baldacchino, ingénieur spatial. Il a passé quinze ans au centre national guyanais à lancer des fusées Soyouz et Ariane.

« Quand le gouvernement a décidé de créer une instance qui s'intéresserait aux phénomènes aérospatiaux non identifiés, celle-ci a été rattachée au CNES, car il a été considéré que ce n'était pas un problème de sécurité nationale, mais plutôt d'information et de connaissance », rappelle-t-il à quelques mois de la retraite

Tous les jours, le Geipan reçoit sur le répondeur et la boîte mail des appels, des messages concernant des observations dans le ciel. Des lumières, des boules, des disques, des sphères, des triangles ou encore des engins. Les témoins sont invités à remplir un questionnaire d'une quinzaine de pages pour expliquer ce qu'ils ont vu. Où, quand, comment. Et le Geipan entre en piste.

Une enquête à distance est déclenchée dans 90 % des cas. L'équipe vérifie en s'appuyant sur les données publiques et les informations issues de conventions passées avec l'armée de l'air, Météo France, la Gendarmerie nationale ou encore la Direction générale de l'aviation civile pour confirmer ou non une analyse. « Je cherche des hypothèses scientifiques par rapport à un savoir actuel pour expliquer le phénomène », explique Roger Baldacchino.

Ses collègues et lui chassent la méprise, déjouent la méconnaissance du ciel et tentent d'apporter de la rationalité. Parfois, ce sont de simples effets de perspective la nuit, ou une activité humaine dans l'espace, comme des tirs de fusée, le passage de satellites ou de la Station spatiale internationale.

Si aucune hypothèse n'est confirmée, alors une enquête de terrain peut être déclenchée et menée par un réseau d'une vingtaine d'enquêteurs répartis dans toute la France. Une reconstitution est effectuée sur place avec les témoins et peut s'achever par un entretien cognitif. « Le but n'est pas de mettre en doute leur parole, il y a très peu de canulars, ils ont toujours vu quelque chose. En revanche, la question, c'est pourquoi, ce jour-là, c'est devenu étrange. Nous, notre but, c'est ça. On cherche l'étrangeté dans le témoignage. »

Le Geipan donne une explication dans 60 % des cas. Et en compte 40 % d'inexplicables ou inexpliqués, dont 3 % d'« étranges ». Les fameux cas D.

Au numéro 18 de l'avenue Édouard-Belin, le Geipan n'a jamais reçu d'observation de témoins ni de signalement de phénomènes aérospatiaux non identifiés à Bugarach. Et ce, depuis la naissance du bureau il y a près de cinquante ans. Vingt-sept cas ont toutefois été recensés dans le département de l'Aude.

Le 12 décembre 1987, près de Narbonne, dans la zone industrielle de Malvési connue pour son usine de traitement d'uranium, un homme serait entré en contact, à 10 h 45, près de l'entrée du site nucléaire, avec un groupe de six êtres « bizarres » qui semblaient « être venus d'une autre planète ». À la gendarmerie, le témoin raconta leur avoir dit : « Bonjour… sale temps aujourd'hui », mais il ne reçut aucune réponse. « Vous êtes du coin ? » relança-t-il. Un des « êtres » aurait alors dessiné des symboles au sol. « Comprenant » qu'il avait affaire à des « extraterrestres », l'homme en recherche d'emploi leur demanda si « c'était mieux » sur leur planète. « Moins de travail », auraient-ils répondu dans un « français approximatif ». Puis le témoin a entendu un bruit ressemblant à des ultrasons lors du départ des « êtres » sur des « engins » s'apparentant à des « traîneaux des neiges ».

Lors de leur enquête sur place, les gendarmes ne trouvèrent aucune trace au sol et aucun autre témoignage ne fut recueilli. Après la transmission du procès-verbal, le Geipan se saisit de l'affaire et la classa « cas C » par manque d'informations fiables.

Dans ce département, l'équipe du CNES reçoit aussi des témoignages d'observations de « lumières » ou de « formes » dans le ciel. Notamment à Conques-sur-Orbiel, à Fontiès-d'Aude, à Limoux, à Espéraza ou encore à Quillan. Parfois, c'est un laser de boîte de nuit, des lanternes ou Jupiter. Parfois, cela reste inexpliqué. Au total, ils dénombrent dans leurs archives quatre cas A, onze cas B, dix cas C et deux cas D. Mais rien autour de la montagne de Bugarach. Si les récits et les histoires de lumières, de soucoupes et d'« autoroutes à ovnis » sont nombreux, personne ne contacte le bureau toulousain.

Et se rendre en gendarmerie pour établir un procès-verbal de son observation, comme le conseille le Geipan, rebute. « C'est loin et c'est tellement banal pour les gens de la région qu'ils ne voient pas l'intérêt », peut-on entendre aux abords du pic. Ou encore : « Le Geipan, c'est l'État, c'est bourré de RG. »

Depuis quelques années, la structure au sein du CNES est devenue la cible de discours complotistes, de *fake news* et de commentaires agressifs sur les réseaux sociaux. « Nous travaillons avec l'État et en raison de cela des personnes pensent que ce que nous disons est forcément faux. Nous ne cachons rien. Et tenter d'expliquer ne signifie pas décrédibiliser. Le Geipan ne sait pas tout et n'est pas une fin en soi. Moi, j'analyse le témoignage qui arrive, sans vision globale. Les gens ont le droit de ne pas nous croire, nous le respectons. Mais il n'y pas de zone 51 au CNES ! » assure Roger Baldacchino.

Ils savent qu'ils passent aussi de temps en temps pour des briseurs de rêves. « On entend parfois que le Geipan conclut trop souvent à des lanternes thaïlandaises. Mais on n'y peut rien : cinq lumières orange qui bougent, s'éteignent un peu et vont dans le même sens, oui, ce sont souvent des lanternes thaïlandaises », s'exclame-t-il.

Et puis, il y a l'espoir ou l'envie d'incroyable. « Beaucoup de gens sont dans l'attente. Toute leur vie ils espèrent voir quelque chose. Et un jour ou l'autre, ils finissent par voir. Car il y a une envie de croire », affirme-t-il.

Le 16 mars 2020, le président de la République Emmanuel Macron annonça le début du confinement. Les appels au Geipan ont explosé durant cette période qui a remué ennui et angoisses. Les portes étaient closes et les fenêtres donnaient sur un ciel souvent dégagé. Les lancements de fusées de SpaceX, la socitété du milliardaire Elon Musk, et le déploiement d'une cohorte de satellites Starlink visibles à l'œil nu ont notamment semé le trouble. « On a eu des centaines de signalements d'attaques extraterrestres, “il y a une invasion”, nous alertait-on », raconte Roger Baldacchino. Des gens leur demandaient d'« intervenir immédiatement ». Mais ce n'est pas dans leur mission.

Enfin, la culture populaire n'est jamais loin.

Avec le succès de la série *OVNI(s)* sur Canal+, le nombre de signalements annuel auprès du Geipan a doublé. De 600 ils sont passés en 2020, à 1 200. Dont dix-huit cas ont fait l'objet d'une enquête de terrain.

Mais à Bugarach, toujours rien.

38

« Il y en a qui sont nés ici, ils commencent à revenir. Ils sont en couple, c'est bon signe. » Thierry ne parle pas d'êtres humains, mais d'oiseaux. Sous l'ombre d'un arbre, au bord de la Blanque, dans le jardin de l'autre côté de la rue donnant sur sa maison, le retraité barbu nous sert du thé. Nous l'avons rencontré la veille au marché. Il est l'ancien président de la Ligue pour la protection des oiseaux (LPO) de l'Aude, aujourd'hui conseiller municipal de Bugarach.

C'est dans ce département qu'est observée la plus grande diversité d'oiseaux nicheurs de France. Un peu plus de 200, dont 24 espèces de rapaces, un record national. En ajoutant tous ceux qui transitent en période de migration, plus de 350 espèces sont observables chaque l'année.

Il y a vingt ans, lors d'une formation à la connaissance et à la protection des oiseaux, un ami du village et lui constatèrent que des vautours fauves se posaient sur une falaise près du pic. Quelques années plus tard, les deux compères localisèrent le percnoptère d'Égypte, le plus petit des vautours, dans une cavité. Cette espèce en voie de disparition comptait moins d'une centaine de couples en France. Ils décidèrent de créer une place pour alimenter ces oiseaux nécrophages.

Les déchets des abattoirs de Quillan ou une brebis morte récupérée chez un éleveur étaient autant de moyens de fixer ces oiseaux sur le territoire. D'autres vautours arrivèrent à l'est de la chaîne pyrénéenne quand l'Espagne ferma ses charniers industriels. De dossiers en programmes nationaux et européens, Thierry et ses collègues obtinrent des moyens, du matériel. En une dizaine d'années, ils sont passés de deux couples nicheurs à plus de 90 pour les vautours fauves. Et un nouveau couple de percnoptères vient d'être localisé. Avant que ces jeunes oiseaux quittent leurs nids et accomplissent leur première migration, ils sont bagués.

Devenus adultes, certains reviennent dans la région de leur naissance et contribuent à l'expansion lente de l'espèce. Cela s'appelle la « philopatrie », une caractéristique des oiseaux migrateurs. Les hirondelles reviennent au nid, les percnoptères d'Égypte aussi.

Aujourd'hui, la commune est dotée d'un observatoire situé entre le bourg et le hameau de la Vialasse, au-dessus de la Blanque, à quelques centaines de mètres du pont romain. Pour la première fois, un couple de vautours fauves a niché en face de cet observatoire.

Thierry nous apprend que les oiseaux ont un accent. La séquence du chant est la même, mais le timbre diffère. « Regardez ces nuances de vert, indique-t-il du doigt en nous invitant à observer le paysage. Il faut considérer l'écoute de la même façon, comme une symphonie qui mêlerait intimement le bruissement des feuilles et les chants multiples des oiseaux. Nous faisons partie de cette vaste complexité de la vie et de cette force de vie qui s'exprime à travers la musique de la nature, dont les chants d'oiseaux. »

Certains font défection dans cet orchestre. Les populations d'oiseaux communs s'effondrent, en particulier ceux qui sont liés au milieu agricole. « Le nombre de linottes mélodieuses a chuté de 70 % en vingt ans », s'alarme Thierry. La mécanisation a vidé les fermes, les pesticides et le changement climatique perturbent le socle alimentaire, massacrant les insectes et vidant les nids au passage.

Nous nous levons et partons faire une randonnée sur le pic, avec Thierry comme guide. L'ascension en début d'été permet d'admirer la végétation en fleur.

Nous avons pris la voiture et l'avons garée au même endroit que la veille avec Henri. Au lieu de bifurquer vers le Bufo Fret, nous continuons dans la forêt jusqu'à atteindre une clairière. Les premières couleurs commencent à poindre sur le parterre. « Une plante, je la regarde comme une création sauvage, un fruit de l'évolution. Je ne vois pas un truc mystérieux dans son origine, ni des vertus exceptionnelles », pose d'entrée Thierry.

Tout en marchant, il nous décrit cette petite montagne de 1 230 mètres située au cœur d'un carrefour soumis à une triple influence biogéographique : atlantique, alpine par le massif pyrénéen et méditerranéenne. Cette dynamique climatique et édaphique a engendré un riche jardin d'espèces. Sous nos yeux se mêlent des tapis d'asters des Alpes, d'androsaces, de saxifrages, de globulaires, de genêts de Villars. Du violet, du bleu, du jaune, du rouge, du blanc. Il existe plus de 90 espèces d'orchidées différentes autour de Bugarach. Des touristes viennent de toute l'Europe les contempler. Les visiteurs ne viennent pas ici que pour avoir le nez en l'air.

Il s'arrête et place un doigt devant sa bouche pour nous faire signe de nous taire. Un oiseau chante sous le ciel bleu. « C'est une mésange huppée, une espèce forestière. Dans cette zone on a aussi les fauvettes méridionales : la fauvette pitchou, la fauvette passerinette, la fauvette orphée », énumère-t-il. Au loin, un lièvre des montagnes détale. Si nous avons de la chance, nous verrons peut-être un isard, le chamois pyrénéen, ou encore un crave à bec rouge.

Nous avons atteint la partie la plus compliquée, celle où il vaut mieux s'aider des mains pour monter. En prenant de la hauteur, nous admirons le village en contrebas, des prairies et des forêts à perte de vue, une demeure isolée.

« C'est celle de Monique et Jean-Claude, ils sont arrivés avec toute la vague de la fin des années 1970. »

Nous franchissons le passage de la Fenêtre, une percée à même la roche, suffisamment grande pour qu'un être humain s'y installe comme sur un trône surplombant la région. Un hublot sur le monde. À partir de ce point, le vent souffle, il n'y a plus un arbre. Nous marchons le long d'un petit sentier de terre au milieu de la verdure. Des chemins annexes commencent à se développer, signe d'une fréquentation régulière. À certains endroits, le chemin est érodé par les marcheurs. En cas de grosses pluies, l'eau dévale et ravine. La pierre est polie. Nos chaussures glissent dessus.

Enfin, nous y arrivons. Le sommet du pic de Bugarach. Une vue majestueuse à 360 degrés. Thierry nous invite à le rejoindre à un endroit précis. « Venez ici, plein est. Regardez en bas. Tournez-vous vers le sud. Et maintenant vers le nord. D'un côté vous avez une hêtraie, et de l'autre une chênaie verte. En raison d'une différence de quelques degrés d'orientation, on passe d'une formation à une autre. Quand je suis arrivé dans la région, j'ai trouvé cela complètement fou. »

Le vent se calme, les vautours opèrent de larges cercles dans le ciel. Silencieux tous les trois, nous nous émerveillons de l'instant. La plénitude sur ce pic. Il n'y a rien de magique au cœur ou au sommet de cette masse rocheuse, sinon la nature et les passionnés qui en parlent et en font un endroit unique, vrai témoin de l'urgence climatique. Bizarrement, on aime la Terre quand on se souvient qu'elle est en danger. Nous sommes tous les artisans de notre fin du monde.

39

L'un de nous deux sortait d'une interview à l'École militaire avec l'ancien préfet de l'Aude, Éric Freysselinard. Paris profitait des terrasses fraîchement rouvertes. Ce jour-là, *Libération* avait titré sa une « Après la pluie, le bon temps ». Au même instant, le portable de l'autre vibrait dans sa poche. Christophe était partant. Henri aussi. Certaines personnes dans le village appelaient cela l'« appel de Bugarach ». Il fallait y retourner, finir ce que nous avions commencé. Aller au bout du Bufo Fret.

Depuis quelques mois, nous étions lancés dans un jeu de piste maniaque et obsessionnel à grande échelle. Nous cherchions des indices, des contacts et des traces laissés à droite et à gauche sur Internet pour mettre la main sur les témoins d'une époque, désormais dispersés entre les confins du Mexique et de la France. Un but nous rongeait : remonter le fil d'une « rumeur », d'un bouche-à-oreille, d'une information. À la source.

À cette époque, Catherine, la correspondante locale, avait honoré son rôle d'intermédiaire haut la main en nous remettant sur la piste de Blaise. Le binôme n'était plus. Blaise avait quitté le journalisme pour prendre le large, sans laisser de petits cailloux sur sa route, après trente-cinq ans de métier et un ultime passage au bureau de Carcassonne en 2016.

Curieuse, Catherine aimait écouter d'une oreille attentive la présentation de notre projet de livre et rebondissait de suggestions en recommandations. « Vous savez, ici, dans la haute vallée de l'Aude, plein de choses se mêlent et il n'est pas toujours facile de distinguer le vrai du faux, de l'intéressant et de l'exceptionnel. Après, on le vit. Certains diront "illuminés" ou "fous". Mais si vous avez envie de mettre le doigt dans l'engrenage, il y a de quoi mouliner. »

En réalité, nos corps entiers étaient déjà dans les rouages. Avant de partir pour Bugarach, nous avons reçu une lettre. C'était Jean d'Argoun, l'homme qui avait écrit avoir reçu un message extraterrestre au sommet du pic en 1998. Nous l'avons ouverte sur la route.

◆

Une année s'est écoulée, rien ne semble avoir changé. Même décor, même cagnard. L'hiver ne semble pas avoir existé. Nous nous arrêtons au carrefour de la D 613 et de la D 14, là même où nous avons pris un auto-stoppeur lors de notre dernière venue. Pas de pouce tendu ni de crue débordant sur le pont, mais trois gendarmes masqués qui procèdent à un contrôle. Notre Renault Super 5 les intéresse.

« Vos papiers, s'il vous plaît.

— Tenez.

— Que venez-vous faire ici ?

— Nous sommes journalistes et écrivons un livre sur le pic de Bugarach.

— C'est vrai ? J'y étais, moi, à la fin du monde !

— Racontez-nous, comment c'était ?

— Bah… Il ne s'est rien passé. À part l'autre, le Christ cosmique.

— Sylvain ?

— Oui, voilà. Je l'ai ajouté sur Facebook. Il est au Sénégal maintenant. Ça m'est arrivé de lui envoyer des messages, il me répondait toujours. Mais la dernière fois, il ne l'a pas fait. Bon courage dans vos recherches. »

Nous voici de nouveau devant ce trou, ses feuilles de buis au sol, sous la chaleur de la haute vallée. L'objectif est d'atteindre cette fois-ci le Riu Fret, la source d'eau du pic, une des extrémités du réseau. « Il faut toujours essayer d'aller plus loin que la fois précédente », déclare Henri.

Lui non plus n'a pas changé en l'espace de douze mois. Même regard, même énergie. Il n'est pas redescendu dans le Bufo Fret depuis. Il a continué ses explorations avec le SCA au Chandelier à Puivert, ils attendent les résultats, mais pensent avoir déniché les restes d'un lion des cavernes.

Il parcourt les thèmes, l'actualité dans la haute vallée, passe de la météo aux souvenirs de son grand-père, pêcheur breton : « Il fumait comme une locomotive. Rien qu'évoquer son porte-cigarettes me fout des frissons dans le dos. »

Il n'y a pas de round d'observation. Nous sommes des habitués désormais. Et aujourd'hui, il est heureux. Il en a revêtu sa combinaison préférée, celle jaune et violet du Spéléo secours français. Heureux de retourner dans ce trou. Heureux de retrouver ses deux élèves. Et surtout heureux de le faire avec son « grand frère » de sortie. À côté de lui, il fait petit. Christophe est massif, son débit est beaucoup plus lent, il donne l'impression de réfléchir en même temps qu'il parle. Tous les deux se remémorent leurs faits d'armes. Nous parlons de Christian, celui qui a trouvé l'entrée du trou. « Il est très discret, on a perdu sa trace », avouent-ils.

Tandis qu'Henri nous fait une piqûre de rappel des gestes techniques et ajuste de manière « pifométrique » notre pédale pour les montées, Stoche se faufile dans le trou. Comme un surfeur ne supporterait pas d'attendre que ses partenaires se préparent alors qu'il voit les vagues au loin, il veut revoir le passage originel. « Ce trou est une bulle de liberté phénoménale. J'avais presque oublié », lâche-t-il. Lui non plus n'est pas venu depuis plusieurs années.

Henri enfile ses coudières, genouillères, gants. Sa frontale est chargée à bloc. Lui aussi.

Nous venons de passer la Galerie des grosses piques, où nous nous étions arrêtés. Cette fois-ci, nous ne poursuivons pas en direction de la Vallée blanche. Henri ouvre la marche, Christophe la ferme. Nous nous sentons très bien entourés, en sécurité totale. Henri écoute Christophe raconter ses explorations passées, comment il a établi la topographie grâce à ses connaissances géologiques de l'endroit.

Le cheminement normal nous emmènerait vers la Galerie des petits gris, puis celle nommée Chicanna, tout ceci dans le Méandre du beau jeune homme. Nous bifurquons sur la gauche, ce passage inférieur conduit au Riu Fret. Christophe a pris la tête du convoi lorsqu'il tombe sur un éboulis. Il passe par-dessous, puis le dégage du pied pour favoriser notre passage. « Il n'était pas là celui-ci avant. Il a dû tomber il n'y a pas longtemps », remarque-t-il.

Nous n'avons pas de dynamite au cas où un éboulis semblable tomberait après notre passage et bloquerait notre retraite. Une telle malchance serait phénoménale. Bien que nous soyons initiés et un peu plus résistants, la fatigue nous rattrape. Nous détournons la crainte de l'éboulis par une question que tout enfant pose à ses parents en voiture sur un long trajet : « On arrive bientôt ? »

Rires de Christophe et Henri.

Soudain, au loin, nous entendons un son inhabituel. Un vrombissement. Un grondement. Difficile de l'identifier. Nous marchons dans sa direction.

C'est le Riu Fret ! Il donne l'impression d'avoir un immense débit, comme si nous approchions d'une grosse cascade. Nous retrouvons notre allant, impatients d'admirer l'origine de ce vacarme, imaginant une de ces grands espaces où une chute d'eau donne sur un petit lac, un paradis caché.

Après quelques minutes de progression, nous découvrons le cours d'eau, rien qu'un mince filet. La caisse de résonance des galeries fait d'une rumeur un tumulte. Fascinant.

«Quand tu tombes sur de l'eau comme ça, c'est magique», résume Stoche.

8 °C, un débit de 5 litres par seconde, quelques collemboles à côté, bienvenue au Riu Fret.

Nous passons sous une magnifique concrétion de plusieurs mètres en forme d'arche, le Portail blanc. Nous remontons le cours d'eau. Nous le suivons par tronçons. Il disparaît et réapparaît. Jusqu'à un des chefs-d'œuvre du Bufo Fret.

Nous avançons dans un couloir en lacet d'à peine un mètre de large. La paroi est lisse, avec des rides comme celles de la peau après des heures passées dans une baignoire. L'eau est limpide. On voit le sol, aux teintes de marbre, comme si elle n'était pas là. Chaque pas nous rappelle sa présence; son écoulement est paisible. Devant notre émerveillement, Christophe nous explique:

«L'eau ici est très pure. Elle vient directement du pic. Aucune culture ne l'altère, elle s'infiltre très lentement. Vous pouvez même la boire. Toute l'eau qui tombe dans l'année forme ce ruisseau et une autre petite partie de la Caunha del Pech. Quand l'eau tombe du plafond avec beaucoup de débit, elle éclabousse, fait de la mousse et crée des concrétions en forme de choux-fleurs.»

Nous écoutons attentivement, enchantés par l'endroit comme si nous découvrions une autre planète, tout en avançant au gré des ondulations de la galerie.

Puis ce qui devait arriver arriva. Une petite cavité est inondée. Un siphon. Le cul-de-sac. Inéluctable et implacable. Notre chemin prend fin ici, comme celui de la bande du Bufo Fret il y a quelques années. Christophe se lance dans un monologue, le dos contre une paroi. Henri l'écoute, silencieux.

«Les explorations ne sont pas terminées, mais c'est fini pour nous, pour notre génération. On a fait notre boulot. Peut-être qu'un jour une nouvelle génération traversera la montagne. Ils seront sûrement moins têtes brûlées que nous. Ce sera difficile, mais pas impossible. »

Dans son club du SCM, il existe un jeune, un cador. Moins tête brûlée, il l'est assurément, puisque sa pratique nécessite un sang-froid à toute épreuve. Lui ne s'arrête pas sur un siphon. Henri nous a déjà prévenus lors de la première sortie : « Son engagement est sans commune mesure avec le mien. À la télévision, ils te parlent des sports extrêmes. C'est de la rigolade comparée à ce qu'il fait. »

Il y en a qui s'inventent des histoires, lui ne rêve pas sa vie. Guillaume a été formé à la plongée sous-marine dès l'enfance. Il a suffi d'une sortie en grotte pour le convaincre d'embrasser la plongée souterraine. Le côté obscur des galeries, le monde minéral, l'engagement requis, il a basculé devant ce nouveau défi : une plongée plus technique, une progression plus lente et surtout une réflexion permanente.

La discipline est exigeante. Contrairement à la plongée en mer, celle-ci peut se pratiquer seul. En revanche, tout le matériel doit être doublé, l'attention aussi. Un mot d'ordre : ne jamais paniquer. « Parfois, des cavités sont très claires à l'aller, mais au retour je ne vois même plus ma main. »

Son seul allié est le fil d'Ariane installé telle une main courante dès l'entrée du conduit noyé. Il le déroule au fur et à mesure de sa descente en le faisant passer dans des élastiques en caoutchouc qu'il accroche aux aspérités de la roche. Sur le chemin du retour, sa vie dépend de ces 2 à 3 millimètres d'épaisseur en nylon ou en polypropylène de couleur claire.

« Tu n'es pas longé par un mousqueton, mais tu tiens le fil entre tes deux doigts et tu ne le lâches pas. Sinon tu es perdu », assure-t-il d'une voix calme. *Le Grand Bleu* cavernicole.

Mais Guillaume ne cherche pas les records. Bien sûr, il compte à son actif le plus grand nombre de siphons traversés à la suite: 21. La plus grande profondeur qu'il ait atteinte est de 130 mètres, là où le record absolu est de 286 mètres à Font Estramar dans les Pyrénées-Orientales. La grotte rendue célèbre par Jacques-Yves Cousteau et Haroun Tazieff, entre autres, est aussi l'une des plus meurtrières.

Le plongeur est avant tout un passionné de l'exploration, porté par l'émotion de parcourir, à pied ou palmé, des endroits que personne n'a vus précédemment. Faire sauter symboliquement un verrou liquide, avaler des kilomètres de souterrains. Découvrir, dans tout le sens du mot. Seul au monde, la liberté totale et une approche poétique: « Ce qui m'excite le plus, c'est de marcher sur la lune au fond du jardin. Il y a des endroits où il n'y a que moi qui y suis allé. À part ceux qui sont allés sur la Lune, nous ne sommes pas nombreux à pouvoir en dire autant. »

Pour aller plus loin un jour dans le Bufo Fret, il faudra assurément quelqu'un comme Guillaume.

Nous retournons une dernière fois dans ce siphon, un par un, en raison de l'étroitesse de l'ouverture, les cuisses dans l'eau. Nous savons que nous ne reviendrons pas de sitôt. Après avoir fait silence quelques secondes pour enregistrer et savourer le son de l'eau qui coule, nous prenons une photo. Nous les remercions.

« Nous n'y sommes pour rien, assure Stoche en haussant les épaules, c'est la montagne qui a accouché de cette beauté.

— Merci de l'avoir explorée et de nous y avoir menés. »

Il sourit.

« Vous avez raison, moi aussi je vais prendre une photo. Je ne reviendrai peut-être jamais. »

Sa phrase signifie beaucoup: qu'il est occupé par d'autres trous, qu'il a pris des rondeurs et perdu en souplesse. Le temps où il creusait en slip et montait un groupe électrogène en montagne pour la grâce de l'exploration semble révolu.

Le Bufo Fret, c'est terminé pour lui. Il ne dramatise pas, c'est ainsi. Le temps passe, il l'accepte.

Cette fois, nous sommes descendus boire le pot de l'amitié à Rennes-les-Bains avec Henri et Stoche. Ils ont été intarissables durant plus de deux heures. La crue, le 21 décembre 2012, les explorations du Bufo Fret, leur envie de spéléologie, les explosions à la dynamite, les cathares, la musique… Ils ont évité l'ésotérisme, encore plus le complotisme.

Ils ne se voient pas souvent, ce serait dommage de tout gâcher. Ils profitent l'un de l'autre, le moment est précieux. Une grande complicité a même rejailli le temps d'un instant sous nos yeux. Puis, ici, sur un trottoir douché par un violent orage de fin de journée, les deux anciens amis se quittent une nouvelle fois. Ils ne savent pas quand ils se reverront, ni où, ni dans quel cadre. Dans un trou ou ailleurs. Ils n'ont pas pris rendez-vous, le hasard s'en chargera. Si jamais il existe. C'est une autre histoire.

Stoche est reparti vers Carcassonne. Nous raccompagnons Henri à sa voiture et le remercions chaleureusement pour ce qu'il nous a permis de vivre au cœur de ce pic de Bugarach. La découverte d'un autre monde grâce à son sport et à son savoir-faire. Il s'installe sur le siège conducteur et met le contact. Avant de fermer sa portière, il nous sourit :

« La spéléologie est une aventure dans la nature, mais surtout une aventure humaine. À cent mille lieux de la performance à tout prix. »

Il part sans regarder dans le rétroviseur. Sa voiture engloutit le goudron. Notre rencontre a été furtive. Une étoile filante. Presque une illusion laissant des sensations et des réflexions. Un moment de partage aussi, qui a peut-être adouci ces journées caniculaires qu'Henri déteste tant.

Nous l'avions déjà croisé sans le voir. Il y a une dizaine d'années.

ÉPILOGUE

Les quatre saisons se dessinaient devant nous, au pied de ce massif fascinant, verdi, bruni, gris. Nous n'avions plus vraiment le choix. Nous aurions pu passer la journée dans les ruelles à attendre l'inattendu, mais nous voulions raconter autre chose. Nous avions remonté la rue principale, vu des habitants, des habitués, la Garde républicaine, des spéléologues, des visiteurs d'un jour, des journalistes en duplex, le pic dans leur dos. Toute une faune qui n'aurait jamais pu se croiser ailleurs que dans ce théâtre de l'absurde des temps modernes.

C'était bien le 21 décembre 2012 à Bugarach.

Nous avions décidé de venir dans ce village, que nous ne connaissions pas, à un moment étrange de son histoire. Nous venions de rouler plusieurs heures quand la montagne esseulée était soudainement apparue dans le pare-brise. « C'est ça, le pic ? »

Dans nos esprits résonnaient les notes de *Shine On You Crazy Diamond* de Pink Floyd. Il y avait aussi *Supernature* de Cerrone. Nous avions rigolé à chercher la meilleure chanson pour vivre l'apocalypse. Après tout, la fin du monde n'arrive qu'une seule fois dans la vie et tout le monde a déjà réfléchi à sa musique d'enterrement. Ces morceaux nous avaient accompagnés jusqu'à la première vue des cimes après le contrôle policier à la sortie de Rennes-les-Bains. Là où nous avions déposé un auto-stoppeur.

Arrivés à Bugarach, nous nous étions arrêtés au Relais pour boire un café. Nous écoutions et observions. Nous avions récupéré la carte de visite de la propriétaire, peut-être que son numéro nous servirait un jour. En reprenant notre route à pied, des reporters nous avaient interpellés : « Et vous ? Pourquoi êtes-vous ici aujourd'hui ? »

Nous ne savions pas tout à fait.

« Et vous, que cherchez-vous ? »

Ils ne savaient pas vraiment.

Nous marchions le long de la D45, à l'affût de la moindre brèche pour devenir définitivement invisibles, fantômes de l'ennui. Un hélicoptère approcha au loin. Le son de ses pales mettait le corps en alerte. Il fallait plusieurs secondes pour localiser dans le ciel gris ce que les oreilles avaient très rapidement identifié, le bourdonnement si caractéristique des séries et des films d'action. La solennité d'un moment correspond d'abord à une perception.

Nous étions désormais seuls face au pic. Il était si imposant du haut de ses 1 230 mètres. Nous étions tout petits, presque ridicules.

« On y va ?

— Bien sûr. On s'en rappellera toute notre vie ! »

C'était la meilleure réponse. Nous pourrions nous remémorer ce souvenir à volonté jusqu'à ce qu'il s'évapore à jamais.

Loin du sentier battu, une clôture de fils barbelés constituait la première difficulté à franchir. Personne à l'horizon sur cette route à l'asphalte mouillé. Nous nous apprêtions à franchir l'épineux obstacle, à vivre l'histoire d'une amitié, à voir jusqu'où cette montagne pouvait nous mener.

REMERCIEMENTS

Nous tenons à remercier toutes celles et tous ceux qui nous ont ouvert leurs portes, leurs grottes, leurs terrasses, leurs jardins secrets, leurs bureaux, leurs archives, leurs albums photo et leurs souvenirs. Merci de nous avoir confié votre parole. Merci en particulier à notre guide souterrain, Henri.

Et un grand merci…

À Joëlle et Léo pour l'étincelle.

À Clio pour avoir débloqué des voies, levé des doutes et pour son sourire chaque matin. Aux jours heureux et ensoleillés qui nous attendent.

À Marie-Jeanne et Pascal pour leurs relectures et à Jean-François pour ses conseils justes et son œil avisé.

À Nicolas et Bérangère pour l'accueil à Caen quand nous avions besoin de nous plonger dans notre caverne.

À Corentin, Mario, FX, Marius, Maya.

À nos éditeurs, Clémence et Cyril, pour avoir tenu notre corde tout au long de la paroi jusqu'à la lumière.

À Bugarach et son *Pech*.

NOTE DES AUTEURS

La Montagne inversée est un livre de non-fiction pour lequel nous avons mené près de 90 entretiens. Seul le prénom d'une personne a été modifié à sa demande, sans rien enlever à la véracité de l'histoire et de ses propos.

Par ailleurs, avec notre accord et celui des personnes concernées, plusieurs retranscriptions d'interviews d'habitants de Bugarach s'inscrivent désormais dans un travail de collecte pour préserver et transmettre l'histoire collective de cette commune.

Enfin, au cours de notre enquête, nous nous sommes interrogés sur les conséquences du lourd passé industriel, chimique et polluant, lié notamment à l'ancienne mine de Salsigne, dans un secteur élargi où des personnes disent être témoins de phénomènes lumineux dans le ciel. Nous avons donc constitué un dossier technique à destination du Geipan. Si la question a été jugée intéressante, nous n'apportons aujourd'hui aucune conclusion scientifique. « Il ne serait pas fondé de vous aiguiller vers une ou des hypothèses en l'état », indique le Geipan, assurant toutefois « rester attentif aux informations qui émaneront de la région ».

SOURCES

MISÉRABLES RAMPANTS

39 Cela me rappelle 1940: «La haute vallée de l'Aude retrousse ses manches», Serge Bonnery, *L'Indépendant*, 30 septembre 1992. Archives départementales de Carcassonne.

43 C'était en 2007: note d'intervention, archives du Spéléo secours français.

44 En France, une histoire: «L'énigme de la tragique "Pulp Fiction" des Alpes est résolue», Luc Debraine, *Le Temps*, 17 août 1998.

46 Mis en examen: «Un jeune homme qui voulait "nettoyer la montagne", devant le tribunal correctionnel d'Albertville», Acacio Pereira, *Le Monde*, 23 février 2000.

53 Lors de la prise de la ville: «Le mosasaure de Maastricht de Cuvier», Nathalie Bardet, archives du Muséum national d'histoire naturelle de Paris.

53 Les recherches du scientifique: «Le mosasaure de Maastricht, le reptile à grandes dents», Tao Favre et Ronan Allain, France Culture, 4 juin 2021.

58 On connaît Rennes-le-Château: «Fouilles clandestines à Rennes-le-Château», André Galaup, *Midi libre*, 5 octobre 1989. Archives départementales de Carcassonne.

101 Ancien instituteur : *René Guilhem, instituteur à Rennes-le-Château (1933-1939)*, René Guilhem, L'Œil du Sphinx, 2016.

103 Henri avait 15 ans : « Henri Salvayre, lanceur d'alerte avant l'heure », Estelle Devic, *L'Indépendant*, 28 décembre 2015. Henri Salvayre est décédé le 8 septembre 2022 à l'âge de 91 ans.

115 Les extraterrestres vont revenir : « *Le Signe de la colombe* nous fait d'étonnantes révélations », André Galaup, *Midi libre*, 3 septembre 1984. Archives départementales de Carcassonne.

121 Son nouveau volet : *Les Portes du futur 1 : Rennes-le-Château, le grand mystère*, Jimmy Guieu, Dimension 7, 64 min, 1992.

122 Le plus fort taux : « Le chômage régional et départemental en 1992 », Sylvie Dumartin, Division emploi, Insee, 1992.

122 Le département créa : « Le territoire imaginaire du pays cathare. Nouvelles dynamiques du développement local en milieu rural », William Genieys, CEPEL, université Montpellier-1, 1997.

122 Pays de résistance : « Actualité du pays cathare », Michèle Champenois, *Le Monde*, 11 novembre 1996.

123 Il présenta face caméra l'ouvrage : *Refuge Of The Apocalypse : Doorway into Other dimensions*, Elizabeth Van Buren, éditions C. W. Daniel, 1986.

126 Sa position anti-Gepan : *OVNI – E.T. La vérité cachée : Terre, ta civilisation fout le camp*, Jimmy Guieu, CGR Éditions, 2000.

129 Ken Alder, professeur d'histoire : *Mesurer le monde. L'incroyable histoire de l'invention du mètre, 1792-1799*, Ken Alder, Flammarion, 2005.

129 Un énorme rocher : *Excursion au pays des merveilles*, Véronique Campion-Vincent, Fondation Maison des sciences de l'homme, 2014.

129 Le sommet en forme : Archives de L'Observatoire de Paris, E2-19, Méchain à Lalande, 3 brumaire an IV, 25 octobre 1795, *in* Véronique Campion-Vincent, *op. cit.*

130 Il apparaît tout entier : « Rapport sur l'excursion faite par la société d'études scientifiques de l'Aude », Marius Robert, 10 juillet 1892, Archives départementales de Carcassonne.

130 Dans les fonds du gouvernement : « Fonds du gouvernement militaire général de Languedoc », C6694, France Archives.

132 Le New Age accepte : *Entretiens sur la fin des temps,* Jean-Claude Carrière, Jean Delumeau, Umberto Eco, Stephen Jay Gould, Fayard, 1998.

133 Depuis les années 1960 : « L'ésotérisme grand public : le réalisme fantastique et sa réception. Contribution à une sociologie de l'occulture », thèse de doctorat en sociologie, Damien Karbovnik, Montpellier-3, 2017.

133 Une religiosité alternative : « L'ésotérisme. Thèmes, motifs et acteurs d'une culture en train de se faire », David Bisson, *Cahiers d'études du religieux, recherches interdisciplinaires*, n°15, 2016.

133 Ce courant prône l'émergence : « Le New Age : un "nouveau monde" cybersacré », Marie-Jeanne Ferreux, *Socio-anthropologie*, vol. 10, 2001.

134 Toute contribution critique : *Actes du colloque d'études et de recherches sur Rennes-le-Château*, L'Œil du Sphinx, 2012.

MURMURES ET CHUCHOTEMENTS

146 L'interview ne dura que quelques minutes: «2012: adiós al materialismo», Laura Castellanos, *Gatopardo*, n°108, février 2010.

163 Il fut l'homme derrière: «"L'Île du Dr Moreau", glauque en stock», Lelo Jimmy Batista, *Libération*, 15 février 2021.

163 Avant les premières prises: *Tracks: Richard Stanley...*, Arte, mars 2017.

164 Il y retraçait la vie: «Quand les nazis cherchaient le Graal», Boris Thiolay, *L'Express*, 10 mai 2007.

168 John écrivit en anglais: *«Bugarach bar local laughs that in 2012, a spaceship will emerge from the mountain and take away the chosen ones!»*

172 Elle écrivit l'histoire: «Aude: des vacanciers observent un ovni dans le ciel de Bugarach», Catherine Mercier, *L'Indépendant*, 3 septembre 2014.

LA MONTAGNE MISE À NU

196 Le Pech de Bugarach: «Stage national "équipier scientifique", 5-10 juillet 2010», Fédération française de spéléologie, p. 11.

197 La population n'est pas préoccupée: «Des éoliennes contestées», B. C., *L'Indépendant*, 2 décembre 2010.

199 Depuis quelque temps: «Bugarach: la "folie" du 12-12-12», B. C., *L'Indépendant*, 7 décembre 2010.

199 Il avait été condamné: lors du procès en appel en 2012, la cour d'assises de la Haute-Garonne a condamné Robert Le Dinh à dix ans de prison pour agressions sexuelles aggravées.

200 En 2009, la NASA: «Beyond 2012: Why the World Didn't End», Nasa. Gov., 2009.

201 À en croire les ésotéristes : « French village which will "survive 2012 Armageddon" plagued by visitors », Henry Samuel, *Daily Telegraph*, 21 décembre 2010.

203 Deux mois après le premier : « For End of the World, a French Peak Holds Allure », Maïa de la Baume, *New York Times*, 30 janvier 2011.

220 Il avait fait l'objet : Décision n°2007-4359 AN du 27 mars 2008, site du Conseil constitutionnel.

221 Pour leurs adeptes enrôlés : « Temple solaire : les corps commencent à parler. », Patricia Tourancheau, *Libération*, 27 décembre 1995.

223 Considéré comme une association : Conspiracy Watch, édité par l'Observatoire du conspirationnisme et des théories du complot.

223 dénonça « des liens : « Pro-sectes contre anti-sectes », *Le Parisien*, 17 octobre 2008.

223 dont un condamné : Conspiracy Watch édité par l'observatoire du conspirationnisme et des théories du complot.

224 De son hélicoptère : *Apocalypse : menace imminente* ? Georges Fenech, Calmann-Lévy, 2012.

225 Transie, la maire : « Rien à voir avec Bugarach ! », B. C., *L'Indépendant*, 1er juillet 2011.

226 Le village de Bugarach : *Rapport annuel 2010*, Miviludes, La Documentation française, 15 juin 2011.

227 Concernant la théorie : « Bugarach, le village qui résistera à la fin du monde », Jérôme Schrepf, *La Dépêche du Midi*, 31 décembre 2010.

227 Au point de départ : « 2012 : réussirez-vous à monter dans la soucoupe des aliens pour échapper à la fin du monde ? », Serge Faubert, *Ça m'intéresse*, 31 décembre 2011.

234 D'autant que la découverte : « Ossements d'un Périgourdin dans l'Aude : fuyait-il la fin du monde ? », Marie Gasc, *Sud Ouest*, 14 mars 2012.

236 Interviewé par *La Dépêche du Midi* : « Début de fin du monde à Bugarach : vont-ils obstruer les grottes ? », J.-L. D.-C., *La Dépêche du Midi*, 18 octobre 2012.

238 Sur les chaînes d'information : « Ne venez pas à Bugarach, le cri des autorités », Laurence Creusot, France 3 Occitanie, 18 décembre 2012.

UNE ŒUVRE COLLECTIVE

251 Il disait avoir vu : « Sylvain : j'incarne le Christ cosmique », Fabien Arnaud, *L'Indépendant*, 20 décembre 2012.

252 La radio crachait : « Les Mayas emmerdeurs », Nicolas Canteloup, Europe 1, 19 décembre 2012.

253 Sa silhouette était noyée : « Bugarach », documentaire espagnol réalisé par Ventura Durall, Sergi Cameron et Salvador Sunyer, Nanouk Films, 90 min., 2014.

259 Sylvain enchaînait les interviews : « Un visiteur à Bugarach : "J'incarne le Christ cosmique" », service vidéo, *Le Parisien*, 19 décembre 2012.

271 « Personne ne sait exactement : « Bugarach, ouf, c'est bientôt fini », Henri Haget, *L'Express*, 17 décembre 2012.

294 Des données environnementales : « Vivre dans une vallée minière – Situation sanitaire dans la vallée de l'Orbiel », ARS Occitanie, juillet 2019.

294 Selon des scientifiques : « Bruit de fond pédo-géochimique et contamination des sédiments en métaux et metalloïdes dans l'ancien quartier minier de Salsigne », G. Delplace, J. Viers, E. Schreck, P. Oliva, P. Behra, *Chemosphere*, janvier 2022.

295 Habitant du secteur : « Salsigne : la mine dort, l'arsenic veille », Michel Pomarède, France Culture, 13 janvier 2020.

303 Nous feuilletons son magazine : « Le Bufo Fret » par le Spéléo Corbière Minervois. Bulletin numéro 16 de SpéléAude. Avril 2018.

309 Annoncé candidat : « Sylvain Durif, alias le "Christ cosmique", est-il mort ? », Jacques Pezet, *Libération*, 16 décembre 2019.

310 Face au regain des théories : « Doit-on s'inquiéter de la résurgence des pratiques New Age », Quentin Lafay, France Culture, 20 juillet 2021.

310 La Miviludes a été ressuscitée : « Marlène Schiappa : "Les dérives sectaires sont de nouveau une vraie priorité" », Angélique Négroni, *Le Figaro*, 1er avril 2021.

AUX ÉDITIONS MARCHIALY

Jake Adelstein,
Tokyo Vice
Le Dernier des yakuzas
J'ai vendu mon âme en bitcoins

Cristian Alarcón,
Que ma mort soit une fête

Sinar Alvarado,
Portrait d'un cannibale

Noé Álvarez,
10 000 km

Jorge Enrique Botero,
Attends-moi au ciel, capitaine

Sebastian Castelier et Quentin Müller,
Les Esclaves de l'homme-pétrole

Jean-Charles Chapuzet,
Mauvais Plan sur la comète
Du bleu dans la nuit

John Danalis,
L'Appel du cacatoès noir

Timothée Demeillers et Grégoire Osoha,
Voyage au Liberland

Sonia Faleiro,
The Good Girls

Armand Gatti,
Envoyé spécial dans la cage aux fauves

Manon Gauthier,
Les Pièces manquantes

Alma Guillermoprieto,
La Révolution, la danse et moi

Allison Hoover Bartlett,
L'Homme qui aimait trop les livres

Kirk Wallace Johnson,
Le Voleur de plumes

Kapka Kassabova,
Lisière
L'Écho du lac

Jay Kirk,
Esquive le jour

Raphaël Krafft,
Les Enfants de la Clarée

Jessica J. Lee,
Deux Arbres, une forêt

Karim Madani,
Jewish gangsta
Tu ne trahiras point

Raphaël Malkin,
Le Rugissant
Lieutenant Versiga

Juan Pablo Meneses,
La Vie d'une vache
Le Prodige
Un dieu à soi

Miguel Prenz,
La Guerre des dinosaures

Evan Ratliff,
Disparaître dans la nature

Alberto Salcedo Ramos,
L'Or et l'Obscurité

Anjan Sundaram,
Kinshasa jusqu'au cou
Bad News

Taina Tervonen,
Les Fossoyeuses
Les Otages

Titaÿna,
Une femme chez les chasseurs de têtes
Les Ratés de l'aventure

Simon Worrall,
Le Faussaire de Salt Lake City

Composition et mise en pages
Studio Abble à Paris

Dépôt légal : janvier 2023
ISBN : 978-2-38134-031-9
Achevé d'imprimer en octobre 2022
par Aubin Imprimeur
Numéro d'impression 2208.0104
Imprimé en France